Liebesrezept auf Friesisch

Anni Deckner

Verlag:
Zeilenfluss
Implerstraße 24
81371 München
Deutschland

ISBN 978-3-96714-039-2

Text: Anni Deckner
Bildmaterialien: ©Shutterstock, ©RelaxFoto.de/GettyImages,
©Westend61/GettyImages, ©JulesIngall / GettyImages
Cover: Favoritbüro GbR, München
Korrektorat: Bettina Dworatzek/Dr. Andreas Fischer
Lektorat: Martha Wilhelm – www.textwinkel.de
Satz: André Piotrowski

Liebesrezept auf Friesisch

Anni Deckner

1
Veränderung

Entgeistert sah ich meinen Friseur an. In Sachen Haarkunst vertraute ich Hugo seit Jahren blind, aber der Gang zur Kasse hielt immer eine unangenehme Überraschung bereit. Heute hatte er den Bogen weit überspannt. Mit einem süffisanten Lächeln verlangte er fünfundneunzig Euro für Schneiden und Föhnen. Zugegeben, meine langen Haare in einen Kurzhaarschnitt zu verwandeln, hatte dann doch mehr Zeit beansprucht, als ich angenommen hatte. Mit Engelszungen hatte Hugo versucht, mir mein Vorhaben auszureden. Etwas zu aufdringlich hatte er sich erkundigt, ob die Veränderung mit einer Lebenskrise zu tun habe, weil das bei den meisten seiner Kundinnen der Fall sei. Ich gehörte aber nicht zu den Frauen, die den Besuch beim Friseur dazu nutzten, ihre Sorgen abzuladen. Wenngleich er gar nicht mal unrecht hatte.

Vor fünf Jahren hatte meine Freundin mir den Tipp gegeben, es bei Hugo auf einen Versuch ankommen zu lassen, und das hatte ich nie bereut. Nelly war selbst eine begeisterte Meisterin ihres Faches. Ihre Eltern waren damals entsetzt gewesen, dass sie nach dem Abi eine Friseurlehre angetreten hatte. Sie weigerte sich leider strikt, meine Haare zu waschen oder zu schneiden. Sie hatte die Befürchtung, dass unsere Freundschaft davon Schaden nehmen würde. Dabei hätte ich ihr meine Haare blind anvertraut. Aber Nelly blieb bei ihrer Ansicht.

Der Ursprung dieser Entscheidung lag Jahre zurück. In ihrem ersten Ausbildungsjahr hatte ich mich bereitwillig für einen Probeschnitt geopfert. Nelly war ganz in ihrem Element gewesen, das Ergebnis aber leider niederschmetternd. Wie ein gerupftes Huhn hatte ich damals ausgesehen. Vor lauter Wut war ich meiner Freundin an die Gurgel gesprungen. Wenn ihre Ausbilderin nicht dazwischengegangen wäre ... Seitdem weigerte Nelly sich, mir die Haare zu stylen. Damals wäre unsere Freundschaft fast zerbrochen. Ich bezeichnete den Streit als Jugendsünde. Nelly dagegen hatten sich die Erinnerungen an jenen Tag fest in ihr Hirn eingebrannt, und nun scheute sie das Risiko. Sie war eine begnadete Künstlerin ihres Fachs, aber von meinem Kopf ließ sie die Finger.

Für Hugo nahm ich selbst den weiten Weg von Nordfriesland nach Hamburg auf mich. Riesengroß waren meine Ansprüche an mein Aussehen zwar nicht, aber bei den Haaren war ich zu keinem Kompromiss bereit. Hugos Salon war immer ein kostspieliges Vergnügen, doch heute war ich fassungslos angesichts dieser Summe.

»Meine liebe Hanna, du bist meine Traumkundin«, säuselte er, während ich ihn erschrocken anstarrte. »Deine Haare sehen aus, als ob ein Fachmann am Werk gewesen wäre.« Dabei zwinkerte er mir freundschaftlich zu. Und wieder schaffte er es, mich um seinen beringten Finger zu wickeln. Ohne Murren beglich ich den schwindelerregend hohen Betrag.

Leider gehörte ich zu der Generation, die schon zu D-Mark-Zeiten gelebt hatte. In Gedanken rechnete ich mir aus, wie die Summe in der ehemaligen Währung ausgefallen wäre. Wie immer stimmte mich das Ergebnis nicht gerade glücklich, und ich ermahnte mich, den inneren Rechenschieber in Zukunft ruhen zu lassen. Aber ich wusste es natürlich besser: Selbst, wenn der Sargdeckel über mir zuginge, würde ich die Beerdigungskosten noch in D-Mark ausrechnen.

Wie gut, dass es bis dahin noch etwas dauern würde. Vor dem Hinausgehen warf ich einen Blick in den Spiegel an der Garderobe. Ich war mit meinen fünfundvierzig Lenzen ausgezeichnet in Schuss. Mit der Kurzhaarfrisur wirkte ich mindestens um die gewünschten zehn Jahre jünger. Die Entscheidung, mich von der langen Mähne zu trennen, war goldrichtig gewesen. Prüfend trat ich näher an den Spiegel heran. Waren dort neue Falten entstanden? Ich blinzelte meinem Ebenbild aufmunternd zu. Meine grünen Augen strahlten mir entgegen. Nein, ich musste mich geirrt haben. Ich sah frisch aus, wie immer. Na ja, fast immer! Morgens nach dem Aufstehen zählte nicht.

Beschwingt trat ich auf die Straße. Am Himmel zeigten sich wenige Schleierwolken und ließen ihn lebendig wirken. Es war ein herrlicher Frühsommertag, selbst Hamburg erschien mir freundlich. Großstädte erzeugten bei einem Landei wie mir üblicherweise Unbehagen. Ich lebte und liebte in Schobüll. Das Studium zur Tierärztin war damals der einzige Grund für mich gewesen, meiner Heimat für eine Weile den Rücken zu kehren.

Inzwischen führte ich im Anbau unseres Bungalows eine Praxis für Kleintiere. Außerdem kümmerte ich mich um die nordfriesischen Haus- und Hoftiere. Anfangs hatte ich mich ausschließlich auf die kleinen Schätze spezialisiert, aber nach und nach waren die Landwirte mit ihren Tieren dazugekommen. Sie hatten um Unterstützung gebeten, und da die Tierärzte in der Gegend rar waren, half ich ihnen gern. Ich liebte meinen Beruf, fast so sehr wie meine Heimat.

Vor zwei Jahren hatte ich einem Kollegen eine Praxisbeteiligung angeboten, die er sofort angenommen hatte. Er erfreute sich immenser Beliebtheit bei meinen tierischen Patienten, daher erlaubte ich mir ab und zu einen freien Tag, wie heute. Noch besser als bei den Fellnasen kam Helge bei ihren Besitzerinnen an. Die Damenwelt in Nordfriesland schien in den letzten Jahren ein Herz für Hunde und Katzen entwickelt zu haben. Anders vermochte ich mir den Ansturm auf meine Praxis nicht zu erklären. Seit Helge mit mir zusammenarbeitete, hatte sich die Zahl der Patientenakten verdoppelt. Auch die Tierarzthelferinnen benetzten ihre Lippen, sobald er den Raum betrat. Mir war aufgefallen, dass Katrin nur noch Blusen mit tiefem Ausschnitt trug, um ihr Dekolleté besser zur Geltung zu bringen, obwohl sie glücklich verheiratet war. Ein Stubentiger, der die erste Impfung erhalten sollte, war sogar mal auf der Flucht vor dem Tierarzt in ihren Ausschnitt gesprungen. Katrin war rot angelaufen, erst recht, als Helge kurzerhand nach dem Katzenbaby in seinem Versteck gegriffen und dabei die Oberweite seiner Helferin berührt hatte.

Zugegeben, er war attraktiv, alleinstehend und sexy, das sagten jedenfalls alle Mädels in der Praxis. Er hatte dichtes dunkles Haar, mit leicht grauen Schläfen. Die Blicke aus seinen braunen Augen wirkten auf meine Mädels wie Magie. Mit seiner bedachten und ausgeglichenen Art eroberte er alle im Sturm. Das kam nicht nur unseren ängstlichen Patienten zugute. Dank ihm hatte sich auch die allgemeine Stimmung in der Praxis verbessert. Ein Räuspern von ihm genügte, und das Geschnatter der Mädels verstummte. Sofort war ihm ihre volle Aufmerksamkeit sicher.

Die größten Sorgen bereitete mir aber Peggy, die Auszubildende. Mit ihren siebzehn Jahren schmolz sie regelrecht dahin, wenn sie Dr. Helge Petersen bei den Untersuchungen unterstützte. Ich quittierte die Reaktionen der Mädels regelmäßig mit Augenrollen und verkniff mir ein Seufzen. Es tat besonders Peggy nicht gut, sich so von ihm ablenken zu lassen.

Gleichzeitig fragte ich mich, wie es möglich war, dass Helge die meisten Frauen in seinen Bann zog, selbst aber überzeugter Single war. Da war doch etwas faul. Ich nahm mir vor, ihm bei Gelegenheit auf den Zahn zu fühlen.

Ich stieg ins Auto und quälte mich durch Hamburgs Baustellenverkehr. Ich war erleichtert, als ich endlich die A 23 erreichte und Vollgas geben konnte. Hin und wieder riskierte ich einen Blick in den Rückspiegel. Die ungewohnt kurzen Haare gefielen mir immer besser. Der Weg nach Hamburg hatte sich wieder mal gelohnt.

Über die Freisprechanlage rief ich meinen Mann Ben an. Ich lauschte dem Klingelzeichen und wartete, bis er endlich ranging.

»Hanna, was ist los?« Seine Stimme klang ungeduldig. Er war ein vielbeschäftigter Anwalt und hasste unangemeldete Telefongespräche, was ich aber ignorierte.

»Liebling, ich bin in einer Stunde zu Hause. Soll ich uns was kochen? Oder gehen wir zum Italiener?«

Mein Mann schwieg.

»Hallo, bist du noch dran?«

»Ich bin noch dran, aber ich habe heute einen Auswärtstermin, es könnte spät werden.«

Enttäuscht zog ich eine Flunsch. Wozu hatte ich eine Vertretung in der Praxis, wenn Ben nie Zeit für mich hatte? Dann hätte ich mir den Nachmittag nicht freizunehmen brauchen. Zumal bei einem Landwirt eine komplizierte Geburt eines Kälbchens bevorstand und er auf meine Hilfe hoffte. Helge fehlte die Erfahrung mit Großtieren, und er weigerte sich, diese Aufgaben zu übernehmen.

»Weißt du, wann du in etwa fertig sein wirst? Dann könnte ich Vorbereitungen treffen für unser Abendessen.« Hoffnungsvoll lauschte ich den Atemzügen meines Mannes. Offenbar überlegte er.

»Ich denke, es wird etwas später, vor zwanzig Uhr werde ich nicht zu Hause sein.«

Ich triumphierte innerlich.

»Das passt doch super, dann fahre ich jetzt nach Nordstrand und schaue mir die kalbende Kuh an. Vielleicht gibt sie sich Mühe, und das Kleine kommt rechtzeitig«, sagte ich zuversichtlich. »Dann können wir danach zusammen zu Abend essen.«

»Könnte klappen«, meinte Ben träge. »Aber ich weiß nicht, ob mein Mandant mich nicht noch zum Essen einlädt.«

»Dann trinken wir eben danach ein Glas Wein zusammen. Ich zünde den Kamin an, und wir machen es uns gemütlich«, schlug ich vor. Doch meine Hoffnung auf einen Abend zu zweit löste sich langsam in Luft auf.

»Gute Idee«, erwiderte Ben.

Ich war gespannt, wie er die neue Frisur fand, verriet ihm aber nichts. Ich unterbrach die Verbindung und wählte die Nummer des Landwirts. Trotzdem blieben meine Gedanken für einen Moment bei Ben hängen. Wir führten eine sogenannte gute Ehe. Wir teilten Tisch und Bett, wie es von einem verheirateten Paar erwartet wurde. Ich hatte wenig Grund, unsere Beziehung zu hinterfragen. Wenn nur dieses Gefühl nicht wäre, dass da mehr sein müsste …

2
Neues Leben

Birger Hermanns war erleichtert, meine Stimme zu hören. Er hatte die letzten Stunden im Stall verbracht und seiner Kuh Sieglinde beigestanden. Aber das Kalb hatte keine Lust, auf die Welt zu kommen.

In Schobüll angelangt, wechselte ich die Kleidung und verließ das Haus in Gummistiefeln und Jeans. Drüben in der Praxis herrschte Hochbetrieb. Zahlreiche Autos parkten vor der Tür. Die Überlegung, kurz reinzuschauen, verwarf ich zugunsten Sieglindes. Birger hatte besorgt geklungen, ich beschloss, mich besser zu beeilen. Mit gemischten Gefühlen fuhr ich über den Nordstrander Damm. Was wäre, wenn ich nicht rechtzeitig eintraf? Das Vertrauen der Landwirte war mir wichtig und machte mich stolz auf meine Arbeit. Ich wusste genau, was zu tun war, dennoch war mir die große Verantwortung bewusst. Warum hatte Birger nicht den ansässigen Tierarzt hinzugezogen? Die Antwort darauf kannte ich nur zu gut. Er vertraute ihm nicht. Viele Landwirte der Halbinsel dachten ebenso. Aber mir vertrauten sie, ich konnte mich vor Arbeit kaum retten.

Hin und wieder riskierte ich einen Blick über die Salzwiesen, die den Hindenburgdamm säumten. Die Schafe hatten zum größten Teil alle ihre Lämmer geboren, und es wimmelte nur so vor kleinen Lämmchen. Bei manchen war meine helfende Hand im Spiel gewesen. Ein Glücksgefühl überkam mich beim Anblick dieser Wollwunder. Sie waren auf eine Art ein Teil von mir, wenngleich sie nicht mir gehörten.

Birgers Hof lag im Elisabeth-Sophien-Koog. Ich fuhr mit

meinem Jeep die schmale Straße entlang und hielt Ausschau nach der Einfahrt zum Hermanns-Hof. Ich lenkte den Wagen am Wohnhaus vorbei und blieb unmittelbar vor dem Scheunentor stehen. Noch bevor ich einen Fuß auf die Erde gesetzt hatte, stürmte Birger auf mich zu.

»Gut, dass du da bist! Ich glaube, Sieglinde schafft es nicht allein.« Schweißperlen schimmerten auf seiner Stirn. Wie immer, wenn etwas ungewöhnlich verlief, war er in Sorge um seine Tiere.

»Nun bin ich ja da.« Beruhigend legte ich die Hand auf seinen Arm. »Ich schau mir die Dame mal an.«

Mit meinem Koffer begab ich mich leise in den Stall. Sieglinde lag im sauberen Stroh und schnaufte verzweifelt, sie hatte eindeutig Schmerzen. Ich horchte den bebenden Körper ab. Dann legte ich die Hände auf ihren prallen Bauch. Das Tier ertrug eine Wehe nach der anderen, doch der Geburtskanal war nur wenig geöffnet.

»Sieht nicht gut aus, Birger«, sagte ich mitleidig, »aber wir schauen mal. Besorgst du mir einen Strick?«

Er wurde blass. »Du willst es holen?«

»Es bleibt nicht viel Zeit. Wir müssen handeln, sonst verlieren wir das Muttertier. Voraussichtlich auch das Kalb. Also los.«

Das Tier hatte zwar Wehen, aber nicht genug Kontraktionen, um die Geburt allein zu schaffen. Ich untersuchte den Geburtskanal. Wir hatten Glück, das Kalb lag richtig herum, und es war nicht mit weiteren Problemen zu rechnen. Ich öffnete die Fruchtblase. Nachdem das Fruchtwasser abgegangen war, kamen die Vorderbeine zum Vorschein, wenig später die Nase des Tieres.

»Sieht gut aus, Birger, wir legen die Schnur um die Beine.«

Gemeinsam holten wir das neue Leben auf die Welt. Ein kleiner Bulle. Sieglinde leckte es fürsorglich, wir halfen dabei und rieben es mit sauberem Stroh trocken. Erst als das Kalb auf wackligen Beinen die Box erkundete, war ich sicher, es geschafft zu haben. Auch wenn ich schon viele solcher Ereignisse erlebt hatte, rührte mich der Anblick der neugeborenen Tiere jedes Mal. Birger, der mich kannte, reichte mir schmunzelnd ein Taschentuch. Ich fluchte leise.

»Ich bin zu alt, zu emotional und zu weich für diesen Job.«

»Quatsch«, meinte Birger, »du bist die beste Tierärztin in ganz Nordfriesland.«

»Jetzt ist aber gut. Hol lieber den Tee aus der Küche, sonst bewerfe ich dich mit der Nachgeburt.« Ich lachte. Sein Gesichtsausdruck war zu köstlich.

»Komm doch mit rein, Britta hat bestimmt einen Kuchen gebacken.«

»Dann ziehe ich mich aber erst um.«

Eine Landtierärztin benötigte immer einen Vorrat an Wechselklamotten im Auto. Mit der Fernbedienung öffnete ich den Kofferraum, setzte mich auf die Laderampe und befreite meine Füße von den Gummistiefeln. Nachdem ich mich umgezogen hatte, fuhr ich mit den Fingern durch die neue Kurzhaarfrisur und lief zum Wohnhaus.

Birger erwartete mich an der Tür. »Ich hatte recht!«, rief er mir zu und grinste. »Britta hat Kuchen gebacken, und der Tee ist auch schon fertig.«

»Wunderbar, ich liebe frischen Kuchen.« Mir lief das Wasser im Mund zusammen. Dabei wurde mir bewusst, dass ich heute Morgen zuletzt etwas gegessen hatte.

Britta empfing mich in der Küche mit einem warmherzigen Lächeln. »Du hast meine Sieglinde gerettet. Ich bin unglaublich erleichtert, sie ist meine Lieblingskuh.«

»Weiß ich doch, Britta, ich bin auch froh, dass sie es geschafft hat.«

Die verliebten Blicke von Britta und Birger machten mich ein bisschen neidisch auf das Glück der beiden. Sie teilten Arbeit und Freizeit miteinander. Ben und ich hatten dagegen zu wenig Zeit füreinander. Der Gedanke an meine Ehe versetzte mir einen Stich. Zugegeben, unsere Berufe waren so unterschiedlich wie Tag und Nacht. Ben war stets in perfekt sitzenden Anzügen unterwegs, ich dagegen meist in Gummistiefeln und Blaumann. In der Anfangszeit unserer Beziehung hatten wir angenommen, dass genau diese Gegensätze uns zueinander hinzogen. Aber inzwischen hatte ich meine Zweifel daran. Während Ben mit Mandanten noble Restaurants besuchte, hing ich mit beiden Armen im Geburtskanal einer Kuh oder kastrierte Ferkel. Alles Themen, die nicht unbedingt für einen Smalltalk mit Bens Geschäftsleuten geeignet waren. Daher kam es auch selten vor, dass ich bei einer seiner zahlreichen Verhandlungen dabei war. Aber wenn doch, gab Ben mir vorher genaue Anweisungen, wie ich mich in Gespräche einzubringen hatte. Von kastrierten Ferkeln oder Katzen wollte niemand etwas hören.

Auf die Frage, ob ich ebenfalls Anwältin sei, antwortete ich dann bescheiden: »Nein, ich bin Tierärztin, weil ich Tiere über alles liebe.«

Das war nicht gelogen, und meistens folgten keine weiteren Fragen.

»Setz dich doch«, forderte Britta mich nun auf. »Ich hoffe, du magst Apfelkuchen.«

»Ich bin verrückt danach.« Ich hielt ihr meinen Teller hin, damit sie mir das erste Stück drauflegen konnte. Ich wartete nicht auf eine Aufforderung, sondern verschlang den Kuchen, als ob es meine letzte Mahlzeit wäre. »Wie läuft es mit den Ziegen?«, erkundigte ich mich mit vollem Mund.

Birger war vor einigen Wochen in die Ziegenzucht eingestiegen und hatte große Pläne damit. Britta wirkte abrupt befangen.

»Na ja, er ist hier auf Nordstrand der Ziegenpeter, aber eigentlich ist es mein Projekt. Ich habe draußen im Anbau eine Seifenküche eingerichtet und möchte einen Hofladen eröffnen, sobald wir genügend Erträge erzielt haben. Zusätzlich will ich Ziegenkäse anbieten.«

»Hört sich spannend an«, meinte ich. »Dazu die Schafswolle und die Produkte, die daraus entstehen ... Strickt deine Mutter die Wollsocken?«

»Ja klar, sie ist fleißig dabei, damit zur Eröffnung des Ladens genug da ist.« Britta strahlte. »Ich werde schon beweisen, dass ich auf der richtigen Spur bin.« Während sie sprach, legte sie ein weiteres Stück Kuchen auf meinen Teller. »Leider rückt unser Wunschurlaub dadurch in weite Ferne. Es ist schwierig, eine Vertretung für den Hof zu finden.«

Birger nahm liebevoll die Hand seiner Frau. »Das ist leider so, wenn man sein Leben mit Tieren teilt.«

Hungrig verschlang ich auch das zweite Stück Kuchen und pickte gedankenverloren die Krümel von meinem Teller. Ben und ich waren schon lange nicht mehr zusammen weggefahren. Das Glück der beiden Landwirte war für mich kaum auszuhalten. Daher beschloss ich, den Rückzug anzutreten.

»Ich muss leider los, vielen Dank für den Kuchen.« Ich stand auf und reichte ihnen zum Abschied die Hand. Britta zog mich kurz in die Arme. Ein warmes Gefühl von Freundschaft erfüllte mich.

»Vielen Dank, Hanna«, sagte Birger, als er mich zur Tür begleitete.

»Dafür bin ich da, die Rechnung kommt.« Schmunzelnd bemerkte ich, wie er zusammenzuckte. »Keine Sorge, ich werde euch nicht gleich ruinieren.«

Wenn ich mit Ben den Feierabend genießen wollte, musste ich mich beeilen. Sonst schlief er womöglich auf dem Sofa ein, bevor ich die Weinflasche geöffnet hatte.

3
Nachtwanderer

War es möglich, Glück festzuhalten? Es einzufrieren oder gar zu konservieren? Das klang verlockend. Die Liebe meines Lebens fest verschlossen in einem von Omas Einmachgläsern. Sobald ich unsicher wäre, würde ich mir das Glas anschauen und mich zufrieden zurücklehnen, um dann zur Tagesordnung überzugehen. Diese Vorstellung zauberte mir automatisch ein Lächeln aufs Gesicht. Ich brauchte diese Sicherheit. Und zwar *jetzt*! Leider hatte ich vergessen, die Einmachgläser rechtzeitig zu füllen. Warum war ich nur so chaotisch?

Bei meinen Eltern sah das alles immer so leicht aus. Ihre Liebe zueinander lag sicher verpackt in ihren Seelen, in einem luftdicht verschlossenen Gefäß, das sogar Unwetter und Stürme überstand. Ich überlegte, ob ich ihnen bald mal wieder einen Besuch abstatten sollte. Ich hätte mich rechtzeitig nach dem Rezept ihrer Liebe erkundigen sollen. Ich fürchtete, dass es für Ben und mich schon zu spät war. Abgestandenes oder Verdorbenes war nicht mehr zu konservieren. Die Erkenntnis versetzte mir einen schmerzhaften Stich.

Ich rannte durch die leeren Straßen Husums. Inzwischen war es weit nach Mitternacht. Die Nachtluft war kühl und schmerzte in der Lunge. Meine langen Beine bewegten sich wie ferngesteuert. Wohin trugen sie mich? Eile war mein Lebenselixier. Ich liebte die Geschwindigkeit. Wenn ich an Häuserreihen vorbeisauste, ohne meine Umgebung richtig wahrzunehmen. Das brauchte ich auch nicht, denn hier war mein Zuhause. Ich kannte jeden Stein und jeden Menschen, der mir begegnete. Ich grüßte alle mit einem freundlich-unverbindlichen Lächeln, ohne mich unnötig mit einem Gespräch aufzuhalten. Zugegeben, an manchen Tagen hätte ich durchaus Zeit für einen Plausch vor dem Supermarkt oder nach dem Einkauf auf dem Wochenmarkt. Aber ich zog es vor, mich zu beeilen.

Diese Angewohnheit hatte ich, seit ich das Licht der Welt erblickt hatte. Schon bei meiner Geburt hatte ich den Turbogang eingelegt und galt damals als das schnellste Baby der Station, obwohl ich in einem Taxi geboren worden war und nicht im Kreißsaal. Meine Mutter war so glücklich gewesen, mich in die Arme zu schließen, obwohl Papa es nicht geschafft hatte, dabei zu sein, dass sie ein Jahr später meinem Bruder das Leben schenkte. Was beim ersten Mal so glattgegangen war, konnte getrost wiederholt werden, dachte sie sich. Doch sie hatte nicht mit Finns Sturheit gerechnet. Er dachte nicht daran, seine sichere Unterkunft zu verlassen, und bescherte unserer Mutter eine Geburt, die sie nie vergessen sollte.

Finn hatte es auch seitdem selten eilig. Selbst wenn er sprach, vermittelte er den Eindruck, dass seine Zuhörer ihn bei der Wortfindung unterstützen mussten. Seine Worte schlichen nur so über seine Lippen, nichts und niemand war dazu in der Lage, ihn zur Eile zu bewegen. Er war inzwischen nach Dänemark ausgewandert. Die Mentalität der dänischen Landsleute war der seinen ähnlich, daher fühlte er sich im Königreich enorm wohl. Ich hatte ihn leider seit zwei Jahren nicht mehr zu Gesicht bekommen. Irgendwie fehlte er mir. Mutti hatte oft den Wunsch geäußert, dass wir unser Temperament etwas unter uns aufteilen sollten. Es gab eben doch Situationen, in denen mir etwas Besonnenheit guttun würde.

Nur bei der Familienplanung hatte ich auch ganz von

selbst einen kühlen Kopf bewahrt. Die Aussicht, eine Schlafmütze wie meinen Bruder zu bekommen oder ein Kind, das mit einem Duracell-Hasen konkurrierte, hatte mich dazu bewogen, auf Mutterglück zu verzichten. Die Vorstellung machte mir Angst. Ich war ein temperametvolles Kind gewesen, und meine Mutter hatte mit mir alle Hände voll zu tun gehabt. Ich glaubte nicht, dass mein Nervenkostüm ausreichend wäre. Eine Schlafmütze wie mein Bruder hätte mir den letzten Nerv geraubt. Da meine biologische Uhr mit fünfundvierzig ohnehin so gut wie abgelaufen war, brauchte ich diese Entscheidung auch nicht mehr zu bedauern oder zu hinterfragen.

Ich war schon immer anders als die meisten Kinder in meinem Umfeld gewesen. In Situationen, wo andere lachten, heulte ich, bei traurigen Anlässen kam es vor, dass ich sie lustig fand. Anstatt Muscheln am Strand zu sammeln, um sie später abzukochen, wie die meisten Kinder, hatte ich die Schalentiere zurück ins Meer geworfen. Ich wusste damals nicht, dass sie ihr Haus zu diesem Zeitpunkt längst verlassen hatten oder nicht mehr lebten. Wenn Nachbarskinder mit Wonne durch Regenpfützen stapften, holte ich eine Gießkanne, um erneut Wasser hineinzugeben. Ich fand es faszinierender, etwas zu tun, was sonst niemand tat. Gänzlich hatte ich diese Gewohnheiten auch als Erwachsene nie abgelegt. Ben hatte mal gesagt, dass er sich aus diesem Grund in mich verliebt hatte.

So war es auch in diesem Moment. Ich benutzte nicht den Bürgersteig. Ich lief mitten auf der Straße. Zugegeben, am Tag war das ein gefährliches Unterfangen. Aber in der Nacht fuhren kaum Autos durch Husum. Ich liebte es einfach, gegen den Strom zu schwimmen. Bevorzugt mit meinem Mann. Aber in letzter Zeit schwammen wir eher voneinander weg. Hätte ich mir doch nur rechtzeitig das Rezept der konservierten Liebe geben lassen ...

Ich überquerte den Marktplatz mit dem Tine-Brunnen, dem Wahrzeichen der Stadt Husum. Wie gewohnt wurde ich von der ehemaligen Fischersfrau aus Bronze ignoriert. Sie hielt ihren Blick weiterhin auf das Meer gerichtet, um Ausschau nach ihren Lieben auf See zu halten. Ich setzte mich für einen Augenblick zu ihren Füßen auf die Mauer des Brunnens. Die Glocke der Marienkirche schlug zweimal. Zwei Uhr in der Früh. Ob Ben mich wenigstens vermisste? Vermutlich schlief er in seinem Bett wie ein Baby. Es trieb mich zur Weißglut, wenn er nach einem Streit mühelos einschlief und dachte, dass unsere Meinungsverschiedenheiten sich unterdessen in Luft auflösten. Dabei wurden sie nur konserviert. Inzwischen lebten wir inmitten eingelegter und eingefrorener Streitigkeiten, die unausgesprochen ihr Dasein in luftdicht verschlossenen Behältern fristeten. Verwunderlich, dass wir dafür die nötige Rezeptur gefunden hatten.

Ich hatte den ganzen Abend auf Ben gewartet, aber er war nicht gekommen. Er hatte mir nicht einmal eine Nachricht geschickt, dass er sich verspätete. Ich hasste es, auf ihn zu warten, dennoch tat ich es.

»Guten Morgen, schon so früh unterwegs?«

Ich zuckte heftig zusammen. Auf eine Begegnung war ich nicht vorbereitet. Verstohlen versuchte ich, die verlaufene Wimperntusche unter den Lidern wegzuwischen.

»Entschuldige, ich wollte dich nicht erschrecken.« Ein Mann, ich schätzte ihn auf höchstens dreißig, sah mich aufgeschlossen an. Für gewöhnlich war ich nicht kontaktscheu, aber hier auf dem Marktplatz zur nächtlichen Stunde war das anders.

»Was geht Sie das an? Habe ich nicht das gleiche Recht wie Sie, hier zu sein?« Um meine Worte zu unterstreichen, funkelte ich ihn wütend an. Anscheinend mit Erfolg. Er hob beschwichtigend die Hände und wich von mir zurück.

»Das habe ich nicht gemeint«, sagte er betroffen. »Du siehst nur so traurig aus, da dachte ich, du brauchst ein Ohr zum Vollquatschen.«

»Du meinst, deins ist dafür wie geschaffen?«, blaffte ich ihn an. Er ließ die Arme sinken und mich nicht aus den Augen.

»Ich würde es zumindest versuchen«, entgegnete er schmunzelnd.

Meine Wut verrauchte wie Feuer unter einer Wasserfontäne. Resigniert zuckte ich die Schultern.

»Das glaube ich zwar nicht, aber wenn du einen Kaffee dabeihättest, würde ich nicht Nein sagen.«

Ein warmes Lachen ertönte.

»Klar, die Kaffeemaschine habe ich immer dabei.« Er veranschaulichte seine Worte, indem er einen übergroßen Rucksack von seinen Schultern nahm und grinste. Ich lachte auf.

»Einen Versuch war es wert.«

Ich war nicht verwundert, als er sich mit einer silbernen Thermoskanne in der Hand zu mir setzte. Wenig später umklammerte ich einen Becher mit dampfendem Kaffee. Mein Herz machte einen freudigen Hüpfer. Ich liebte es spontan und originell. Mit einem Fremden am Tine-Brunnen zu hocken und Kaffee zu trinken war für den heutigen Tag mein Highlight. Von Bratkartoffeln und Puschenkino hatte ich genug.

Bevor ich den Becher zum Mund führte, untersuchte ich im Licht der Straßenlaterne, ob er benutzt war oder es Sabberspuren gab. Das konnte ich nämlich nicht ausstehen. Beruhigt nahm ich dann den ersten Schluck.

»Der weckt ja Tote auf«, meinte ich anerkennend. Während mancher nach heißem Wasser verlangte, um den Wachmacher zu verdünnen, gab ich gern einen extra Löffel Kaffeepulver in den Filter.

»Na ja, ich finde, Kaffee muss so schmecken«, sagte der Fremde lässig.

Zum ersten Mal schaute ich ihn mir genauer an. Er trug die Haare schulterlang. Gelegentlich strich er sich die Mähne mit der Hand aus dem Gesicht. Beim Lächeln verzog er die Lippen schräg nach links und ließ dabei weiße Zähne aufblitzen. Dünne Fältchen umspielten seine Augen, deren Farbe in der Dunkelheit nicht auszumachen war. Aber das Glitzern darin war deutlich zu erkennen. Außerdem verrieten mir seine Augen, dass er Humor hatte. Ein gewisser Schalk schwang darin mit. Er wartete offenkundig auf eine Reaktion von mir. Ich versuchte es fürs Erste mit einem Lächeln.

»Schmeckt er dir nicht?«, fragte er.

»Doch, doch«, versicherte ich. »Bei mir muss er auch stark sein und schwarz wie die Füße meiner Großmutter.«

»Na, dann sind wir uns zumindest darüber einig.« Er schmunzelte. Sein Zeigefinger wies auf den Becher. »Aber ich hätte schon auch gern einen Schluck, damit ich die Nacht rumkriege.«

Wortlos reichte ich ihm den Kaffee. Er rückte näher an mich heran und trank. Dann gab er mir den Becher zurück. Ich starrte auf meine Turnschuhe.

Immer noch ohne ihn anzusehen, fragte ich: »Was treibt dich durch die Nacht? Kannst du nicht schlafen?«

»Oh, ich könnte durchaus noch eine Runde pennen, aber mein Job ruft mich.«

»Es ist dein Job, einsame Frauen anzusprechen und sie mit Kaffee zu versorgen?« Neugierig sah ich zu ihm auf. Er war mindestens zwei Köpfe größer als ich.

»Normalerweise eher nicht.« Er grinste mich an. »Ich habe in der Krämerstraße eine kleine Backstube.«

Ich riss erstaunt die Augen auf. »Du bist Bäcker?«

»So ähnlich. Ich bin Zuckerbäcker. Torten, Trüffel und

Kuchen gehören zu meinen Leidenschaften. Aber ich biete seit Neuestem an zwei Tagen der Woche auch frische Brötchen an.«

Ich setzte mich aufrecht hin.

»Du könntest mir also ein zuckersüßes Liebesrezept besorgen?« Hoffnungsvoll blinzelte ich ihn an. Dann wurde ich unter seinem neugierigen Blick rot. Hatte ich den Eindruck erweckt, mit ihm zu flirten? Meine Wangen brannten wie Feuer. Doch er reagierte gelassen.

»Das haben schon andere vor mir probiert, aber ich glaube, die Liebe lässt sich nicht in ein Rezept zwängen. Sie ist einzigartig, und jeder gibt die Zutaten dafür selbst hinein.«

Sein Blick verunsicherte mich. Für ihn schienen meine Probleme mit der Liebe etwas völlig Normales zu sein.

»Hmm«, gab ich von mir. »Aber was ist, wenn man sich mit den Zutaten vertan hat und nur noch eine ungenießbare Masse zurückbleibt?«

Er lachte leise. »Ich entsorge meine misslungenen Versuche und fange von vorn an. Bei der Liebe ist es nach meinem Dafürhalten nicht anders. Nichts bleibt für immer.«

Was sich aus seinem Mund so unkompliziert anhörte, war für mich nicht leicht umzusetzen. Zwanzig Jahre Ehe auf den Müll werfen? Meine Situation schien mir zu verzwickt, als dass ich mit einem Fremden, dessen Namen ich nicht mal kannte, darüber diskutieren wollte. Ich rückte ein Stück von ihm ab.

»Wenn das nur so leicht wäre.« Ich seufzte.

»Es ist nicht leicht, immerhin haben die Zutaten Geld gekostet. Aber wenn nichts mehr zu retten ist? Was soll ich sonst tun?«

»Na ja, ob dein Süßkram in den Abfalleimer wandert oder meine Ehe, ist doch ein riesiger Unterschied.« Ärger klang in meiner Stimme mit, aber ich widerstand dem

Impuls, aufzustehen und mich zu verabschieden. Ich blieb wie angewurzelt sitzen.

»Oliver Hansen.« Er reichte mir die Hand zum Friedensangebot. Entschlossen ergriff ich sie. Dabei spürte ich seine angenehme Wärme.

»Hanna Martensen. Freut mich irgendwie doch, dich getroffen zu haben«, sagte ich versöhnlich. Ein Grinsen huschte über Olivers Gesicht, er wurde aber gleich wieder ernst.

»Ich freue mich auch und bin sicher, dass hier war kein Zufall.«

Ich leerte den Becher in einem Zug und reichte ihn seinem Besitzer zurück.

»Danke für den Kaffee, Oliver. Ich muss los.« Schnell sprang ich auf, um meinen Worten Nachdruck zu verleihen.

Während Oliver den Becher in seinem Rucksack verstaute, fragte er nebenbei: »Worüber habt ihr gestritten, dein Mann und du? Zahnpastatube nicht verschlossen?«

»Quatsch«, zischte ich. Aber was sollte ich ihm sagen – dass ich über zwei Stunden mit der geöffneten Weinflasche auf Ben gewartet hatte, er es aber nicht für nötig gehalten hatte, mir Bescheid zu geben, und sein Handy ausgeschaltet gewesen war? »Ich glaube, das geht dich nichts an. Aber danke für den Versuch, meine Ehe zu therapieren.«

»Immer wieder gern. Darf ich dich einladen, mich in die Backstube zu begleiten? Ich muss nämlich wirklich los.« Er warf einen Blick auf die Kirchturmuhr. Hastig schüttelte ich den Kopf.

»Nein, lieber nicht, ich muss auch nach Hause. Tschüss, Oliver.« Ich gab ihm zum Abschied die Hand und schenkte ihm sogar ein Lächeln.

»Schade«, meinte er. »Aber mein Angebot steht, wenn dir danach ist … Komm gern vorbei. War wirklich schön, dich kennenzulernen.« Er lächelte mich ehrlich an und versüßte mir damit den erwachenden Tag.

Es hatte zu regnen angefangen, sodass ich meine kurzen blonden Haare unter der Kapuze der Sommerjacke verbarg. Aber der Regen störte mich gar nicht, ich war wie beseelt von dem Treffen mit Oliver. Lag es eventuell daran, dass er mich den Ehealltag mit meinem Mann hatte vergessen lassen? Oder war es sein hinreißendes Lächeln? Während ich durch die Innenstadt lief, wanderten meine Gedanken wieder zu Ben. War unsere Ehe wirklich nicht mehr zu retten, oder hatten wir noch eine Chance, die es nicht zu verpassen galt? Woran erkannte ich, ob es Sinn hatte, zu kämpfen? Die Fragen häuften sich in meinem Kopf und brannten mir auf der Seele.

Mein Auto stand in der oberen Neustadt. Ich beeilte mich, denn diese Straße war nachts kein Ort für einsame Frauen. Doch ich hatte keine Angst. Beim Auto angekommen, rutschte ich in den Sitz und fuhr nach Hause. Wir lebten in Schobüll, dem kleinen Nordseeort direkt am Meer. Damals, nach unserer Hochzeit, hatten wir unser Kapital zusammengelegt, um uns diesen Traum zu erfüllen, und es bisher nie bereut. Aber was würde aus unserem Haus werden, wenn wir unsere Probleme nicht in den Griff bekamen? Ich verwarf den Gedanken blitzschnell und konzentrierte mich auf die nächtliche Fahrbahn.

Als ich Schobüll erreichte, lag die Nordsee dunkel und geheimnisvoll zu meiner Linken. Rechts befand sich der ehemals wunderschöne Wald, der vor einigen Jahren dem Sturmtief Christian zum Opfer gefallen war. Die Schobüller Gemeinde war zutiefst traurig über die kläglichen Überreste nach dem Sturm gewesen. Ben und mir war es nicht anders ergangen. Inzwischen hatte man neue Bäume gepflanzt, die aber Jahre brauchen würden, um zu dem Wald heranzuwachsen, der hier früher einmal gestanden hatte. Ein Erholungsort für Einheimische und Touristen.

Unser Haus im Halebüller Weg lag im Dunkeln. Ben hatte alle Lichter gelöscht. Ich war verwirrt, dass selbst der Bewegungsmelder nicht aufleuchtete, als ich den gepflasterten Weg zur Haustür entlangschlich. Vorsichtig tastete ich mich durch die Finsternis. Der Schein der Straßenlaternen reichte nicht bis zu unserem Grundstück. Ich zitterte leicht, als ich den Schlüssel ins Schloss steckte. Mit beiden Händen führte ich ihn in den Zylinder. Aber er passte nicht. Was war denn hier los?

In meiner Verzweiflung drückte ich den Klingelknopf. Mir wäre es lieber gewesen, nicht sofort auf Ben zu treffen, aber mir blieb nichts anderes übrig, als ihn zu wecken. Ich war nicht sonderlich scharf darauf, den Rest der Nacht in der Gartenlaube zu verbringen. Ein Heulkrampf kündigte sich an, als ich merkte, dass die Klingel abgeschaltet war. Ein merkwürdig piepsiges Geräusch entwich meiner Kehle. Das war doch nicht Bens Ernst? Er sperrte mich aus? Das war unser beider Haus, und er hatte kein Recht, mir den Eintritt zu verweigern. Tränen flossen über mein Gesicht, und ein lautes Schluchzen hallte von den Wänden des Anbaus wider. Ben hatte mich heute Abend versetzt und wie bestellt und nicht abgeholt auf ihn warten lassen. Mir stand es zu, sauer zu sein, und das war ich auch. Aber selbst, wenn er auch wütend auf mich war, hatte er nicht das Recht, mich auszusperren. Was war nur mit uns los? Warum waren wir nicht mehr glücklich miteinander?

Ein leises Knacken ließ mich herumfahren. War ich nicht allein auf dem Grundstück?

Ich zitterte wie Espenlaub. Ganz in meiner Nähe hörte ich einen Menschen atmen. Hatte nun meine letzte Stunde geschlagen? Wie ungerecht, es gab doch noch einiges zu klären! Ich hob meine Fäuste und war bereit zu kämpfen, wenn nicht um meine Ehe, dann ums Überleben. Ich bemerkte einen Schatten dicht vor mir. Ich nahm alle Kraft zusammen und wappnete mich. Ich würde mich nicht vor meinem Zuhause in die Knie zwingen lassen. Ich würde dem mutmaßlichen Einbrecher die Augen auskratzen. Mein Herz schlug wild in der Brust, es überschlug sich regelrecht. Da vernahm ich eine Stimme. Bens Stimme!

»Hanna, Liebling, ich bin es«, flüsterte er. Warum sprach er im Flüsterton mit mir? War es doch nur jemand, der sich verstellte, um mich zu täuschen und zu überwältigen? Ich behielt meine Körperhaltung bei, jeden Moment zur Verteidigung bereit. Wenn es nur nicht so stockfinster wäre!

»Das glaube ich nicht. Mein Mann liegt im Bett und schläft«, konterte ich angriffsbereit. Gleichzeitig ärgerte ich mich, dem Einbrecher so etwas Wichtiges verraten zu haben. Ich war allein. Das schwache Geschlecht, ohne männlichen Schutz. Ein willkommenes Opfer in der Nacht.

Aus dem Augenwinkel entdeckte ich die Gartenharke, die Ben nicht zurück in den Schuppen gebracht hatte. Typisch. Ich beugte mich vor und griff danach. Sofort fuchtelte ich damit durch die Luft.

»Verpiss dich, du Penner! Ich bin durchaus in der Lage, mich zur Wehr zu setzen! Leg dich nicht mit mir an!«, rief ich in die Nacht. Meine Stimme hörte sich rau an. Doch ich war entschlossen, ihn zur Flucht zu zwingen.

»Hanna, zum Teufel, mach nicht so einen Aufstand! Wer, wenn nicht ich, sollte hier stehen?«

Ben! Ich ließ die Harke sinken. Es war wirklich mein Mann. Er war zur Stelle, wenn ich ihn am dringendsten brauchte.

»Ben?«

»Baby, beruhige dich.«

Ich weinte vor Erleichterung und fiel meinem Mann in die Arme. Inhalierte seinen Duft, schmiegte mich an ihn und fühlte eine Geborgenheit wie schon lange nicht mehr.

»Warum ist es so dunkel? Ich dachte …« Ich brach erneut in Tränen aus. Tränen der Befreiung, der Freude und nicht zuletzt der Hoffnung auf eine lange glückliche Ehe.

Bens bärenstarke Arme hielten mich umschlungen. Auch er schien überwältigt. Denn er ließ mich nicht los, wie es für gewöhnlich der Fall war. Ich lag sicher geschützt in den Armen meines Mannes. Sein Brustkorb hob und senkte sich so schnell, als ob er einen Marathonlauf hinter sich hätte.

»Ich habe dich gesucht, als ich einen Anruf von der Sicherheitsfirma erhielt. Die Alarmanlage ist ausgefallen und hat alles lahmgelegt, was mit Strom versorgt wird. Eine Störung im System, sie wird jeden Moment behoben werden.«

Ich kicherte erleichtert. Eine Störung im System. In diesem Augenblick war ich mir sicher, dass auch wir nur eine Systemstörung hatten, die in diesen Minuten repariert wurde. Ben hielt mich in den Armen und sah mir tief in die Augen.

»Hanna, bist du betrunken?«

Ich stellte mein Kichern ein.

»Ein bisschen«, meinte ich, »trunken vor Glück.« Ich suchte seine Lippen und küsste den Mann, den ich über alles liebte.

»Jetzt übertreib nicht schon wieder, Hanna, wir sind seit zwanzig Jahren verheiratet«, raunte er mir ins Ohr. Dann wanderten seine Lippen an meine Halsbeuge. Ich spürte seinen heißen Atem und bekam weiche Knie, wie schon lange nicht mehr. Ich wünschte, die Dunkelheit würde uns für immer umgeben.

Doch in der nächsten Sekunde wurde es taghell. Die Beleuchtung erwischte uns eiskalt. Ben wirkte müde. Er löste sich von mir, dann steckte er seinen Schlüssel ins

Schloss und ließ mir den Vortritt ins Haus. Der Zauber war so schnell verflogen, wie er aufgekommen war. Ben schob sich an mir vorbei, zog sich die Schuhe von den Füßen, um sie wie gewohnt in der Mitte des Hausflures stehen zu lassen, und bewegte sich in die Küche. Ich wusste bereits vorher, was er als Nächstes vorhatte. Das Licht des Kühlschrankes blitzte kurz auf, und er griff hinein, um eine Flasche Wasser herauszuholen. Eine Sekunde lang schloss ich die Augen. Verzweifelt versuchte ich das Gefühl zurückzuholen, das mich vor wenigen Minuten beseelt hatte. Aber mein Innerstes blieb stumm.

»Geh doch schlafen, Hanna, ich komme auch gleich«, drang Bens Stimme in meine Gedanken. Er kam auf mich zu und gab mir einen leichten Kuss auf die Lippen, der nicht ansatzweise an den erinnerte, der mir vorhin den Boden unter den Füßen weggezogen hatte. Der die alte Leidenschaft hatte aufflammen lassen. Ich suchte in Bens Gesicht nach Anzeichen dieser Leidenschaft. Aber seine dunkelbraunen Augen sahen nur müde an mir vorbei. Die Hitze der Nacht ... war auf Nimmerwiedersehen verflogen.

Ich zwang mich zu einem Lächeln und nickte. Dann verzog ich mich traurig nach oben ins Schlafzimmer. Wie hatte ich nur annehmen können, dass ein Stromausfall all unsere Probleme lösen würde? Gerade hatte es den Eindruck, sie fingen jetzt erst an. Früher hätten wir das begonnene Spiel fortgesetzt. Heute lag eine dunkle Wolke über unserer Liebe, die uns mit jedem Atemzug weiter voneinander zu trennen schien.

4
Schokoladenküsse

Am nächsten Morgen erwachte ich benommen und mit Kopfschmerzen. Ben hatte die Nacht nicht im Schlafzimmer verbracht, sein Bett war unberührt. Ich vermutete, dass er auf dem Sofa eingeschlafen war. Die Tatsache, dass wir unsere Probleme wieder einmal auf Eis gelegt hatten, versetzte mir einen schmerzhaften Stich.

Ich dachte zurück an die Begegnung mit dem Zuckerbäcker auf dem Marktplatz. Seine warme Stimme und die lachenden Augen liefen in einer Endlosschleife in meinem Kopf wie ein selbst gedrehtes Video. Was hatte er gesagt? Ich solle ihn besuchen und in seiner Backstube nach meinem eigenen Liebesrezept forschen? Oder war er der Meinung gewesen, es gäbe kein Rezept? Ich versuchte mich zu erinnern. Ich forschte bereits zu lange, und für weitere Experimente fehlte mir die Geduld. Ich wollte jetzt leben, lieben und genießen.

Wie viel Zeit blieb mir noch? Bis dass der Tod euch scheidet? Ich dachte nicht daran, tatenlos auf mein bitteres Ende zu warten, um auf dem Sterbebett zu behaupten, mein Leben sei phänomenal gewesen, und mich damit selbst zu belügen. Ich musste sofort eine Lösung finden und mit Ben Klartext reden. Die Praxis war heute ausgebucht. Aber am Abend würde ich mit ihm sprechen, und ich akzeptierte keine Ausflüchte.

Zuversichtlich schwang ich meine Beine aus dem Bett und sprang unter die Dusche, bevor Ben sie für sich in Anspruch nahm. Zum Frühstück verschlang ich in der Küche einen Joghurt und spazierte dann rüber in den Anbau. Ben war mir nicht über den Weg gelaufen. Wo steckte er nur? Er würde nie das Haus verlassen, ohne vorher zu duschen. Ich befahl mir, nicht weiter zu grübeln, und bereitete mich stattdessen mental auf die bevorstehende Operation einer Katze vor. Hauptsächlich auf das anschließende Gespräch mit der Besitzerin des Tieres. Ich hatte keine große Hoffnung, es zu retten. Es litt an einem angeborenen Herzfehler, was es umso schwieriger machte, ein Krebsgeschwür der Gebärmutter zu entfernen. Für eigene Sorgen war da kein Raum. Ich betrat die Praxis und wurde sofort von Hundegebell sowie panisch maunzenden Katzen empfangen.

»Guten Morgen zusammen«, trällerte ich in den Wartebereich und huschte gleich durch die nächste Tür ins Büro.

Meine Auszubildende Peggy steckte den Kopf herein. »Guten Morgen, Frau Doktor, möchten Sie einen Kaffee?«

Gedankenverloren schüttelte ich meinen Kopf. »Ähm … nein danke. Aber Sie dürfen mir bei der OP assistieren.«

Peggy sah mich überrascht an und strahlte. »Ist das Ihr Ernst?«

»Trauen Sie sich das zu?«

Sie zögerte kurz. »Ganz bestimmt! Danke, dass ich dabei sein darf. Ich bereite alles vor.«

Sie verschwand so schnell, wie sie gekommen war. Ich grinste. Sie war eine gute angehende Tierarzthelferin, und ich würde sie am Ende der Ausbildung in meinem Team behalten. Ich folgte ihr in den Behandlungsraum, die Patientin würde jeden Moment reinkommen.

Peggy arbeitete konzentriert und gewissenhaft. Ich war zufrieden. Während der OP waren ihre grünen Katzenaugen stets auf das Operationsfeld gerichtet. Selbstständig und zuverlässig reichte sie mir die richtigen Instrumente an und blieb selbst in kritischen Phasen des Eingriffs aufmerksam.

Ich verschloss die Naht und prüfte die Vitalwerte des

Tieres. Peggy strahlte. »Das war knapp, oder? Glückwunsch, Frau Doktor.«

»Du darfst Frau Thomsen Entwarnung geben. Ich spreche dann später noch mit ihr.« Sie war im Begriff, den Raum zu verlassen. »Peggy?«

»Ja?«

»Danke, gut gemacht.« Ich zwinkerte ihr zu, denn sie war offenbar hocherfreut über das Lob.

Zur Mittagspause verschloss ich die Praxistür. Ich hatte eine Flut an Patienten versorgt. Helge hatte heute Vormittag frei und übernahm am Nachmittag, damit ich in die umliegenden Dörfer fahren konnte, um die Außentermine wahrzunehmen. Der erste führte mich auf die Halbinsel Nordstrand, bei der Gelegenheit würde ich auch bei Birger und Britta vorbeischauen. Aber jetzt, in der Mittagspause, fuhr ich erst mal in die Kreisstadt Husum. Ich hatte keine Ahnung, warum ich nicht zu Hause blieb, offenbar war mir nach etwas Besonderem.

Verwundert stellte ich später fest, dass mich mein Weg zum Tine-Brunnen führte. Dort nahm ich Platz und wartete … Aber worauf? Mein Herz klopfte wie wild. Ich wünschte mir ein Abenteuer und sehnte mich nach Abwechslung. Am liebsten wäre mir, wenn Ben hier neben mir säße. Wen oder was suchte ich hier zu Füßen der alten Tine? Doch nicht etwa Oliver?

Früher im Teenageralter hatten Ben und ich uns oft in der Eisdiele getroffen. Anfangs mit gemeinsamen Freunden, später wollten wir ungestört bleiben. Aus Freundschaft war Liebe entstanden, aber zuerst war die Aktion meiner Freundin Nelly nötig gewesen. Sie hatte uns in ihrer Wohnung alleingelassen. So war eine Liebe herangewachsen, die auf festem Boden stand. Bens Eltern waren nicht erfreut gewesen, dass ihr Sohn überwiegend mit mir abhing, schließlich kam ich nicht aus einer Advokatenfamilie, wie fast alle

Martensens. Aber Ben hatte schon immer diese sanfte, doch bestimmende Art an sich gehabt. Wie ein Fels in der Brandung war er damals auf seinen jungen Beinen gestanden und hatte sich von niemandem umstimmen lassen. Später kam ihm diese Eigenart vor Gericht zugute. Bei ihm fühlte ich mich geborgen. In sein Lachen hatte ich mich schon verliebt, noch ehe ich mein Herz an ihn verloren hatte.

Heute lachte er nur noch selten. Meistens war sein Kopf mit irgendwelchen Fällen beschäftigt, die ihn selbst nach Feierabend nicht losließen. Früher hatte er mich aber an seinen Grübeleien teilhaben lassen. Bis irgendwann das große Schweigen in unserer Beziehung einkehrte. Regelmäßig suchte ich Zugang zu seinen Gedanken. Doch es gelang mir nicht mehr, zu ihm vorzudringen. Nelly war überzeugt, dass er eine Affäre hatte. Das glaubte ich nicht, dazu hatte er zu wenig Zeit. Oder irrte ich mich da? Eine Gänsehaut kroch über meinen Rücken. Die Vorstellung von Ben mit einer anderen versetzte mir einen heftigen Stich.

Die Glocke der Kirchturmuhr holte mich aus meinen trüben Gedanken. Warum war ich hier? Lag es etwa daran, dass ich mir ein Treffen mit Oliver erhoffte? Wer, wenn nicht ich selbst, beging in diesem Augenblick in gewisser Weise Ehebruch? Indem ich mir Oliver herbeiwünschte? Diesen Zuckerbäcker schlug ich mir am besten gleich wieder aus dem Kopf. Wäre unsere Ehe nicht so in Schieflage geraten, hätte ich keinen weiteren Gedanken an ihn verschwendet.

Und doch bewegte ich mich jetzt wie ferngesteuert zur Krämerstraße. In meinem Hirn kreisten unaufhörlich Fragen. Ich versuchte, mir zu erklären, warum meine treulosen Beine dorthin liefen, wo der Zuckerbäcker sein Geschäft betrieb. Mir war der Süßwarenladen bisher nie aufgefallen. Nicht nur die Sonne kribbelte auf meiner Haut. Ich spürte eine Spannung, die ich mir lieber nicht erklären wollte. Entgegen meinem Naturell bewegte ich mich immer langsamer.

Hanna Martensen schlenderte. Ein ungewohntes Bild für diejenigen, die mich kannten.

Am Schuhgeschäft an der Ecke gab ich vor, mich für die Auslagen zu interessieren. Die Schaufenster zeigten eine Auswahl dessen, was der Kunde im Inneren geboten bekam. Meine Erwartungen, hier auf Antworten zu stoßen, liefen ins Leere. Ich starrte ins Geschäft, ohne wahrzunehmen, was diesen Sommer im Trend lag. Deprimiert entdeckte ich mein Spiegelbild in der Fensterscheibe. Wer war diese traurige, planlose Frau? Ich richtete mich auf, aber der Anblick wurde nicht besser.

Hanna Martensen, steh auf und geh neue Wege.

Abrupt wandte ich mich ab. Die Krämerstraße war voller Menschen, die störend meinen Weg kreuzten. Ich gab mir Mühe, an ihnen vorbeizuschauen, und versuchte sie auszublenden. Dort drüben, an der Ecke zum Hafen, war das etwa die Zuckerfabrik? Unübersehbar stand dort ein großer Zuckerhut am Eingang. Eine Menschentraube hatte sich davor versammelt. Kleine Kinder drückten sich die Nasen am Schaufenster platt. Derweil kicherten ihre Mütter. Das hatte mir gerade noch gefehlt. Eine Menschenansammlung. Aber warum?

Ich ging schneller. Im Vorbeigehen riskierte ich einen Blick ins Geschäft, ohne das Tempo zu verringern. Kurz entschlossen bog ich dann rechts ab in die Twiete, die eine Verbindung vom Hafen zur Innenstadt herstellte, sie gab mir einen gewissen Schutz. Ich blieb kurz stehen und atmete erleichtert durch. Ich hatte Oliver gesehen, wie er Kindern kleine Wichtel aus Marzipan und Schokolade in die Händchen drückte und zur Belohnung in strahlende Kinderaugen sah. Offenbar spielte er den Weihnachtsmann, mitten im Sommer. Anfüttern würde ich das nennen. Denn es war zu erwarten, dass die Kinder von nun an jeden Tag vor der Tür des Zuckerbäckers stehen blieben.

Der betörende Duft aus dem Laden strömte durch die Twiete bis zur Großstraße. Ich schloss für einen Moment die Augen und inhalierte ihn. Eine Hand auf meiner Schulter hinderte mich jedoch am Weitergehen.

»Hanna, du bist es tatsächlich.« Olivers leise Stimme und die sanfte Berührung verursachten ein Kribbeln auf meiner Haut.

»Oliver?« Ich spielte die Erstaunte.

Er wies mit dem Daumen hinter sich. »Du bist eben an meinem Laden vorbeigelaufen, als ob der Teufel persönlich hinter dir her wäre.« Er lachte. »Hast du es immer so eilig?«

»Ja«, sagte ich fest. »Ich muss mich beeilen, meine Sprechstunde beginnt gleich.« Er sah mich fragend an. »Ich bin Tierärztin. Meine Praxis befindet sich in Schobüll.«

Ich sah in seine eindrucksvollen Augen, deren Farbe ich bei unserer ersten Begegnung nicht hatte ausmachen können. Hellblaue Augen. Das Atmen fiel mir plötzlich schwer. Er lächelte mich unterdessen bewundernd an. Oliver schien beeindruckt, wie die meisten, denen ich meinen Beruf verriet. Von Bens Mandanten mal abgesehen.

»Wann hast du Feierabend? Ich würde dich gern wiedersehen.«

Ich schluckte trocken. »Das wird spät, ich habe danach noch Außentermine.«

»Und danach?« Er sah mich erwartungsvoll an. Fast bereute ich es, ihm eine Absage zu erteilen.

»Danach?«, fragte ich dümmlich. »Bin ich hundemüde und werde schlafen.«

»Schade«, meinte er ehrlich enttäuscht. »Ich muss leider zurück, sonst plündern die Kids meinen Laden komplett.«

»Hab mich gefreut, dich zu sehen«, hauchte ich. »Bis bald mal, ja?«

Ich wandte mich zum Weitergehen, doch ich wurde wieder sanft zurückgehalten. Oliver zog mich näher an sich heran. Er duftete nach Vanille. Bevor ich mich versah, lagen seine weichen Lippen auf meinen. Ich wusste, ich müsste ihm jetzt sofort klarmachen, dass ich damit nicht einverstanden war, aber ich hätte stundenlang so dastehen können. Oliver wich einen Schritt zurück, behielt meine Hand aber in seiner.

»Bitte nicht böse sein, ich musste das einfach tun.«

Ich stand mit offenem Mund da und war zu keiner Handlung fähig.

»Bis bald«, hörte ich seine Stimme wie aus weiter Ferne. Endlich begriff ich, dass er weg war.

»Bis bald«, wisperte ich benommen. Vorsichtig benetzte ich meine Lippen mit der Zungenspitze. Der Kuss! Er hatte nach Schokolade geschmeckt. Wie konnte der Kuss eines anderen Mannes nur so zuckersüß schmecken? Ich beruhigte meine Nerven mit der Begründung, dass ich Süßigkeiten liebte. Dennoch hatte ich bisher noch nie von fremden Tellern genascht. Mir schien es trotzdem möglich, dass ich allein aus diesem Grund weiche Knie bekommen hatte, als Olivers Lippen auf meinen gebrannt hatten. Schokolade!

Langsam lief ich weiter, aber Oliver wich nicht aus meinem Hirn. Verdammt, er war mindestens fünfzehn Jahre jünger. Bildete ich mir ernsthaft ein, dass er nur auf eine ältere Frau gewartet hatte, die bei seiner Berührung wie Butter dahinschmolz?

Ben, du fehlst mir so! Rette mich vor einer großen Dummheit!

Nach der Mittagspause fuhr ich direkt in den Nachbarort Hattstedt, um mir ein lahmendes Pferd anzuschauen. Ich war dankbar für diese Möglichkeit, auf andere Gedanken zu kommen, und freute mich auf die Arbeit mit den Tieren.

Erst am späten Abend stieg ich erneut in das Kummerkarussell der abwegigen Gefühle. Ben war nicht zu Hause und hatte keine Nachricht hinterlassen. Ich kochte mir einen

Tee und schaltete den Fernseher ein. Puschenkino. Ohne die Sendung wahrzunehmen, schlürfte ich gedankenverloren mein Heißgetränk. Dabei tauchte Olivers Gesicht vor mir auf, sodass ich automatisch an die Nacht am Tine-Brunnen erinnert wurde und der Kuss vom Nachmittag wieder auf meinen Lippen prickelte. Meine Versuche, ihn aus meinem Hirn zu vertreiben, misslangen.

Ben, wo bist du, wenn ich dich am dringendsten brauche?

Schlagartig traf ich eine Entscheidung. Ich würde Ben verlassen. Mit der Hoffnung, dass er dann um mich kämpfen würde. Denn ich hatte das Vertrauen in unsere Liebe noch nicht ganz verloren.

5

Sonnenuntergang

Nelly schreckte von ihrem Stuhl hoch. Ich hatte sie zum Essen eingeladen. Das griechische Restaurant war bis auf den letzten Platz besetzt. Eben hatte ich ihr meine Absicht gebeichtet, Ben zu verlassen. Ihre blau-grauen Augen blinzelten überrascht.

»Du willst was? Ich kann dich nicht verstehen, Hanna. Du bist über zwanzig Jahre mit diesem Mann verheiratet. Ihr habt euch eine Existenz aufgebaut. Ihr seid für mich das absolute Traumpaar.« Nelly lief um den Tisch herum wie ein Rumpelstilzchen vor dem Fegefeuer, dazu passten ihre roten Haare. Unangenehm berührt sah ich zu den anderen Gästen. Die langsam auf uns aufmerksam wurden.

»Bitte setz dich doch wieder«, mahnte ich mit gesenkter Stimme. Es war immerhin möglich, dass unter den Gästen Mandanten meines Mannes waren. Husum war in Bezug auf Gerüchte ein Dorf. Unerfreuliche Nachrichten breiteten sich in der Kleinstadt wie ein Lauffeuer aus.

Meine Freundin kreuzte die Arme vor der Brust und baute sich mit ihrem einen Meter sechzig vor mir auf. Es mangelte Nelly nicht an Selbstbewusstsein ob ihrer bescheidenen Körpergröße. Von jeher hatte sie keine Probleme damit, sich durchzusetzen. Nicht einmal im angesagtesten, nobelsten Restaurant Husums. Sie teilte ihre Meinung laut mit. Anwesende Zuhörer beachtete sie nie. Während unserer Schulzeit hatte ich ihr Temperament gleichermaßen bewundernswert wie peinlich gefunden. In diesem Augenblick war es nicht anders.

»Das musst du mir schon näher erklären, damit ich deine Gründe verstehe.«

Ich blitzte meine Freundin wütend an, die offenbar nicht die Absicht hatte, ihre laute Stimme zu senken. »Genau aus diesem Grund sind wir doch hier«, zischte ich und bemerkte die aufsteigende Hitze in meinem Gesicht.

»Ich höre«, sagte sie nicht weniger laut. Aber sie nahm zum Glück wieder auf ihrem Stuhl Platz.

Mit leiser, tränenerstickter Stimme schilderte ich Nelly unsere Eheprobleme. Erschrocken nahm sie meine Hand und war augenblicklich ganz die Hobbypsychologin.

»So schlimm?«, flüsterte sie ergriffen.

Ich nickte. »Schlimmer.«

Ein lauter Schluchzer entwich meiner Kehle. Hastig nahm ich einen Schluck Rotwein, in der Hoffnung, mich damit etwas zu beruhigen. Leider war das Gegenteil der Fall. Ich heulte wie ein Schlosshund auf. Die Blicke der benachbarten Gäste wanderten wieder in unsere Richtung. Doch mir war das inzwischen gleichgültig. Die Schleusen waren geöffnet, und meine Tränen strömten unaufhaltsam auf den Teller vor mir.

»Hanna, warum mussten wir hierherkommen?«, fragte Nelly leise. »Wir hätten uns ebenso gut bei mir eine Pizza bestellen können. Ohne die Husumer Zeitung als Publikum.«

Meine Tränen versiegten schlagartig. Hastig sah ich mich um und schaute direkt in die Kamera unseres Schreiberlings für den *Friesenkurier*. Ein Blitz leuchtete auf, und meine Trauer war für immer und ewig eingefroren im Kasten dieses Widerlings. Vor einigen Monaten hatte ich mich mit ihm angelegt. Ich hatte gemeinsam mit der Tierrettung fünf Pferde von einem Hof geholt, deren Zustand erbärmlich war. Hansi Obermeier, der Journalist für Lokales, hatte es in seinem Bericht so aussehen lassen, als ob die Rettung der Tiere völlig übertrieben gewesen wäre. Erst nach Androhungen von anwaltlichen Maßnahmen war er zu einer Gegendarstellung bereit gewesen. Und jetzt hatte er mich auf dem Kieker.

Nelly folgte meinem Blick.

»Dem werde ich was erzählen«, schnaubte sie. Sie verließ ihren Platz erneut und steuerte auf Hansi Obermeier zu. Ohne Vorwarnung schnappte sie sich seine Kamera und löschte die Fotos.

»Unterstehen Sie sich, auch nur ein weiteres Foto von uns zu schießen, sonst schieße ich zurück, aber nicht mit der Kamera.«

Dank Nellys beherztem Eingriff waren uns nun auch die Augen der restlichen Gäste sicher. Nelly kam zum Tisch zurück, legte einen Geldschein darauf und sagte: »Wir gehen.«

Sie zog mich vom Stuhl und hakte mich unter.

»Was macht dich so sicher, dass er nicht doch ...«

»Baby, in meinem Salon hört und sieht man so einiges. Ich weiß, was er in seiner Freizeit so treibt. Er wird sich nicht trauen, mich zu provozieren.«

Erstaunt blickte ich meine Freundin an. »Nämlich?«

Nelly kicherte. »Er läuft in Frauenkleidern rum, wenn er nicht in Husum ist.«

»Warum denn auch nicht? Es geht niemanden etwas an, wie er seine Freizeit verbringt.«

»Kein Mensch würde ihn mehr ernst nehmen, wenn das rauskäme.«

Ich blieb wie angewurzelt stehen. Der arme Mann, er hatte es sicher nicht leicht mit seiner Veranlagung.

Nelly sah mich mahnend an. »Komm nicht auf die Idee, Mitleid mit ihm zu haben. Er fragt auch nicht danach, wie es anderen geht, über die er in seinen Schmierereien schreibt. Steht dir übrigens gut.«

»Du hast meine neue Frisur doch schon gesehen«, erwiderte ich.

»Ich meine auch die rote Farbe im Gesicht. Dann sieht man deine Sommersprossen besser.«

Blitzartig legte ich eine Hand auf meine Wange. Nelly hatte recht, ich glühte wie ein Kanonenofen. Die Aufregung hatte Spuren hinterlassen. Ich ärgerte mich jeden Sommer über die braunen Sprenkel im Gesicht, ein Erbe meines Vaters.

Ohne dass wir es abgesprochen hatten, schlenderten wir zum Hafen. An Nellys Seite fiel es mir nicht schwer, langsam zu gehen, da wir uns pausenlos etwas zu erzählen hatten. Sie forderte mich auf, noch einmal genau zu berichten, was in meiner Ehe mit Ben nicht stimmte. Ich redete ohne Unterlass und war froh, dass Nelly mir keine Zwischenfragen stellte und aufmerksam zuhörte. Vor dem Hafenbecken hielten wir an.

»Verstehst du, Nelly? Ich kann einfach nicht mehr so leben.«

Sie sah mich traurig an.

»Aber warum hast du mir nie vorher von euren Problemen erzählt?« Ihre Stimme klang vorwurfsvoll.

»Ich habe es ja selbst nicht bemerkt, bis …« Ich verstummte.

»Bis?« Nellys forschender Blick verunsicherte mich. »Du hast jemanden kennengelernt«, stellte sie fest.

Ich rang mit mir. »Nein … Ja … ›Begegnet‹ trifft es eher.«

»Aber du kennst ihn?«

»Nicht richtig, ich weiß nur, dass er Oliver heißt und Zuckerbäcker ist.«

Ich traute mich kaum, meine Freundin anzusehen. Ich hoffte inständig, dass sie ihn nicht aus ihrem Friseursalon kannte. Dann fiel mir seine lange Mähne ein, mit der er wohl kaum einen Friseur brauchte.

»Zuckerbäcker«, wiederholte sie tonlos. »Das ist ja ganz wunderbar, aber ist er es wert, deine Ehe aufzugeben?«

Ich stampfte mit dem Fuß auf.

»Ich will sie nicht aufgeben, ich will sie zurück, wie sie einmal war!« Ich schrie die Worte fast und erschrak, weil meine Stimme von den Häuserwänden zurückgeworfen wurde und über den gesamten Hafen schallte.

»Du meinst, das klappt, wenn du dich einem anderen an den Hals wirfst?«

Langsam stieg Wut in mir auf. Nelly verstand offenbar nicht, worum es mir ging. »Nein, natürlich nicht«, zischte ich. »Ich werfe mich Oliver nicht an den Hals. In seiner Gegenwart habe ich mich lediglich für einen Moment als Frau gefühlt, was ist daran falsch?«

»Erzähl mir von ihm«, forderte sie nun sanfter.

»Es gibt nichts zu erzählen, ich kenne ihn kaum.«

Wir schlenderten weiter in Richtung Außenhafen, dorthin, wo die Fischkutter festmachten. Wir setzten uns auf die Hafenmauer und ließen die Füße baumeln. Es war Ebbe. Unter uns glänzte der Schlick in der untergehenden Abendsonne.

Nelly kramte zwei Müsliriegel aus ihrer Tasche. »Hier, damit wir nicht verhungern.«

»Honig und Nüsse?«

Sie nickte, und ich griff zu. Ich knabberte, an meine Freundin gelehnt, am Knusperriegel, der offenbar schon viel Zeit in ihrer Tasche verbracht hatte. Sie legte tröstend ihren Arm um mich. Nelly war eben doch die beste Vertraute.

Unerwartet entwich ein Kichern meiner Kehle. »Der Obermeier ... Du hast ihm ganz schön zugesetzt. Hast du gesehen, wie blass er geworden ist?«

»Klar, war doch auch meine Absicht«, sagte Nelly. Mit ihren blau-grauen Augen guckte sie mich unschuldig an. Gleichzeitig prusteten wir los.

»War ein ganz schön komischer Auftritt im Restaurant«, gluckste meine Freundin. »Stell dir vor, Ben wäre in der Nähe gewesen.«

Ich fiel mit in Nellys befreiendes Lachen ein.

»Mit einem Mandanten«, schniefte ich. »Er wäre im Boden versunken.«

Nelly hielt inne. »Du, Hanna, eigentlich ist er doch ganz schön spießig, oder?«

»Ben?«

»Ja, wer sonst?«

Ich lächelte versonnen.

»Stimmt, aber ich liebe ihn«, platzte es aus mir heraus.

»Genau das wollte ich von dir hören. Wenn du ausziehst, verlierst du eure Liebe.«

»Wenn ich es nicht tue, bleibt sie für immer verloren«, sagte ich nachdenklich. Nelly verstand mich nicht, aber ich hatte eine Entscheidung zu treffen.

Hier am Außenhafen waren die Sonnenuntergänge ungeheuer reizvoll. Wir saßen auf der Kaimauer und genossen den Abend.

Am Anfang unserer Liebe hatten Ben und ich oft hier gesessen und Pläne für die Zukunft geschmiedet. Ich nahm mir vor, alles zu versuchen, damit für Ben und mich die Sonne wieder schien.

6

Liebesduft

Ben sah mich erst verständnislos, dann ungläubig an. Seine Antwort war dennoch niederschmetternd. »Vielleicht ist es besser so. Ich habe schon lange das Gefühl, dass du gehen willst. Gibt es einen anderen?«

Ich schnappte empört nach Luft. »Ben! Was denkst du von mir? Ich will doch nur unsere Ehe retten.«

Wie sollte ich ihm nur verständlich machen, dass ich unsere Ehe retten wollte, aber keinen anderen Ausweg sah, als Ben mit meinem Rückzug aufzurütteln?

»Genialer Plan, dann hoffe ich mal auf ein gutes Gelingen«, raunte er und ließ mich stehen.

Wie vom Blitz getroffen verharrte ich mitten im Wohnzimmer. Ben hatte meinen Entschluss einfach hingenommen, ohne einen Versuch zu wagen, mich umzustimmen. Dabei hatte ich mir zig Argumente zurechtgelegt, um ihn von der Notwendigkeit meines Handelns zu überzeugen. Ihm meine Beweggründe verständlich zu machen. Nur wohin ich mich verziehen sollte, hatte ich mir nicht überlegt. Bei meinen Eltern um Unterschlupf zu bitten kam nicht infrage. Nellys Angebot, bei ihr zu wohnen, schlug ich ebenfalls aus.

Ich sinnierte, ob es sinnvoll wäre, für eine Weile mein Bett in der Praxis aufzuschlagen. Ich verwarf die Idee jedoch sofort. Ich brauchte eine gewisse Entfernung zu Ben, damit mein Handeln überzeugend wirkte. Zu wissen, dass Ben jeden Moment nach Hause käme und wir wie Fremde umeinander herumzuschleichen würden, um dem anderen bloß nicht zu begegnen, war keine Option. Auch wenn Begegnungen eher selten vorkamen.

Ich ging in die Küche. Hier stand ich eine Weile unschlüssig herum. Doch dann packte ich mein Problem bei den Hörnern. Ich suchte im Internet nach Ferienwohnungen. Dabei stieß ich auf eine Unterkunft, die neu zu sein schien. Ich erhoffte mir, einen günstigen Preis auszuhandeln. Mit zitternden Fingern wählte ich die Nummer.

»Petersen«, erklang eine vertraute Stimme an meinem Ohr. Helge! »Hallo? Sind Sie noch dran?«

Ich bekam keinen Mucks raus. Ich hatte ausgerechnet Helges Nummer gewählt. Ich hatte ja keine Ahnung gehabt, dass er eine Wohnung zu vermieten hatte. Ich haderte mit mir und überlegte, die Verbindung zu unterbrechen, als Helge meinen Namen sagte. Verdammt, er hatte die Nummer erkannt.

»Hanna, bist du es?«

»Ähm, ja, ich wollte mich erkundigen, ob du heute Nachmittag Dienst hast.« Das war nicht unbedingt schlau von mir, der Plan war seit Monaten festgelegt und auf meinem Handy sowie auf dem Kalender in der Praxis sichtbar nachzuvollziehen.

»Ja natürlich, oder wäre es dir lieber, wenn ich heute Vormittag ...?«

»Nein, danke, schon gut. Wir sehen uns später sicher noch, tschüss, Helge.«

Ich presste meine Handflächen gegen die Augen. Verdammter Mist. Ich atmete laut aus. Warum war alles so schwer? Aber hatte ich denn angenommen, dass niemand von meinen Eheproblemen erfahren würde, wenn ich nicht mehr hier wohnte? Irgendwann würde das sowieso ans Tageslicht kommen, warum dann damit hinterm Berg halten? Ich wählte erneut Helges Nummer. Jetzt war ich darauf vorbereitet, mit meinem Kollegen zu sprechen.

»Was vergessen?«, sagte Helge. Ich ärgerte mich ein bisschen, dass er so spöttisch klang.

»Ja, mir ist eben eingefallen – du hast doch eine Ferienwohnung zu vermieten.«

»Das ist richtig, aber woher weißt du davon?«

»Hast du nicht letztens darüber gesprochen?«, fragte ich dümmlich.

»Nein, nie. Aber sag, was ist los? Brauchst du eine günstige Unterkunft?« Peng. Das war ein Schlag mitten in die verletzte Seele. Helge hatte mich längst durchschaut.

»Sieht ganz danach aus, ja.«

»Das tut mit wirklich leid, Hanna. Lass uns nach Feierabend rüberfahren, dann zeige ich sie dir, und du kannst entscheiden, ob sie dir gefällt.«

Ich schluckte.

»Danke«, presste ich hervor und legte auf.

Die Arbeit auf den Höfen lenkte mich fast vollständig ab. Die Landwirte waren wie immer froh, dass ich mich um ihre Tiere kümmerte. Meist gab es im Anschluss Kaffee und Kuchen, dazu einen kleinen Plausch und einen warmen Händedruck bei der Verabschiedung. Zum Schluss meiner Rundreise durch die Gemeinden schaute ich auf Nordstrand bei Birger und Britta vorbei. Die beiden Jungbauern begrüßten mich immer so herzlich, dass ich aufpassen musste, nicht in Tränen auszubrechen. Für gewöhnlich war ich keine Heulsuse, aber die Trennung von Ben schmerzte, obwohl ich diesen Weg selbst gewählt hatte.

Britta trat aus der Seifenküche, als ich auf dem Hof zum Stehen kam. Freudig rannte sie mir entgegen.

»Hanna, schön, dass du da bist. Besonders, weil unsere Tiere alle gesund sind.« Britta lachte glücklich. Da lag so ein Strahlen in ihren Augen. »Ich habe mit der Seifenproduktion begonnen«, plapperte sie munter drauflos. »Ich bin ganz benommen von den tollen Düften. Komm doch bitte und überzeug dich selbst. Es ist einfach der Hammer.«

Sie nahm meine Hand und zog mich mit zum Anbau. Schon von draußen stieg mir ein betörender Duft in die Nase. Lauter lilafarbene Seifenstücke in verschiedenen Formen lagen auf der Arbeitsfläche vor den Herdplatten. In den Töpfen brodelte es.

»Wow«, meinte ich staunend. »Britta, es duftet herrlich. Woher bekommst du die Rezepte dafür?«

Sie legte einen Finger an ihre Lippen. »Geheimnis.«

Ich nickte verständnisvoll. »Und du meinst, es gibt einen Markt für deine Produkte?«

Sie riss die Augen auf. »Klar, sonst würde ich gar nicht erst damit anfangen.«

Ich nahm eine Seife in die Hand und roch daran. Britta stellte sich neben mich.

»Lavendel mit Ylang-Ylang, ich schenke sie dir.«

»Danke schön, aber ich kann auch etwas bezahlen, dann hättest du deine ersten Einnahmen in der Kasse.«

Britta schmunzelte verschmitzt. Mit der rechten Hand öffnete sie eine Schublade. »Du bist nicht meine erste Kundin«, sagte sie freudig. »Schau mal.«

Beim Anblick der Geldscheine, die Britta in einer Holzkiste sammelte, war ich sprachlos.

»Es gibt also tatsächlich …«

»… einen Markt dafür, ja.« Sie grinste jetzt noch breiter und reichte mir eine Glasflasche, deren Inhalt die gleiche Farbe hatte wie die Seifenstücke. »Badeöl, damit kannst du deinen Mann verführen. Es hat eine äußerst starke Wirkung auf das Sexleben.«

Ich hielt das Fläschchen in den Händen und hob es gegen das Licht. Wäre dies etwa die Lösung? Unmerklich neigte ich den Kopf hin und her, dann gab ich Britta das Glücksserum zurück.

»Es ist zu spät, aber danke.«

Die Bäuerin sah mich betroffen an. »Och, Hanna, das tut mir leid. Das wusste ich nicht.«

»Du konntest das ja auch nicht wissen. Ich werde schon klarkommen«, meinte ich wenig überzeugt.

»Ich glaube, da gibt es noch Wirkungsvolleres in meiner Sammlung. Warte ...«

Ich hielt sie am Ärmel fest. »Lass bitte, ich ...«

»So schlimm?«

»Schlimmer, ich brauche dringend eine Wohnung.«

Britta versprach die Augen offen zu halten.

»Danke«, flüsterte ich. »Ich muss auch wieder. Vielen Dank für die Seife.«

Brittas Umarmung war tröstlich. Die Herzenswärme, die von der jungen Bäuerin ausging, traf mich unverhofft aufmunternd.

»Schau doch bald wieder vorbei.«

Mit dem Seifenstück in der einen und dem Badeöl in der anderen Jackentasche fuhr ich zur Praxis. Helge wartete sicher auf mich. Ich war gespannt auf die Wohnung. Ich stieg aus dem Auto und warf einen unauffälligen Blick zum Wohnhaus hinüber. Die Garage war leer.

Die Praxis war hell beleuchtet, aber es waren keine Patienten mehr da.

»Moin, Hanna, da bist du ja. Wenn du willst, können wir gleich losfahren.«

»Moin, sehr gern. Wo befindet sich die Wohnung?«

»Nicht weit weg von der Praxis, in Hattstedt. Du bist heute bestimmt schon mal dran vorbeigekommen.«

Helge bot an zu fahren. Wortlos stiegen wir in seinen Jeep. Für einen Tierarzt, der kaum außerhalb der Praxis tätig war, fand ich ihn reichlich übermotorisiert. Doch es stand mir nicht zu, darüber zu urteilen. Ich merkte, dass

Helge mir fragende Blicke zuwarf. Ich versuchte, sie zu ignorieren.

»Du siehst müde aus, Kleines.«

Die warme Stimme meines Kollegen erfüllte das Wageninnere. Schlagartig bekam ich eine Gänsehaut. *Kleines?* Seit wann gingen wir auf diese Art vertraut miteinander um? Hatte ich irgendetwas verpasst? Meine Hand wanderte in meine Jackentasche. Ich umklammerte Brittas lila Schafsseife. Lag es etwa daran? Ein Zuckerbäcker, der mein Herz höherschlagen ließ, noch dazu eine Seife, die heiße Liebe versprach? Hatte ich mich zu früh von Ben getrennt? Wenn diese Dinge so überragende Fähigkeiten hatten, warum erfuhr ich erst jetzt davon? Das plötzliche Interesse anderer Männer schmeichelte mir zwar, aber in Wirklichkeit sehnte ich mich nur nach dem einen. Ben.

Helge lenkte den Wagen durch Wobbenbüll und dann rechts über den Schleichweg zur Nordseestraße in Hattstedt. Erfreulicherweise war der Ort wirklich nur einen Katzensprung von der Praxis entfernt. Bei gutem Wetter könnte ich die drei Kilometer locker mit dem Fahrrad fahren. Helge schlängelte sich durch die verkehrsberuhigte Straße und hielt auf einem Hof.

»Wir sind da.« Er schwang die Beine aus dem Wagen. Mit einer Kopfbewegung forderte er mich auf, ihm zu folgen.

Die Wohnung befand sich in einem Gebäude, das, wie es schien, ein ehemaliger Bauernhof war. Das reetgedeckte Haus mit weißem Anstrich wirkte auf den ersten Blick gepflegt und einladend. Ich war regelrecht entzückt, dass es eine Erdgeschosswohnung mit einer Terrasse war. Butzenscheiben mit Häkelgardinen und Töpfe mit Seegras rundeten das Bild dieses heimeligen Hauses ab. Ich war gespannt auf den Innenbereich. Helge folgte meinem Blick.

»Den Garten kannst du auch nutzen, gepflegt wird er von meinen Eltern, die im vorderen Haus wohnen.«

»Oh«, kommentierte ich seine Ausführungen.

»Übrigens ist meine Mutter eine gute Zuhörerin, leider kommt sie aber manchmal auch ungefragt mit Lösungen.«

Meine Augen wurden tellergroß. Helges Mutter hatte ein Ohr für meine Probleme, und Helge erfuhr sie gleich darauf brühwarm. Ich würde mich beherrschen können, so viel stand fest.

»Sie ist keine Plaudertasche, ich erfahre von nichts«, meinte er sachlich.

Das wurde ja immer besser. Helge wusste von der psychologischen Betätigung seiner Mutter, behauptete aber, keine Details zu erfahren. Sollte mir die Wohnung zusagen, nahm ich mir vor, mich nicht auf Gespräche mit seiner Mutter einzulassen.

Helge holte einen Schlüssel aus der Hosentasche und öffnete die Tür. Eine einladende Diele empfing mich mit dunklen Möbeln und hellen Fliesen. Auf den ersten Blick gefiel mir, was ich sah. Vom Flur aus führte rechts eine Tür in die voll ausgestattete Küche. Sie war nicht groß, reichte aber für meine Bedürfnisse aus. Weiter hinten gab es ein gemütliches Schlafzimmer mit weißen Möbeln, die an ein schwedisches Einrichtungshaus denken ließen. Die geblümte Bettwäsche lud zum Träumen ein. Das Wohnzimmer war urgemütlich. Ein Sofa mit sandfarbenem Leinenbezug und riesigen Kissen darauf, daneben stand zusätzlich ein Ohrensessel zur Verfügung. Der Fernseher war etwas klein, aber ich würde Helge fragen, ob ich meinen eigenen mitnehmen durfte.

»Es kann alles so bleiben, aber wenn du möchtest, kannst du einige Dinge gern durch eigene Möbel ersetzen. Das ist überhaupt kein Problem«, erriet Helge erneut meine Gedanken.

Ich wirbelte herum, um ihn anzusehen. »Die Wohnung ist wundervoll. Ich nehme sie.«

Außer mir vor Freude fiel ich Helge um den Hals. Für einige Sekunden behielt er mich sanft in seinen Armen, bis ich mich glühend rot aus der mir nicht unangenehmen Berührung befreite. Helge sah mir tief in die Augen. Ich hatte das Gefühl, innerlich zu verbrennen.

»Dann sind wir uns einig. Es besteht die Möglichkeit, die Wohnung sofort zu beziehen. Oder wie hast du dir das vorgestellt?«

Ich lächelte. »Genauso, wie du es sagst. Ich werde heute noch meine sieben Sachen packen und morgen hier einziehen.«

Ich hatte keine Ahnung, warum ich nicht am selben Abend herkommen wollte, vermutete aber, dass ich ein wenig Angst hatte, den neuen Weg einzuschlagen.

Helge reichte mir den Schlüssel. Ich nahm ihn entgegen und umklammerte ihn regelrecht. Mein neues Heim für unbestimmte Zeit. Ich war unendlich erleichtert, dass es so leicht gewesen war, eine Wohnung zu finden, und das auch noch in Praxisnähe. Helge bot an, morgen den gesamten Praxistag zu übernehmen, damit ich in aller Ruhe umziehen könne.

Ich grinste ihn verschmitzt an. »Nachmittags hätte ich eine Kastration für einen Hengst.«

Helge blies die Wangen auf und ließ hörbar Luft entweichen.

»Wenn's unbedingt sein muss, mache ich das auch«, sagte er gedehnt.

Lachend schüttelte ich den Kopf.

»Nein, ich mach das lieber selbst. Schließlich kann ich nicht verantworten, dass dir dabei etwas zustößt. Oder dem armen Tier«, ergänzte ich. Ich verschwieg Helge, dass ich ihn auf den Arm nahm, denn für morgen war nichts dergleichen in meinem Terminkalender eingetragen.

Helge drohte mir spielerisch mit dem Zeigefinger. Dabei

rückte er dichter an mich heran. Plötzlich hielt er in der Bewegung inne und sah mich aus seinen unergründlichen tiefbraunen Augen an. Ich las Sehnsucht darin, aber gleichzeitg Zurückhaltung. Sein Atem streifte meine Wangen. Was geschah hier mit mir? Besser gesagt mit uns?

Doch der Zauber verflog sogleich, als die Eingangstür aufsprang und ein großer Hund auf uns zustürmte, während er riesige Pfotenabdrücke auf den hellen Fliesen hinterließ.

»Molly! Komm sofort wieder her!«, rief eine weibliche Stimme. »Warum zur Hölle ist die Tür zur Wohnung auf? Du lieber Himmel, wer soll das alles sauber machen, du dummes ...«

Die Frau, deren Stimme abrupt verstummt war, sah mir in gespannter Erwartung entgegen. Offensichtlich lernte ich in diesem Moment Helges Mutter kennen. Molly, eine gutmütige Berner Sennenhündin, legte sich hechelnd zu meinen Füßen hin. Sie war eine bildhübsche Hundedame. Ich würde zwar eine andere Rasse bevorzugen, wenn mein Mann nicht wäre, doch ich liebte alle Tiere.

Über Frau Petersens Gesicht huschte ein wohlwollendes Lächeln. Neugierig sah sie mich an. »Frau Doktor Martensen, das ist aber eine Überraschung.«

Ich kannte Helges Mutter zwar nicht, sie mich aber offenbar schon. Beherzt streckte sie mir die Hand entgegen, die ich vorsichtig ergriff. Ihren Händen war anzusehen, dass sie fest zupacken konnten, und ich brauchte meine Operationshand noch.

»Ilona«, sprudelte sie los. »Freunde nennen mich Loni.«

»Guten Tag, Ilona. Hanna.« Da ich keine Ahnung hatte, ob ich ab sofort zu ihrem Freundeskreis gehörte, wählte ich ihren vollen Namen.

An ihren Sohn gewandt meinte sie: »Wir essen gleich zu Abend, wenn ihr wollt, seid ihr natürlich eingeladen. Brumpa freut sich bestimmt.«

Helge wirkte nicht unbedingt erfreut über den Besuch seiner Mutter. »Das ist sehr lieb von dir, Mum, aber ich glaube, Hanna hat noch zu tun.«

Mein Blick schnellte zu ihm hinüber. Wäre die Gelegenheit nicht günstig, die neuen Nachbarn kennenzulernen? Molly drückte ihren schweren Körper enger an mich. Wenn Helge nicht eingegriffen hätte, wäre ich umgefallen. Ich räusperte mich leise. »Ich nehme mir gern die Zeit, danke für die nette Einladung.«

Helge sah süß aus mit hochgezogenen Brauen. Wie ein kleiner Junge. Ihm schien die Sache nicht zu gefallen.

»Wunderbar!«, sagte Ilona ausgelassen. Dabei erntete Helge einen triumphierenden Blick seiner Mutter. »Dann komm mit rüber. Hanna, du siehst ein bisschen blass aus. Es gibt Rührei und Krabben. Die hat mein Mann aus Husum geholt. Wenn ich euch verrate, was es zum Dessert gibt, flippt ihr aus.«

»Wegen eines Desserts bin ich noch nie ausgeflippt, Mutter«, erwiderte Helge trocken. Ilona schmunzelte vielsagend und zog mich aus der Wohnung zum Haupthaus. Molly folgte mir auf dem Fuße.

»Molly scheint dich zu mögen«, bemerkte Ilona sanft.

»Ich mag sie auch. Sie ist ein hübsches Tier. Einfach zum Liebhaben.«

Ilona warf beim Lachen ihren Lockenkopf in den Nacken. Sie redete, ohne Luft zu holen. Ob sie über die Haarspitzen atmete? Ich hatte sofort einen Narren an dieser unkomplizierten Frau gefressen.

»Nicht wahr? Ganz wie mein Sohn. Er hat Molly vor einigen Jahren auf den Hof geholt. Seitdem gehört sie zur Familie.«

Helge, der uns widerwillig folgte, räusperte sich geräuschvoll.

»Mum, hör mal auf zu plappern, du vergraulst Hanna

womöglich. Sie ist meine Mieterin.« Er betonte das Wort
›Mieterin‹ Silbe für Silbe, damit seine Mutter die Botschaft
verstand, was der eigentliche Grund meines Besuchs war.
Die lebhafte Frau grinste ihrem Sohn zu, ließ sich aber nicht
bremsen. Ich schätzte sie auf sechzig Jahre. Auf keinen Fall
älter, eher jünger.

»Unsinn, Hanna sieht nicht aus wie eine Frau, die sich
vergraulen lässt. Nicht wahr, Hanna?« Unbeirrt schritt sie
mit mir im Schlepptau durch den Garten. »Mein Mann wird
sich über Besuch freuen.«

Schon beim Eintreten durch den Hintereingang rief sie
ihren Mann: »Helmut! Wir haben Besuch, schau, wer gekommen ist.«

Dann löste sie ihren Arm aus meinem und schwirrte
davon.

»Sag später nicht, ich hätte dich nicht gewarnt«, raunte
Helge dicht an meinem Ohr. Sein Atem an meinem Hals
wühlte mich auf. Ich zog den Kopf ein und wandte mich
von ihm ab.

»Ich komme schon klar«, zischte ich. »Hatte ich nicht
bereits gesagt, dass ich die Wohnung nehme?« Ich grinste
ihn herausfordernd an.

»Ich habe es so verstanden, ja.« Helge grinste zurück.
»Meine Mutter wird dich wieder aufpäppeln.«

»Zum Glück habe ich nicht viel Freizeit für Verwöhn-
stunden«, murmelte ich.

Normalerweise war Helge mir gegenüber eher distan-
ziert. Warum hatte ich nur jetzt den Eindruck, dass er mit
mir flirtete? Ich führte meine Hand zur Stirn und kontrol-
lierte, ob unter Umständen ein Zettel daran klebte, auf dem
›liebeshungrig‹ geschrieben stand.

Helges Vater war ein friedlicher Mann, der sein Gegenüber nicht aus den Augen ließ. Dennoch wirkten seine
Blicke nicht aufdringlich. Ich saß beim Abendessen links

von ihm. Helmut Petersen war für mich ein Mensch, mit dem man vertraute Gespräche führte. Die hellgrauen Augen sagten alles über ihn aus. Er war der Versorger der Familie und sicher da, wenn Not am Mann war. Ilona und er ergänzten sich meiner Meinung nach prima. Sie die Tänzerin, er derjenige, der sie führte und in den sicheren Hafen bugsierte. Ohne den Kapitän zu mimen. Er ließ seine Frau im Glanz ihrer Persönlichkeit erstrahlen. Offensichtlich gab es bei diesem Ehepaar das Rezept für ein langes glückliches Leben zu zweit. Ebenjenes Liebesrezept, das ich vergeblich suchte.

Ich hatte inzwischen einen leichten Schwips. Zu den Krabben mit Rührei reichte Ilona, mittlerweile Loni, Teepunsch. Helge hatte darauf verzichtet, weil er mich sicher nach Hause bringen wollte.

»Wenn ich nur wüsste, wo mein Zuhause ist«, lallte ich nachdenklich. Loni hatte prompt eine Antwort parat. Wobei mir erst in dem Moment bewusst wurde, dass ich meine Gedanken laut ausgesprochen hatte.

»Die Wohnung hat alles, was du brauchst. Wie wäre es heute schon mit der ersten Nacht im neuen Heim?« Sie blinzelte mir aufmunternd zu.

»Lieber nicht«, meinte ich beklommen.

»Morgen also?«, fragte Loni.

»Morgen.« Ich schluckte. Meine Kehle war auf einmal wie zugeschnürt.

Zum angekündigten Nachtisch gab es Rotweinpudding mit Vanillesoße. Ilonas Vorhersage, Helge würde ausflippen, entsprach der Wahrheit, obwohl er zuvor das Gegenteil behauptet hatte. Er löffelte den köstlichen Schaumpudding in sich hinein wie ein hungriger Wolf, und seine Mutter beobachtete ihn mit einem zufriedenen Lächeln.

7
Schlussstrich

Während Ben mit gesenktem Kopf im Haus umherschlich, packte ich planlos die Sachen zusammen, die ich, hoffentlich nur vorübergehend, benötigte. Warum versuchte er nicht, meinen Auszug zu verhindern? War er froh, dass ich das Feld räumte? Zum Schluss legte ich den Plüschhasen, den Ben vor vielen Jahren auf dem Jahrmarkt für mich geschossen hatte, in den Koffer. Er galt als unser Talisman und war auf allen Reisen dabei, die wir unternahmen. Abgenutzt vom vielen Touren, sah er etwas traurig aus, genau wie wir. Die Trennung lag bleiern auf meiner Seele. Tapfer riss ich mich zusammen.

Helge hatte Wort gehalten und übernahm alle Termine. Ich konnte getrost in meine neue Wohnung fahren und in die frisch bezogenen Kissen weinen. Ben war mir dabei behilflich, die Koffer zum Auto zu tragen. Vermutlich um mich endlich loszuwerden. Die Hände tief in seine Sakkotaschen vergraben, wartete er darauf, dass ich einstieg.

»Ich wünsche dir Glück, Hanna«, meinte er mit fester Stimme. »Wenn du Hilfe benötigst, melde dich ruhig.« Er klang, als ob er mit einem Mandanten sprach. Sachlich, überaus korrekt und unnahbar.

»Danke«, erwiderte ich kühl. Dann stieg ich ein und brauste davon. Im Rückspiegel sah ich, dass Ben ebenfalls zum Auto ging.

In Hattstedt angekommen, legte ich sofort damit los, meine Habseligkeiten zu verstauen. Ich ließ die Haustür offen stehen, damit frische Luft hineinströmte. Gerade schob ich

die leeren Koffer in die Abstellkammer, da bemerkte ich
etwas Weiches an meinem Bein. Erschrocken wich ich zur
Seite.

»Molly, du hast mir aber einen Schrecken eingejagt.«
Sanft kraulte ich ihr Fell. Ein lautes Klopfen ließ mich auf-
horchen.

»Hanna? Ist Molly bei dir?« Loni stand in der Tür.

»Ja, komm ruhig rein!«, rief ich.

Molly, die offenbar die Stimme ihres Frauchens erkannte,
quetschte ihren dicken Körper unters Bett. Ich schmunzelte.

»Molly ist nicht hier«, log ich. Dabei legte ich den Finger
über meine Lippen und wies mit der anderen Hand auf das
Bett.

Loni verstand sofort.

»Möchtest du mit mir zum Einzug einen Tee trinken?«

»Danke, sehr gern, aber eigentlich müsste ich Molly suchen«, meinte sie. Sie fand das Spiel lustig und kicherte.
»Vielleicht können wir Molly mit einem Stück Fleischwurst
locken?«

»Das ist nicht gesund für Hunde«, tadelte ich meine neue
Nachbarin.

»Ich weiß, aber damit kriegen wir sie.«

Loni lag mit ihrer Vermutung goldrichtig. Molly schob
ihren Kopf hervor, sobald sie die Fleischwurst roch.

»Jetzt aber raus hier, Molly, Hunde haben nichts im
Schlafzimmer verloren.« Loni mimte die Erboste. Ich suchte
währenddessen nach dem Wasserkocher und ließ Wasser
ein. In diesem Moment klingelte mein Handy.

»Hallo Helge, gibt es Probleme?«, fragte ich besorgt.
Denn für gewöhnlich rief mein Kollege nie innerhalb der
Sprechstundenzeit an.

»Hier ist ein Typ, der verlangt, dass nur du dich um seine
Katze kümmerst«, brummte er genervt.

»Was? Wer ist es denn?«

»Ich habe seinen Namen nicht verstanden, er meinte nur, dass es dringend sei.«

»Okay, bin gleich da.« An Loni gewandt entschuldigte ich mich dafür, dass aus der Teestunde nichts wurde. Die Patienten hatten Vorrang.

»Halb so wild, du bist ja nicht aus der Welt, das holen wir bald nach. Geh ruhig, ich ziehe die Tür hinter mir zu, sobald ich Molly überredet habe, mir zu folgen.«

So schnell wie möglich fuhr ich in die Praxis. Wenn man es eilig hatte, waren die Schwellen der Verkehrsberuhigung nervig, und bei den erlaubten dreißig Stundenkilometern hinderte mich der Gegenverkehr daran, zügig durchzukommen. Endlich stellte ich den Wagen erleichtert auf dem Parkplatz vor der Praxis ab.

Schwungvoll öffnete ich die Praxistür und trat ein. Mich traf fast der Schlag, denn niemand anderes als Oliver saß unter den wartenden Patienten. Aber ich sah keine Katze auf seinem Schoß oder in einer Transportkiste. Er sprang erfreut auf, als er mich entdeckte.

»Schön, ich habe …« Er brach ab, weil ich ihn entgeistert ansah. »Ähm, die Katze ist im Wagen, ich hole sie schnell.«

Er schob sich umständlich an mir vorbei und eilte ins Freie. Wenig später kam er mit einem tobenden Stubentiger zurück. Oliver hatte Mühe, die Tragebox zu halten. Vermutlich war da ein Riesenkater drin.

»Okay, dann komm mal mit«, forderte ich ihn auf. Im Behandlungsraum stellte er den Käfig auf den Untersuchungstisch.

»Was fehlt ihm?«, fragte ich.

»Er heißt Bill.«

Ich verdrehte die Augen.

»Was genau hat er für Symptome?«

»Ähm. Ich glaube, er hat Bauchschmerzen.«

Vorsichtig öffnete ich den Deckel der Box. Zu meinem

und offenbar auch Olivers Erstaunen ließ das Tier sich streicheln und schnurrte behaglich. Oliver atmete erleichtert auf. Ich untersuchte Bill gründlich, fand aber keinerlei Anzeichen für eine Erkrankung.

»Dein Bill ist eine Bille«, klärte ich ihn auf. Oliver starrte mich verständnislos an. »Es ist ein Mädchen.«

»Echt jetzt? Ich dachte, weil er … sie so groß ist, müsste sie ein Kater sein.«

Ich schmunzelte. »War sie denn schon immer so groß?«

»Was? Ja, ja, natürlich.«

»Du fütterst sie zu viel, sie ist zu dick«, mahnte ich.

»Siehst du, Bill, ich habe dir schon immer gesagt, du futterst zu viel.« Unbeholfen tätschelte er die Katze zwischen den Ohren. Inzwischen wurde ich ungeduldig.

»Es ist deine Aufgabe, darauf zu achten. Wie alt ist sie denn?«

Olivers Gesicht glich einem einzigen Fragezeichen. Er spitzte die Lippen.

»Keine Ahnung, muss man das wissen?«

Mit verschränkten Armen sah ich ihn an. Unter meinem prüfenden Blick wurde ihm zusehends unbehaglicher.

»Das ist gar nicht deine Katze, habe ich recht?«, fragte ich.

»Sie gehört meinem Onkel, und sie ist gesund, soviel ich weiß.« Langsam holte Oliver aus seinem Rucksack, den er offenbar stets bei sich trug, eine Tüte mit Marzipan und hielt sie mir entgegen.

Ich überlegte, ob ich die Entschuldigung annahm, aber dann sah ich seine Unschuldsmiene, und es war um mich geschehen. Ich lachte herzlich.

»Ich nehme die Einladung zum Essen an«, meinte ich etwas ernster, »aber Bill muss auf dem schnellsten Weg zurück nach Hause.«

»Abgemacht. Aber er … sie wohnt nicht hier, sondern

in Flensburg.« Er hatte, so irre das auch klang, den weiten
Weg auf sich genommen, um mir eine Katze zu bringen, der
gar nichts fehlte. Ich wusch mir gründlich die Hände und
desinfizierte sie.

»Gut, dann los, Oliver.«

»Mein Freunde nennen mich übrigens Olli«, erzählte er
und schmunzelte mich an. Ich nickte ihm zu und lächelte,
währenddessen setzte ich Bill vorsichtig in die Box zurück,
schloss den Deckel und war bereit, mit Olli einen Ausflug
nach Flensburg zu unternehmen. Ich vergewisserte mich,
dass Peggy nicht vergaß, den Behandlungsraum zu säubern,
und ließ mich von Olli zum Auto führen. So was Verrücktes,
aber es fühlte sich verdammt gut an. Helge eilte gerade zu
seinem Auto und sah etwas gehetzt aus. Missmutig trat er
an die Beifahrerseite. Es schien ihm nicht zu gefallen, dass
ich mit Olli fortfuhr.

»Was ist mit dem Pferd? Hattest du nicht von einer Kastration gesprochen? Wo muss ich hin?«

Ich grinste. »Hab ich, aber das ist nicht heute. Entschuldige den Scherz.«

Ich ließ die Fensterscheibe hoch und wartete darauf, dass
Olli losfuhr. Im Rückspiegel sah ich, wie Helge verärgert
auf dem Hof verharrte.

Die Fahrt war kurzweilig, da wir uns über Gott und die
Welt unterhielten. Olli war ein guter Zuhörer, wenn es um
meinen Praxisalltag ging, und ich interessierte mich bren-
nend für seine Arbeit in der Backstube. Er war ein Meister
in Sachen Süßwaren und duftende Zutaten, die die Sinne
berührten. Für eine Naschkatze, wie ich eine war, hörte
sich das alles sehr verlockend an. Meine Hoffnung auf ein
Rezept für die Liebe wuchs. Vielleicht würde doch noch
alles gut werden.

Olli sah mich fragend von der Seite an. »Warum lächelst
du?«

Ich zuckte mit den Schultern.

»Nur so«, log ich. Weil ich ihm nicht sagen wollte, dass ich an Ben dachte und die Zuversicht, dass alles gut werden würde.

Nach etwa einer Stunde Autofahrt erreichten wir Flensburg. Olivers Onkel war glücklich, sein Tier wieder in die Arme schließen zu können.

Auf dem Weg zurück nach Husum gestand Olli zerknirscht: »Du bist mir nicht mehr aus dem Kopf gegangen. Darum habe ich mir die Katze geholt. Mein Onkel war erst gar nicht begeistert, wie du dir denken kannst. Zumal ich sie nicht gut kenne und meinen Onkel nur selten besuche. Doch dann hat er mir dieses Vieh mitgegeben.«

Ich betrachtete ihn von der Seite. »Du magst Tiere nicht unbedingt, kann das sein?«

»Doch, schon. Das Problem liegt bei den Tieren, besonders bei Bill. Sie mögen mich nicht«, gestand er kleinlaut.

»Du musst dich irren, Tiere spüren genau, wer es gut mit ihnen meint.«

»Mag ja sein, aber bei mir ist es anders.«

Wir schwiegen, bis wir Husum erreichten. Ich fand es befremdlich, dass er keine Tiere mochte. Außerdem war die lange Fahrt für die Katze eine Belastung gewesen, und das konnte ich nicht gutheißen.

Olli schlug ein Lokal am Hafen vor. Da ich hungrig war, willigte ich ein. Nach erfolgreicher Parkplatzsuche schlenderten wir über die Hafen- zur Schiffsbrücke. Im *Husumer Pub* ergatterten wir einen Tisch im Außenbereich mit herrlichem Blick auf den Hafen. Die Masten der Fischerboote klapperten, und das Geräusch unterstrich das Flair des Innenhafens. Oliver, der neben mir saß, rückte mit dem Stuhl an mich heran. Er verströmte einen Duft, den ich nicht als unangenehm empfand. Seine Nähe war wie Balsam für mein geschundenes Herz.

»Wie läuft deine Suche?«

Ich wusste zuerst nicht, was er meinte. Doch dann fiel mir ein, dass ich ihm erzählt hatte, dass ich nach einem Rezept für die ewige Liebe suchte. Ich lehnte mich im Stuhl zurück, genau in Ollis Arm.

»Ich bin zu Hause ausgezogen.«

»Oh, das hört sich nicht nach einer Lösung an. Ich hoffe, du hast das Rezeptbuch mitgenommen?«

Ich lachte bitter auf. »Ich besitze keins. Sonst hätte ich mich nicht von Ben trennen müssen.«

Die Wärme von Olivers Oberarm kroch schmeichelnd meinen Rücken entlang. Die Bedienung erschien mit den Speisekarten, und Oliver zog den Arm zurück. Obwohl die Sonne auf meinem Nacken brannte, fröstelte ich.

Wir bestellten die Getränke und schauten schweigend auf die Auswahl der Speisen. Es fiel mir schwer, mich auf die Buchstaben zu konzentrieren. Sie verschwammen vor meinen Augen. Als Olli sich für einen Salat entschied, schloss ich mich ihm an. Ich nahm einen großen Schluck Bier. Warum nur war ich so nervös? War es Ollis Nähe, die mich verwirrte?

»Hast du schon eine Unterkunft für deine Auszeit gefunden?«, erkundigte er sich.

Ich nickte nachdenklich.

»Das ging aber schnell«, meinte er.

»Ja, ich war selbst überrascht. Ich werte das mal als ein gutes Zeichen.«

»Und dein Mann? Er hat nicht versucht, dich aufzuhalten?«

Ich lachte bitter auf. »Ich fürchte, dass er froh ist, mich los zu sein.«

Olli sah mich auf eine Art an, die mich zittern ließ. Es lag unendliche Wärme in seinem Blick. Aber auch Abenteuerlust und Humor. Ben hatte seinen Sinn für Humor in unserer Ehe verloren. Ob es an der vielen Arbeit lag oder er mit mir einfach nicht mehr glücklich war, wusste ich nicht. Womöglich würde ich es nie herausfinden. Ich stocherte lustlos im Salat herum.

»Keinen Hunger?«

»Nicht wirklich, tut mir leid.«

Oliver rief die Bedienung heran und beglich die Rechnung.

»Ich muss dann auch wieder«, sagte ich gedehnt.

»Ich möchte dir noch etwas zeigen.« Er nahm meine Hand und zog mich vom Stuhl. »Es ist nicht weit.« Er wies zur Krämerstraße, in die Richtung, in der seine Backstube lag.

»Aber ich …«

»Komm schon, hast du nicht gesagt, du hättest heute frei? Also lass dich mal fallen.«

Seine warme Hand umschloss die meine, und wir schlenderten gemeinsam zur Backstube.

Frau Brender stürmte, aus der Tweete kommend, auf mich zu. Sie war seit Neuestem regelmäßig mit ihrem Hund in der Praxis. Besser gesagt bei Helge. Eine von denen, die ihn anbeteten wie einen Sonnengott.

»Hallo Frau Doktor«, trällerte sie und sah sich suchend um. »Ist Doktor Petersen in der Praxis, oder ist er in der Nähe?«

Ich verkniff mir ein Augenrollen. Mit einem Lächeln sagte ich: »Er arbeitet, ja.«

»Ist das heute nicht ein Bombenwetter?« Traditionell war es durchaus üblich, in Norddeutschland über die Wetterlage zu sprechen, aber ich verstand nicht, warum Frau Brender mir heute mit ihrem Geplapper ein Ohr abknabbern wollte. Ob ich ihr meinen Friseur empfehlen sollte? Ich blieb freundlich.

»Es ist herrlich heute, da gebe ich Ihnen recht.«

Ihre Augen leuchteten. »Wann hat denn der Doktor heute frei?«

Ich schluckte einen bissigen Kommentar herunter und sagte stattdessen: »Ich fürchte, er ist bis spät am Abend beschäftigt.«

Ich beeilte mich, ihr einen netten Tag zu wünschen, und zog Olli von ihr weg. Er schmunzelte. »Sie scheint ein großer Fan deines Kollegen zu sein?«

Ich stöhnte. »Er hat viele Fans.«

Die letzten Meter bis zur Backstube lachten wir ausgelassen. Olli zeigte zum Hintereingang und bedeutete mir, ihm zu folgen.

So modern hatte ich mir seine Arbeitsstätte nicht vorgestellt. Alles glänzte in poliertem Chrom. Ich hatte zwar nicht die leiseste Ahnung, was ein Zuckerbäcker für Werkzeuge benötigte, aber ich war beeindruckt.

»Wow«, entwich es mir. »Was für eine Ausstattung.«

»Eine teure dazu«, sagte er trocken.

Ich holte tief Luft. »Das glaube ich gern.« Ich steuerte auf ein Gerät zu, das aussah wie ein Fleischwolf. Andächtig legte ich die Handflächen auf das glänzende Gehäuse. »Wofür brauchst du das hier?«

»Damit stelle ich Marzipan her. Das brauche ich für viele Süßwaren. Darum habe ich mich entschlossen, die Rohmasse selbst anzufertigen. Die Maschinen wende ich aber selten an, da die meisten Produkte reine Handarbeit sind.«

Ich versuchte gar nicht erst, meinen Blick von seinen kräftigen, großen Händen abzuwenden. Sie waren zu solch filigraner Arbeit fähig? Im Schaufenster waren einige Stücke ausgestellt. Von Leuchttürmen bis zur Jakobsmuschel gab es aus Schokolade und Marzipan alles, was am Strand zu finden war. Die Torten – ich vermutete, dass die im Fenster aus Styropor waren – weckten Lust auf einen Kaffeeklatsch.

Ilona wäre entzückt von diesem Anblick, wusste ich doch inzwischen, wie sehr sie Torten liebte.

Ein geradezu betörender Geruch lag hier in der Luft. Vanille, Zimt und vieles mehr. Der Duft von Safran vernebelte mir zusätzlich die Sinne. Ich verwendete dieses Gewürz für Gemüsesuppen. Ich fragte mich, wofür Olli Safran benutzte, und erhielt im selben Moment die Antwort auf meiner Zunge, als er mir eine Praline in den Mund steckte. Die Schokolade schmolz zart und weckte Lust auf mehr. Genussvoll schloss ich die Augen.

Ich öffnete sie, kurz bevor Olli meine Lippen berührte. Automatisch wich ich zurück. Die Erinnerungen an den Kuss auf der Straße wurden wach. Unangenehm wäre das sicher nicht, doch ich war nicht erpicht auf eine Liebelei. Ich wünschte mir eine Ehe, die sich nicht auf dünnem Eis bewegte. Mit Olli etwas anzufangen, war keine Option. Im Gegenteil, es würde unsere Lage nur zusätzlich erschweren.

Er blieb dicht vor mir stehen und schmunzelte.

»Ich beiße nicht.« Mit der rechten Hand zog er mich an sich heran, und mein Herz schlug wild in meiner Brust. Was hatte er vor? Ich war zehn Jahre älter – oder reifer, wenn ich es weniger hart ausdrücken wollte. Aber auch eine andere Ausdrucksweise änderte nichts an der Tatsache.

»Vorsicht, ich schon«, kommentierte ich ausweichend. Olli zeigte mit dem Kinn zur sauberen Arbeitsfläche.

»Komm, ich entführe dich in meine Welt.«

Er nahm eine Teigmasse aus dem Kühlschrank und warf sie mit Schwung auf die Arbeitsfläche. Verständnislos starrte ich auf den Klumpen.

»Wasch dir die Hände und leg los«, forderte er mich auf.

»Ich soll den Teig bearbeiten?«

»So ist es.«

Ich zog mir die Ringe von den Fingern und wusch die Hände gründlich unter fließendem Wasser. Er musste mich nicht noch mal auffordern. Ich versank mit den Fingern in der goldgelben Masse. Ich legte mich sehr ins Zeug, denn der Teig war fest. Den gesamten Frust der vergangenen Monate ließ ich daran aus, bis mir der Schweiß von der Stirn tropfte. Selbstvergessen lauschte ich der Musik, die unvermittelt von irgendwoher aus einem Lautsprecher drang: City – *Am Fenster.*

> *Einmal wissen, dieses bleibt für immer.*
> *Ist nicht Rausch, der schon die Nacht verklagt.*
> *Ist nicht Farbenschmelz noch Kerzenschimmer.*
> *Von dem Grau des Morgens längst verjagt …*

> *Flieg ich durch die Welt …*

Welch tragende und doch flüchtige Worte. Wenn ich jetzt die Augen schloss, lief ich Gefahr, unter Ollis Händen dahinzuschmelzen. Denn er berührte mich sanft an der Hüfte. Das Geigenspiel des Stückes setzte ein, und ich gab mich dem Gefühl hin. Dem unendlichen Gefühl von Freiheit. Die Masse unter meinen Händen wurde warm und butterweich. Oliver umarmte meinen Körper von hinten und hauchte mir ins Ohr: »Baby, du bist frei.«

Ein leises Stöhnen entwich meiner Kehle, gleichzeitig wurden mir die Knie weich. Wenn Olli mich nicht gehalten hätte, wäre ich unter die Tischplatte gesunken. Es war so unendlich angenehm, seine Nähe zu spüren, dass mir angst und bange wurde. Spielten meine Gefühle mir einen Streich? Oder war Olli endlich der Mann, der mich auf Händen tragen würde? Unter den lauter werdenden Geigenklängen war ich kaum in der Lage, einen klaren Gedanken zu fassen. Wenn doch nur die Musik verstummen würde. Ich war ihr und Olli verfallen. Was würde als Nächstes geschehen? Erwartungsvoll rieb ich meinen Körper an Oliver, denn meine Finger steckten bis zu den Handgelenken im Teig. In einer Masse, die Liebe bedeutete? Für Sekunden wünschte ich mir, die Zeit anzuhalten.

Flieg ich durch die Welt ... flieg ich durch die Welt ...

Olli knetete meine Brüste und ich im gleichen Rhythmus den Teig. Offenbar hatte ich Olli unbewusst dazu animiert, den Druck auf meinen Busen zu verstärken. Ich schrie vor Schmerzen auf, und der Zauber verflog. Schwer atmend hob ich die Hände aus dem Teig, drehte mich um und sah Olli entgeistert an.

»Das geht nicht.« Wobei ich kaum mehr als ein Flüstern zustande brachte. Dann gab ich Olli mit meinen klebrigen Händen einen leichten Schubs, damit er mir Platz machte. Teigflecken schmückten sein T-Shirt, ein Beweis dafür, dass ich die Szene nicht geträumt hatte. Nein, sie war erschütternde Realität gewesen. Nur noch ein winziger Schritt und ich hätte Ben betrogen. Wenn ich es nicht längst getan hatte. Aber ich war doch frei. Die Trennung, wenn auch nur vorübergehend, war offiziell. Was bedeutete das für mich?

Verstört wusch ich mir die Hände und verließ fluchtartig die Backstube.

Ich hatte an diesem Wochenende den Notdienst übernommen. Alle in der Praxis eingehenden Anrufe wurden auf mein Handy umgeleitet, und ich wartete in meinem Übergangszuhause auf Notfälle. Helge war mit seinem Vater zum Fischen gefahren, sie würden erst am Sonntagabend zurückkehren.

Der strahlend blaue Himmel lud nicht nur zum Angeln ein. Ich hatte es mir auf einer Liege im Garten zwischen Schmetterlingsflieder und Hortensien gemütlich gemacht. Neben mir lag auf dem kleinen Tisch das Telefon, und ein Becher Kaffee dampfte vor sich hin. Ich versuchte in einem

Buch zu lesen, hatte aber Schwierigkeiten, mich auf die Worte zu konzentrieren. Ollis Gesicht tauchte ständig vor meinem inneren Auge auf. Er lachte mich an. Manchmal sagte er etwas Unverständliches. Aber nicht Ollis Stimme drang zu mir vor, sondern die meines Mannes. Ich verstand die Worte nicht, aber ihr Klang hüllte mich sanft ein. Ich fühlte mich geborgen.

Die Berührung von Mollys nasser Schnauze riss mich aus meinen Tagträumen.

»Moin, Molly, bist du deinem Frauchen wieder entwischt?« Lachend kraulte ich den Hund zwischen den Ohren.

»Nein, nein«, trällerte Lonis Stimme vom Gartentor her. »Wir möchten dir Gesellschaft leisten.«

Ich drehte den Kopf in ihre Richtung. Sie trug ein luftiges Sommerkleid. Die Knöpfe über der Brust spannten leicht, aber das störte sie offenbar nicht. Brauchte es auch nicht, denn Loni wirkte wie eine Elfe mit Übergewicht. Ihre Augen leuchteten mir liebevoll entgegen. Ich klopfte mit der linken Hand auf die zweite Liege.

»Dann komm, bevor Molly den Platz für sich beansprucht.« Kaum hatte ich es ausgesprochen, lag die Hündin auch schon neben mir und hechelte mich freudig an. Loni marschierte auf sie zu und scheuchte sie mit einer Handbewegung hinunter.

»Das hast du dir fein ausgedacht, mein dickes Mädchen, aber das ist meine Liege.«

Überraschenderweise gehorchte Molly. Sie legte sich unter den Apfelbaum und beobachtete uns aus vorwurfsvollen Augen. Loni kicherte.

»Sie versucht es immer wieder«, flüsterte sie.

»Kein Wunder, oft genug gelingt es ihr.«

»Ja, leider, Helge mahnt ständig, dass ich ihr nicht so viel durchgehen lassen darf.«

Ich bot Loni an, einen Kaffee für sie zu holen.

»Nein danke, später vielleicht.« Sie rutschte die Liege weiter herunter und schloss genussvoll die Augen.

Ich streckte mich wieder aus und starrte in den blauen Himmel. Später? Hieß das, sie würde den Tag mit mir verbringen? Ich war nicht sicher, ob mein Recht auf Gartenbenutzung beinhaltete, dass mir alle auf die Pelle rückten. Seufzend hielt ich mir mein Buch vor die Nase, um mich dahinter zu verstecken.

Es fiel mir zunächst nicht auf, aber Loni war sehr schweigsam. Schließlich wandte ich mich ihr zu und schreckte hoch.

»Weinst du, Loni?«, fragte ich besorgt. Schnell wischte sie sich die Träne von der Wange und verneinte meine Frage mit heftigem Kopfschütteln. »Sieht aber so aus, was ist los?«

Sie erhob sich schwerfällig aus ihrer Liegeposition, auf die Unterarme gestützt, und sah mich traurig an.

»Ach, meine Schwester«, brach es aus ihr heraus. »Sie ist krank, und ich würde sie gern zu mir holen.«

»Helmut hat etwas dagegen?«, fragte ich erstaunt.

»So weit kommt das noch«, polterte sie los, für sie untypisch. »Es ist nur ... Ich müsste sie aus Frankfurt abholen und vor der Heimreise einige Tage bleiben, um die lange Rückfahrt zu schaffen.«

»Soll ich mich so lange um deinen Haushalt kümmern?«, bot ich an, obwohl ich kaum Zeit für meinen eigenen hatte. Lonis Blick schnellte in meine Richtung.

»Ach Hanna, ich weiß, Helmut kommt einige Tage auch allein zurecht, aber er ist so schrecklich unorganisiert. Ich sehe die Köpfe der Alpenveilchen jetzt schon hängen. Entweder sind sie verdurstet oder ertränkt. Aber meine Schwester geht natürlich vor, da sind die Blumen Nebensache.« Loni gelang ein Schmunzeln.

»Ich kann nicht gerade behaupten, einen grünen Daumen

zu besitzen, aber ich denke, für einige Tage schaffe ich die Pflege deiner Pflanzen.«

Loni strahlte.

»Ich kann Essen vorkochen, damit Helmut es nur aufzuwärmen braucht.«

Ich sinnierte. Nach einem Rezept für die Liebe hörte sich das für mich nicht an. Loni war zwar unersetzlich für ihren Mann, aber wenn sie verreiste, musste vorher sein Überleben gesichert werden.

Sie schien meine Gedanken zu erraten.

»So ist das in unserer Generation, die Hausfrauen sind unabkömmlich. Darum bewundere ich euch junge Mädels. Ihr geht euren Weg, weil die Männer selbstständiger geworden sind.«

»Weißt du, Loni, ›bewundernswert‹ würde ich das nicht unbedingt nennen. Schau mich an, meine Ehe ist auf Eis gelegt, wenn nicht sogar zerrüttet.«

»Auch eine Art von Verwirklichung. Niemand muss heute den Fünfzigjährigen Krieg, ich meine die goldene Hochzeit feiern, das Leben ist zu kurz für Kompromisse.«

Erstaunt sah ich Loni an. »Ihr seid nicht glücklich, du und Helmut?«

Sie errötete. Offenbar war ihr die direkte Frage unangenehm. »Doch, doch, denk bitte nichts Falsches. Nur manchmal, da wünschte ich mir eben doch mehr Freiheiten.«

Mein Blick wanderte über den Garten.

»Ich wünsche mir Bens Liebe zurück«, wisperte ich, mehr zu mir selbst. Loni reichte mir ihre Hand.

»Viele Mütter haben schöne Söhne. Ich bin sicher, du findest dein Glück.« Bei mir kam der Verdacht auf, dass Loni *ihren* Sohn meinte.

»Wann willst du fahren?« Wir fanden wieder zum eigentlichen Thema unseres Gespräches zurück.

Ein Schatten glitt über Lonis Gesicht. »Das hängt davon

ab, wie Frieda ihre Chemo verträgt und wann sie reisefähig ist.«

»Sie ist an Krebs erkrankt? Wäre es dann nicht besser, sie bliebe in der Nähe ihrer Ärzte?«

Loni schnaubte. »Frieda ist allein und auf Hilfe angewiesen. Wir haben auch hier in Husum oder Flensburg kompetente Ärzte. Ich habe mich bereits erkundigt. Meiner Meinung nach ist für Frieda jetzt die Familie wichtig.«

Das leuchtete mir ein.

»Gut, dann los, ich kümmere mich, soweit ich das kann und Helmut es zulässt. Helge ist schließlich auch noch da. Das schaffen wir schon.«

Sie war gerührt. »Danke, Liebes, ich werde mich bestimmt erkenntlich zeigen.«

Ich sah sie erstaunt an. »Aber Loni, das ist für mich selbstverständlich. Geh und pack deine sieben Sachen.«

»Helge ist ein guter Junge«, hauchte sie aus dem Nichts heraus.

Dazu wollte ich mich nicht äußern. »Warum wohnt er nicht hier bei euch?«, fragte ich stattdessen. »Die Wohnung ist doch toll.«

»Das haben wir uns auch gefragt, aber nun bist du ja da, und wir freuen uns darüber.«

Ich wurde das Gefühl nicht los, dass Loni mir etwas verheimlichte. Sie wich meiner Frage aus, aber warum? Ich hakte nicht weiter nach. Sie würde es sicher erklären, sobald sie dazu bereit wäre.

Ich zuckte zusammen, als mein Handy klingelte.

»Frau Doktor? Sind Sie das?« Eine aufgeregte Stimme versetzte mich sofort in Habachtstellung.

»Hanna Martensen am Apparat, wer spricht dort?«

»Susanne Bellheim. Teddy hat so komische Krämpfe …«

»Kommen Sie in die Praxis, ich schaue ihn mir an. Beruhigen Sie sich bitte.«

Frau Bellheim war, wenn es ihrem Teddy schlecht ging, meist hysterisch. Ich war eher in Sorge um sie als um den Hund. Aller Wahrscheinlichkeit nach hatte ihn sein Frauchen mit irgendwelchen Leckereien verwöhnt, die nicht für ihn geeignet waren. Ich seufzte. Wann kapierte diese Frau endlich, dass das Tier kein Ersatz für ihre Kinder war?

»Loni, ich muss los.« Mit diesen Worten sprintete ich zum Auto.

»Fahr vorsichtig!«, rief sie mir hinterher.

Ich lächelte. Diese Worte hätte auch meine Mutter gesagt.

»Klar doch.«

Frau Bellheim wartete nicht vor der Praxis, ich war also noch rechtzeitig. Ich schloss die Tür auf und schaltete das Licht an. Durch das Seitenfenster warf ich einen Blick zu unserem Haus hinüber. Ob Ben da war? Rasch wandte ich mich ab, es durfte mich nicht mehr interessieren. Er war frei, genau wie ich. Den Stich im Herzen ignorierte ich besser.

Die Tür wurde aufgerissen, und eine aufgeregte Frau Bellheim stürzte herein, im Arm ihren apathisch wirkenden Mops. Laut schluchzend setzte sie das Tier auf den Behandlungstisch. Teddy zitterte. Vor Angst, vermutete ich zuerst. Aber sein unregelmäßiger Herzschlag gefiel mir gar nicht.

»Hat er etwas gefressen?«

Frau Bellheim zögerte mit der Antwort. Also hatte ich recht. Teddy liebte Schokolade, und sein Frauchen verwehrte sie ihm nicht konsequent. Das hatte sie mir mal verraten. Nun zuckte sie mit den Schultern und sah an mir vorbei.

»Frau Bellheim, ich muss das wirklich wissen, wenn ich Teddy helfen soll«, mahnte ich verärgert, weil ich eine Ahnung hatte, was passiert war.

»Eine Tafel Schokolade«, rückte sie piepsig heraus. »Aber es war dunkle, die ist doch sogar für uns gesünder.«

Ich rollte mit den Augen. Ich kümmerte mich zuerst um Teddy und verabreichte ihm zwei Spritzen, damit er sich übergab. Die Schweinerei würde Frau Bellheim aufwischen, das war schon mal klar. Während Teddy kotzend durch den Behandlungsraum schlich, erklärte ich seinem Frauchen, wie gefährlich vor allem dunkle Schokolade für ihren Liebling war.

»Theobromin hat auf Hunde eine toxische Wirkung. Gerade in der dunklen Schokolade ist sehr viel davon enthalten. Bitte achten Sie darauf, dass er so etwas nie wieder bekommt.« Ich packte sie an den Schultern, denn ihre Blicke wanderten immer wieder zu dem sich übergebenden Hund. Ich wollte sichergehen, dass sie mir dieses Mal zuhörte. »Frau Bellheim, haben Sie mich verstanden? Teddy könnte daran sterben.« Ich erhob meine Stimme, damit meine Worte auch wirklich bei ihr ankamen.

»Ich habe es kapiert, Frau Doktor. Es tut mir leid.« Ihre Stimme brach, und Tränen rollten über ihr faltiges Gesicht. Sie zitterte leicht. Offensichtlich war die Aufregung um ihren Hund zu viel für sie.

Nach einer halben Stunde war Teddy über den Berg. Ich kassierte den erhöhten Wochenendtarif und entließ die beiden mit den Worten: »Gehen Sie nach Hause und halten Sie Teddy warm. Ich säubere hier alles, machen Sie sich keine Sorgen.«

Ich brachte es doch nicht übers Herz, Frau Bellheim den Putzeimer in die Hand zu drücken. Der Sonntag war für die Hundebesitzerin ohnehin gelaufen. Für mich war es ein normaler Arbeitstag.

Ich verschloss die Praxis und stand unschlüssig vor dem Eingang. Mein Blick wanderte über das Grundstück, auf dem unser Haus in der Sonne lag. Ich entdeckte Ben, der im karierten Hemd Gartenarbeit verrichtete. Ein ungewohntes Bild, für gewöhnlich hatten wir einen Gärtner, der sich einmal die Woche darum kümmerte. Unsere Jobs nahmen uns zu sehr in Anspruch, um das selbst zu machen. Ben wirkte gelöst und zufrieden. Es versetzte mir einen Stich. Da war kein Schmerz in seinem Gesicht.

Ich setzte mich in Bewegung und steuerte auf ihn zu. Doch am Gartenzaun verharrte ich. Als Ben mich entdeckte, strahlte er.

»Hanna, schön, dass du vorbeischaust.« Er ließ die Harke fallen und kam mit weit ausholenden Schritten auf mich zu. Seine Haare lagen wuschelig auf seinem Kopf. Seine Wangen waren von der ungewohnten körperlichen Betätigung gerötet. Er wirkte sehr jung.

Er blieb vor mir stehen und lächelte. Jenes Lächeln, das auch seine Augen erreichte und in das ich mich damals unsterblich verliebt hatte. »Brauchst du etwas? Kann ich was für dich tun?«

Ich brauche dich, aber du bemerkst es nicht einmal.

Ich straffte die Schultern.

»Ich hatte einen Notfall in der Praxis«, meinte ich, als ob das erklären würde, warum ich hier am Zaun auf den Garten glotzte. Ich fühlte mich erwischt.

»Das passt gut, dass du da bist. Ich habe deine Papiere für die Steuererklärung sortiert. Warte, ich hole sie rasch.« Und schon drehte er sich um und marschierte durch die Terrassentür ins Haus. Er hatte es wohl eilig, alles, was mir gehörte, loszuwerden. Doch er lud mich nicht ein, mit hineinzukommen. Was hatte ich denn erwartet? Dass er mich zu Kaffee und Kuchen in die gute Stube bat?

Wenig später kehrte er mit zwei Ordnern unter dem Arm zurück. »Ich hoffe, es ist alles dabei.«

Lächelnd drückte er mir die schweren Briefordner in die Hand, die ich wortlos entgegennahm. Ich bekam nichts als ein Nicken zustande, dann wandte ich mich ab und bewegte mich auf mein Auto zu.

»Schönen Sonntag noch, Hanna!«, rief er mir gut gelaunt nach. Ich blieb kurz stehen, ohne mich umzudrehen. Mein Herz war schwer wie Blei.

Irgendwie schaffte ich es, zu meinem Auto zu gelangen. Dort angekommen, warf ich mich kraftlos in den Fahrersitz und ließ den Motor an. Ich vermied es, zurückzuschauen. Ich wusste trotzdem, dass er zusah, wie ich mit Vollgas den Parkplatz verließ.

Ich lenkte meinen Wagen zum Schobüller Campingplatz und stellte ihn dort ab. Ich hatte wenig Lust, zurück nach Hattstedt zu fahren und mit Loni weiter den Liegestuhl zu belegen. Es zog mich ans Meer. Dorthin, wo ich gern meine Sorgen ablud und meinen Gedanken freien Lauf lassen konnte. Am liebsten wäre ich über die Salzwiesen nach Husum gewandert, aber da ich Notdienst hatte, musste ich in der Nähe der Praxis bleiben.

Ich setzte mich auf eine morsche Holzbank und starrte auf das Wasser hinaus. Ich mochte die Kraft der See. Wie sie sich täglich veränderte. Nie war sie gleich. Heute liefen die Wellen leise an den Strand. Als ob die See nie rau, wild oder gefährlich daherkäme. Ein ungetrübtes Wässerchen. Der Himmel zeigte sich im hellen Blau, das nur von winzigen Schleierwolken durchbrochen wurde. Ich beobachtete ein altes Ehepaar, das sich einander stützend auf den Weg zur Wasserlinie machte. Ein eingespieltes Team eben. Sie sah ständig zu ihm auf, als ob sie überprüfte, dass es ihm gutgehe. Er hielt schützend seinen Arm um seine Frau.

Es gab sie eben doch, die Liebe bis ans Ende der Tage. Ich glaubte immer noch daran, auch wenn es danach aussah, dass ich sie nicht mit Ben erleben würde.

Ich streifte die Schuhe ab und vergrub meine Füße im Sand. Die wärmende Sonne schmeichelte meiner Haut, und das leise Plätschern des Meeres versetzte mich in Trance. Meine Muskeln entspannten sich, und eine lange verloren geglaubte Zuversicht keimte in mir auf. Ganz gleich, wo der Wind mich hintrieb, ich würde meinen Weg finden.

Zufrieden mit meinen Gedanken lief ich zum Auto zurück und fuhr nach Hattstedt. Es sah ganz danach aus, als ob ich einen friedlichen Notdienst haben würde. Denn es hatte bisher noch niemand wieder angerufen. Ich hoffte, dass ich in der Nacht nicht zu oft rausmüsste.

Loni lag immer noch auf der Liege. Als ich sah, dass sie telefonierte, zog ich mich diskret zurück. Aber sie deutete per Handzeichen, dass ich näherkommen durfte. Sie schien mit ihrer Schwester zu sprechen. Eine lauter werdende Diskussion war in vollem Gange.

»Frieda, ich kapier das nicht. Warum willst du nicht herkommen? Du wärst nicht allein, und ich könnte mich um dich kümmern.« Lonis Stimme klang weinerlich. »Warum möchtest du nicht, dass ich mich …« Sie schluchzte auf. »Ist gut, wir schnacken morgen noch mal. Bis dann.«

Sie ließ das Telefon sinken und starrte ins Leere. Ich setzte mich auf die Kante der Liege. Die sonst so lustige Frau wirkte verstört. Vorsichtig legte ich meine Hand auf ihre.

»Gibt es Probleme?«, fragte ich, obwohl ich die Lage längst erkannt hatte.

»Frieda will nicht herkommen. Dabei wäre unsere Nordseeluft das beste Heilklima.«

»Vielleicht braucht sie aber gerade jetzt ihre gewohnte Umgebung«, gab ich sanft zu bedenken. Loni schüttelte energisch ihren grauen Lockenkopf.

»Unsinn, sie ist schließlich hier aufgewachsen und zu Hause.« Sie wirkte trotzig. Ich ahnte, wo der Hase im Pfeffer lag. Loni sehnte sich nach einer Aufgabe.

»Warum fährst du nicht zu ihr und bleibst dort? Wenn die Nebenwirkungen der Chemo nachlassen, kommst du zurück. Dann habt ihr beide etwas davon.«

Loni wandte sich mir zu, sie schien nachzudenken.

»Aber ich mag die Großstadt nicht«, jammerte sie.

»Das kann ich gut verstehen, aber du willst Frieda doch helfen. Da ist es völlig gleich, wo du bist, oder?«

Lonis Gesicht hellte sich auf.

»Vielleicht hat sie danach Lust, mit mir nach Hause zu kommen. Und wenn die nächste Chemo ansteht, bringe ich sie eben wieder zurück nach Frankfurt.«

»Das ist eine ziemliche Fahrerei. Meinst du nicht, dass du lieber den Zug nehmen solltest?«

»Nein, mit dem Auto bin ich flexibler. Ich bespreche das mit Helmut, sobald er zurück ist. Danke, Hanna, fürs Zuhören.« Loni erhob sich umständlich und strahlte wieder in alter Frische. »Ich koche Kaffee«, meinte sie und verschwand im Haus.

Na bitte, Reden half. Ich freute mich darüber, dass es ihr besser ging. Nun musste nur noch Helmut mitspielen. Aber ihn schätzte ich so ein, dass er seiner Frau keine Steine in den Weg legte. Zur Not würde ich ihn bekochen.

8
Chaos der Gefühle

Loni war zu ihrer Schwester gereist. Mit feuchten Augen hatte sie sich von ihrem Mann verabschiedet und war mit ihrem Wagen nach Frankfurt aufgebrochen. Helge war vorübergehend bei seinem Vater eingezogen, und der Praxisalltag lief wie gewohnt. Dadurch ergab es sich, dass Helge und ich gemeinsam zur Arbeit fuhren, wenn wir zusammen Dienst hatten. Aber auch so sahen wir nun mehr voneinander als früher.

In dieser Nacht zog ein Gewitter über das Land, das Mensch und Tier das Fürchten lehrte. Mir erging es nicht anders. Helge, der auf dem Hof nach dem Rechten geschaut hatte, klopfte an mein Schlafzimmerfenster. Er hatte bei mir Licht bemerkt und erkundigte sich, ob es mir gutgehe. Besorgt schaute er mich durchs Fenster an und sah dabei aus wie ein begossener Pudel. Eilig huschte ich zur Tür und ließ ihn herein. Dabei vergaß ich, dass ich nur ein leichtes Nachthemd trug. Erst als er mich eingehend betrachtete, fiel mir auf, dass ich fast nackt vor ihm stand. Ich verschränkte die Arme fest vor meiner Brust.

»Entschuldige, Hanna, ich dachte, du benötigst vielleicht männlichen Schutz«, meinte er grinsend.

»Was will der Mann denn gegen das Gewitter ausrichten? Die Blitze mit bloßer Hand von mir fernhalten?« Ich grinste jetzt ebenfalls, weil die Situation ehrlich gesagt komisch war. Ich gab die Tür frei, damit er eintreten konnte. Leichtfüßig verschwand ich im Schlafzimmer, um mir etwas überzuziehen. Als ich zurückkam, stand er immer noch unschlüssig in der Diele.

»Na, komm schon rein. Ich habe eine Kanne Tee in der Küche, der wird dir jetzt guttun. Bei dem Wetter schläft ohnehin kein Mensch. Ist draußen denn alles in Ordnung?«

»Ich denke schon, aber der Schuppen unten im Garten bereitet mir Sorgen.« Mit den silbrigen Wasserperlen, die aus seinen Haaren tropften, und den hochgezogenen Augenbrauen sah er hinreißend aus. Mein Herz machte einen Satz, als er mir mit seinen braunen Augen zuzwinkerte. »Kann ich vielleicht ein Handtuch ...?«

»Natürlich.«

Ich eilte erneut ins Schlafzimmer und holte das Gewünschte. Dass ich nicht von selbst darauf gekommen war, lag sicher daran, dass mein Hirn in letzter Zeit ein wenig lahmte, sobald Helge in meiner Nähe war. Es gab drei Männer, die mich in gewisser Weise hirnlos werden ließen. Doch Ben war nun eine Etage tiefer gerutscht. Olli und Helge waren diejenigen, die mich verunsicherten, aber gleichzeitig neugierig werden ließen.

»Wie läuft es in Frankfurt?«, fragte ich, um meine Befangenheit loszuwerden.

Helge schnaubte. »Frag lieber, wie es nebenan läuft. Mein alter Herr wird von Tag zu Tag brummiger. Er vermisst meine Mutter wie ein liebeskranker Gockel.«

Ich prustete los. Der Vergleich mit einem Hühnerstall schien mir doch etwas übertrieben. »Er brummt? Mit dir?«

»Und das nicht wenig. Wenn das so weitergeht, verziehe ich mich nach Hause.«

»Ich verstehe auch nicht, warum er nicht allein bleiben kann. Schließlich ist er kein Baby.«

»Mum meinte, dass er sie nicht drängen würde, schnell

wieder nach Schobüll zu kommen. Aber da hat sie die Rechnung ohne meinen Vater gemacht. Er ruft sie jeden Tag mehrmals an, um sie dazu zu bewegen, endlich wieder zu ihm zurückzukehren.«

»Oje, das ist ja schlimm, die arme Loni!«, platzte es aus mir heraus. In Helges Blick erkannte ich Verwunderung. Ich zuckte mit der Schulter. »Na ja, sie hat mir erzählt, dass sie seinetwegen eh schon mit einem schlechten Gewissen zu kämpfen hat. Aber ihre Schwester ist ihr nun mal auch wichtig.«

Helge nickte versonnen.

»Ehrlich, Helge, wenn du dich verziehst, wird er Loni nur noch mehr unter Druck setzen. Auch wenn er es nicht böse meint, wäre das nicht in Ordnung!« Ich redete mich in Rage und bemerkte kaum, dass ich die Fäuste ballte. Helges Blick wanderte zu meinen Händen. Er rückte mit dem Stuhl näher an mich heran und nahm sie sanft in seine.

»Nicht aufregen, Frau Doktor. Es geht uns nichts an.«

Ich stand innerlich in Flammen. Ich versuchte mich dagegen zu wehren, aber ich bekam es kaum hin, mein Temperament zu zügeln. Überhaupt, was hieß denn ›uns‹?! Trotzdem ließ ich seine Berührungen zu. Ich musste gestehen, dass sie nicht unangenehm waren. Sein Gesicht war meinem sehr nah. Seine tiefbraunen Augen nahmen mich mit auf eine Reise, von der ich nicht wusste, wohin sie führte.

»Du siehst wunderschön aus, wenn du dich aufregst, weißt du das?«, hauchte er.

Meine Haut prickelte, und die unerwartete Intimität ließ mich schier zur Salzsäule erstarren. Bis es mir gelang, einen klaren Gedanken zu fassen. Mit einem Ruck entzog ich ihm meine inzwischen feuchten Hände.

»Danke«, brachte ich hervor. »Aber ich möchte das gerade nicht. Ich habe schon genug Baustellen in meinem Leben, da brauche ich keine weitere. Bitte versteh das.«

Ein Schatten fiel für einige Sekunden über sein makelloses Gesicht. Doch dann trank er seinen Tee aus und verabschiedete sich für den Rest der Nacht.

Wie betäubt blieb ich zurück. Ich schlich in mein Bett und hätte am nächsten Morgen um ein Haar verschlafen.

Auch heute stürmte es noch gewaltig von der Nordsee her. Helge und ich arbeiteten zusammen in der Praxis, aber ich bekam ihn kaum zu Gesicht. Offenbar versuchte er mir aus dem Weg zu gehen. Auch wenn die Räumlichkeiten das kaum zuließen, gelang es Helge einigermaßen erfolgreich. Mir war das nur recht. Meine Auszubildende schlich wie immer um ihn herum. Doch heute verspürte ich eine unerklärliche Eifersucht, wann immer ich es mitbekam. Ich versuchte, mich auf die Arbeit zu konzentrieren, aber das war alles andere als leicht. In jedem Raum, der zuvor von Helge benutzt worden war, schwängerte sein Aftershave die Luft.

Kurz vor Feierabend betrat Frau Bellheim den Anmeldebereich der Praxis. In ihren Augen schimmerten Tränen, und im Arm hielt sie den leblosen Körper ihres Hundes. Ich ließ die Karteikarte fallen, die ich zuvor hatte einsortieren wollen, und eilte auf die verzweifelte Frau zu.

»Frau Bellheim, was ist passiert?« Vorsichtig nahm ich Teddy in Empfang und bewegte mich, gefolgt von seinem Frauchen, in eines der Behandlungszimmer. Ich ahnte, dass Teddy längst über die Regenbogenbrücke wanderte, dennoch untersuchte ich ihn unter den bangen Augen der Tierhalterin.

»Ich hatte vergessen, die untere Schranktür zu schließen, dort verwahre ich die Naschsache. Teddy hat sich wie ein Irrer darauf gestürzt und alles verschlungen.« Frau Bellheim ertrank förmlich in ihrer Tränenflut. Mit zitternden Fingern berührte sie ihren Hund. Sofort zog sie sie zurück. »Ist er …«

Ich sah sie mitleidig an. Ein leichtes Nicken genügte, damit sie verstand, dass Teddy uns verlassen hatte.

»Mein Beileid, Frau Bellheim, ich kann leider nichts mehr für ihn tun.«

Ich legte einen Arm um ihre Schulter und wartete ab, bis die Tränenflut langsam versiegte. Innerlich bebte ich vor Wut, weil Teddy noch leben könnte, wenn Frau Bellheim besser auf ihn achtgegeben hätte. Aber für Vorwürfe war hier kein Raum. Ich tröstete die Frau, so gut es ging, und ignorierte Helge, der seinen Kopf durch die Tür steckte, um nachzuschauen, was hier los war. Das Schluchzen der Frau war offenbar zu ihm durchgedrungen.

»So, haben Sie es wieder mal zu gut mit Teddy gemeint?«, fragte er. »Ich hatte Ihnen bereits gesagt, dass er das …«

Ich fuhr herum und blitzte meinen Kollegen wütend an. »Raus!« Dann wandte ich mich wieder Frau Bellheim zu. Helge zog den Kopf ein und schloss geräuschvoll die Tür.

»Er hat ja recht«, meinte sie achselzuckend. »Ich hätte auf Sie hören sollen. Nun ist es für Einsichten wohl endgültig zu spät.« Sie strich über das struppige Fell ihres Hundes. »Ich nehme ihn mit und begrabe ihn in meinem Garten.« Sanft legten wir den Hund in eine Decke und verhüllten seinen Körper. Ich hob ihn hoch, um ihn in die zitternden Arme seines Frauchens zu betten.

»Danke, Frau Doktor, und bitte denken Sie nicht allzu schlecht von mir.«

»Ich wünsche Ihnen viel Kraft, um den Verlust zu verarbeiten«, flüsterte ich und wandte mich rasch ab.

Nachdem Frau Bellheim die Praxis verlassen hatte, brüllte ich meinen Frust lauthals heraus. Ich hasste es, wenn ich einen Patienten verlor, und noch mehr hasste ich es, wenn ich selbst den Tränen nahe war. In solchen Momenten keimte in mir der Verdacht, dass ich für diesen Job nicht geeignet war. Das vermutete ich immer dann, wenn meine

Nerven mich verließen, weil ich mein Mitgefühl nicht im Zaum halten konnte.

Helge ließ sich trotz des vorherigen Rausschmisses nicht davon abhalten, erneut den Behandlungsraum zu betreten. Besorgt musterte er mich.

»Geht's wieder?«, fragte er leise. Ich warf die Arme hoch, um sie gleich wieder fallen zu lassen.

»Ach … Ich bin so wütend, warum musste das passieren? Erst am Wochenende ist sie mit den gleichen Symptomen zu mir gekommen. Dabei habe ich sie gewarnt, dass Teddy ein weiteres Mal nicht überleben würde.«

»Schsch …« Helge nahm mich in den Arm. Aber das ließ mich nur noch wütender werden. »Und du … Musstest ihr auch noch mit Vorwürfen kommen?« Ich schüttelte ihn ab, obwohl die Wärme seines Körpers eine tröstliche Wirkung hatte. »Warte nicht auf mich, ich komme schon irgendwie nach Hause. Ich muss an die frische Luft.«

Ich schnappte mir meine Tasche und verließ fluchtartig die Praxis. Draußen hatte der Sturm die Küste in fester Hand. Genau das Richtige, um sich den Kopf durchpusten zu lassen. Ich steuerte den schmalen Weg an, der mich zwischen Häuserreihen zur tosenden Nordsee führte. Zum Glück regnete es nicht, sonst wäre ich in Minuten durchnässt gewesen. Aber der milde Sommersturm beförderte meine Gedanken hinaus auf das Meer, wo sie von mir aus bleiben konnten. Ich streckte die Arme aus und atmete die salzige Meeresluft ein. Wenn ich die Augen schloss, hatte es den Eindruck, dass ich ganz allein auf der Welt war und mit dem Sturm kämpfte. Bei dem Wetter war ich es sogar, denn es war weit und breit keine Menschenseele am Strand.

Ich lief an der Wasserlinie entlang Richtung Husum. Mir war egal, wie lange es dauern würde, umkehren würde ich nicht. Umkehr bedeutete Rückschritt. Und davon hatte ich genug. Es musste endlich vorwärtsgehen.

Ich passierte den Campingplatz. Auch hier hatten sich die meisten Urlauber in ihre Wohnwagen oder Zelte verkrochen. Für gewöhnlich duftete es hier um diese Uhrzeit nach Gegrilltem. Heute herrschte der Geruch des Meeres vor. Was mir besser gefiel. Mit jedem Fußabdruck, den ich im Sand hinterließ, fühlte ich mich besser. Das Meer war schon immer für die Lösung all meiner Sorgen zuständig gewesen. Dieses Mal schien es wieder zu gelingen.

In der Ferne entdeckte ich eine männliche Gestalt, die mich an Ben erinnerte. Wahrscheinlich Wunschdenken, denn er war nie vor zwanzig Uhr zu Hause, und Strandspaziergänge gehörten nicht unbedingt zu seinen Leidenschaften. Doch je näher ich der fremden Gestalt kam, umso vertrauter wurde sie mir. Bis Ben vor mir hielt und mich anstrahlte. Der Sturm spielte frech mit seinen Haaren. Ein ungewohntes Bild meines sonst so korrekten Mannes.

»Hallo Hanna!«, rief er gegen den Wind. »Wie geht es dir? Ich hoffe, du läufst dir keinen Frust ab, sondern genießt einfach nur den leeren Strand.«

Klar, er kannte mich gut genug, um zu wissen, was ich tat, wenn es mir schlecht ging. Aber diese Genugtuung gönnte ich ihm nicht. Ich bemühte mich, in gleicher Weise zurückzulächeln.

»Dir scheint es jedenfalls bestens zu gehen«, murmelte ich und wollte weiterschlendern. Ben hielt mich jedoch am Arm zurück. Eindringlich betrachtete er mich. Sein Strahlen war verflogen.

»Geht so«, meinte er nur, dann ließ er mich los.

»Du siehst aber ganz glücklich aus«, erwiderte ich trotzig.

Ben zog die Schultern hoch. »Was soll ich sonst tun? Mit Sauertopfmiene durch die Gegend laufen?«

»Wie immer«, sagte ich knapp. Unsere Blicke verhakten sich ineinander. In seinen Augen lag für einen Moment eine Traurigkeit, die ich nie bei ihm gesehen hatte.

»Ich weiß nicht, was du willst, Hanna, ich mache doch sowieso alles falsch.«

Ich zuckte überrascht zusammen. Hörte ich in seiner Stimme so etwas wie Verzweiflung? Bei Ben doch nicht, ich musste mich getäuscht haben.

»Ich muss dann mal weiter!«, rief ich gegen den Wind. »Schönen Abend, Ben.« Ich wandte mich ab, um meinen Weg fortzusetzen.

Nachdem ich einige Schritte Richtung Husum gegangen war, bemerkte ich einen Schatten neben mir. War es meiner? Ich erschrak, als ich entdeckte, dass Ben unverhofft neben mir herging. Wir sprachen kein Wort miteinander, unsere Stimmen wären bei dem Gegenwind ohnehin nicht zu verstehen gewesen. Im Gleichschritt kämpften wir gegen den Sturm. War es der Sturm der Liebe? Unsinn, ich hörte da nichts weiter als das Rascheln unserer Windjacken. Wollte Ben mir etwas beweisen? Oder hatte er nur vor, mich zu nerven?

Mein Fuß verhedderte sich in einem Haufen Seegras. Wenn Ben nicht zugegriffen hätte, wäre ich gestürzt. Seine Lippen formten etwas Unverständliches, dann lachte er befreit, und ich kicherte. Wieder sah ich ihn sprechen und verstand die Worte abermals nicht. Er beugte sich näher an mein linkes Ohr, doch ich wollte nicht hören, was er mir sagte, und wich zurück. Ich bedeutete ihm, dass ich allein weitergehen wollte, und ließ ihn stehen. Dieses Mal folgte er mir nicht. Ob ich erleichtert oder enttäuscht war, wusste ich selbst nicht.

Aus der Ferne erkannte ich das verkommene Gebäude des Hotels am Dockkoog. Der Deich, der das Land vor Sturmfluten schützte, war in der eintretenden Dämmerung kaum zu sehen, aber zu erahnen. Es würde nicht mehr lange dauern, und ich hätte Husum erreicht. Normalerweise war es zu dieser Uhrzeit noch hell, aber die dicken Wolken hatten den Himmel in eine graue Masse verwandelt, sodass es gefühlsmäßig später Abend war. Dabei war es gerade mal zwanzig Uhr. Ich überlegte, ob ich nicht doch lieber umkehren sollte, entschloss mich aber, weiterzugehen.

Ich passierte den Dockkoog, wo in den Sommermonaten die Touristen am Deich lagen oder ins kühle Nass sprangen. Heute war der Strand menschenleer. Nur vereinzelt waren Spaziergänger zu entdecken, die den Sturm herausforderten, der an ihrer Kleidung zerrte. Ein wenig entkräftet erreichte ich den Husumer Außenhafen. Da ich Hunger hatte, steuerte ich auf den Fischimbiss zu. Ein Krabbenbrötchen könnte ich sicher vertragen.

Ich erkannte in der Bedienung eine Tierhalterin, die vor zwei Wochen mit ihrem Hamster in der Praxis gewesen war. Sie begrüßte mich überschwänglich.

»Moin, Frau Doktor, haben Sie sich bei dem Wetter vor die Tür getraut?« Sie lachte mir offen entgegen.

»Ich liebe es, wenn der Strand wie leergefegt ist und nur mir allein gehört«, sagte ich locker und bestellte das Brötchen mit den Krabben. Ich biss sofort hinein. Mit vollem Mund erkundigte ich mich nach dem Befinden ihres Hamsters.

»Hach, der Pauli ist von der Katze erlöst worden, bevor er an Altersschwäche eingegangen wäre. Mein Mann hatte den Kater reingelassen, ohne sich zu vergewissern, dass Paulis Freilauf beendet war.« Sie grinste mich verschämt an.

»Oh, das ist ja schade, er war noch unglaublich fit.«

»Er war alt und schwach geworden. Vielleicht hätte der Kater keine Chance gehabt, wenn Pauli schneller gewesen wäre. Es sollte wohl so sein.«

Ich fand die saloppe Art, wie sie über ihren Hamster sprach, etwas merkwürdig. Doch ich ließ mir nichts anmerken. Ich verabschiedete mich freundlich und setzte kauend den Weg in die Innenstadt fort. Ich schlenderte durch die Hohle Gasse auf den Hafen zu. Aus dem Pub drang laute Musik, die mich lockte, hineinzugehen. Fisch musste schwimmen, da wäre ein Bier genau passend. Bevor ich hineinging, strich ich mit den Fingern durch meine kurzen Haare. Ob Ben mich gar nicht mehr wahrnahm? Zumindest hatte er nichts zu meiner neuen Frisur gesagt. Wenn ich es mir so recht überlegte, hatte bisher noch niemand darauf reagiert. Sah ich denn so schlimm aus? Ich verwarf den Gedanken, da ich ohnehin keine Antwort darauf fand.

Stickige Luft schlug mir entgegen, als ich das Lokal betrat. Für gewöhnlich hielten sich die Gäste draußen auf der Terrasse auf. Heute war das verständlicherweise anders. Mir gelang es, mich durch die Menge zum Tresen vorzudrängeln, und da stieß ich mit Olli zusammen. Schweigend blieben wir voreinander stehen. Olli wurde im Gedränge gegen mich gestoßen und trat auf meinen Fuß. Sein Mund war dicht vor meinem. Automatisch öffnete ich die Lippen. Dann war es um mich geschehen. Ich spürte Ollis weiche Lippen, die die meinen gefunden hatten. Ein Seufzen entwich meiner trockenen Kehle. Ich zitterte etwas. Ollis Körper schien von Blitzen durchzuckt zu werden, denn er vibrierte leicht.

Hastig schob ich mein Bierglas zwischen uns und nahm einen großen Schluck. Oliver wischte mit dem Daumen sanft den Schaum von meiner Oberlippe. Am liebsten hätte ich mich in seine Arme gekuschelt. Doch dann wurden wir im Gedränge wieder auseinandergetrieben, und der Zauber war vorbei. Hinten in einer kleinen Nische des Lokals fingen einige an zu tanzen. Keine schlechte Idee, dachte ich, und schon war ich mitten auf der provisorischen Tanzfläche. Olli stand am Tresen und ließ mich nicht aus den Augen.

Seine bewundernden Blicke waren wie Balsam für meine Seele. Ich fühlte mich seit Langem zum ersten Mal frei. Frei in meinen Entscheidungen und frei darin, mich als Frau zu fühlen.

Es war weit nach Mitternacht, als wir gut gelaunt aus dem Pub stolperten.

»Zu mir oder zu dir?«, fragte ich albern. Wenngleich ich nichts dergleichen vorhatte. Da Olli das sehr gut wusste, sah er mich überrascht an.

»Ich muss gleich zur Backstube, aber wenn du mich begleiten möchtest?«

Die Option Backstube fand ich genial. Wir gingen, weder zu mir noch zu ihm. Auch wenn es beim letzten Mal reichlich erotisch geworden war, waren wir einander so vertraut geworden, dass jeder den anderen einzuschätzen verstand. Olli hatte Verständnis dafür, dass ich nicht bereit war, ihm näherzukommen. Auch wenn es gewaltig zwischen uns knisterte, war mir der Altersunterschied nicht ganz geheuer. Aber einen schönen Abend konnten wir uns trotzdem machen.

9
Erwachen

Meine Glieder schmerzten. Ich hatte die Nacht eng an Olli gekuschelt auf dem Fußboden der Backstube verbracht. Nachdem ich ihm geholfen hatte, eine neue Trüffelsorte zu kreieren, hatten wir uns mit einer Flasche Rotwein auf einer Decke im Aufenthaltsraum ausgeruht. Der schwere Wein hatte mich schläfrig werden lassen, und ich hatte wenig Lust gehabt, mir ein Taxi zu rufen, um nach Schobüll zu fahren. Kurz entschlossen hatten wir unser Nachtlager auf dem harten Boden aufgeschlagen.

Die neuen Champagnertrüffel waren köstlich und ein herrlicher Gutenachtgruß. Olli hatte ein Schälchen damit gefüllt und es mir gereicht. Mit dem sahnigen Geschmack auf der Zunge war ich eingeschlafen. Das schlechte Gewissen, weil ich meine Mundhygiene vor dem Schlafengehen vernachlässigt hatte, schob ich beiseite. Ein bisschen schmeckten die Trüffel nach Liebe, es wäre schade gewesen, diesen Gaumenschmaus mit Zahnpasta zu überdecken. Aber ich machte mir nichts vor, es war nur ein Naschwerk.

Nun hockte Oliver im Schneidersitz vor mir und grinste.

»Guten Morgen, Schlafmütze«, begrüßte er mich warm.

»Morgen«, murmelte ich. »Wie spät ist es?«

»Gleich acht Uhr.« Sein Grinsen wurde breiter, als ich erschrocken hochfuhr.

»So spät? Ich muss in die Praxis!«, rief ich. Eilig krabbelte ich unter der Decke hervor und stand, den Gliederschmerzen zum Trotz, sekundenschnell auf den Beinen.

»Ich habe ein Schild an die Tür gehängt, darauf steht: ›Heute geschlossen‹«, gab Olli zu bedenken.

»Aber meine Praxis ist nicht geschlossen, und Helge hat heute Vormittag frei. Ich muss sofort los«, jammerte ich. Denn ich hasste es, zu spät zu kommen. Noch mehr hasste ich den Stress, der mir nun unweigerlich bevorstand.

»Ich fahre dich«, meinte Olli und wedelte mit den Autoschlüsseln. Ich rannte in das Minibad, klatschte mir Wasser ins Gesicht und ordnete mit den Fingern die Haare. Das musste vorerst genügen.

Im Wagen fütterte Olli mich mit Trüffeln, die sogar morgens köstlich schmeckten. Frau Doktor hatte durch den darin enthaltenen Alkohol eine leichte Fahne. Ich lehnte mich in den Sitz zurück und genoss die rasante Tour durch Husum. Olli war ein sicherer Fahrer, sodass ich trotz des Tempos entspannt blieb.

Ich kicherte albern. »So etwas habe ich noch nie erlebt.«

»Dann wurde es Zeit, Frau Doktor. Das Leben ist bunt.«

»Stimmt«, hauchte ich versonnen. Bunt und facettenreich. Da kam es nicht darauf an, wenn ich einmal später zum Dienst erschien.

Steinchen spritzten auf, als Olli vor der Praxis scharf bremste. Und damit meine Mitarbeiter auf den Plan rief, die neugierig ihre Köpfe zum Fenster herausstreckten. Zum Dank fürs Fahren hauchte ich Olli einen Kuss auf die Wange. Er wies mit dem Kinn in Richtung Praxis.

»Was macht der hier? Ich dachte, er hat heute frei.« Helge hatte seinen breiten Körper in die Tür gestellt und beobachtete uns.

»Das dachte ich auch.« Ich stöhnte und schwang die Beine aus dem Auto. Olli hielt mich zurück.

»Hast du Lust, mich am Sonntag auf die Insel Pellworm zu begleiten? Wir könnten Fahrräder mitnehmen.«

»Sehr gern. Wir telefonieren die Tage noch mal, dann besprechen wir alles. Ich freue mich drauf.« Rasch zog ich eine Visitenkarte aus meiner Hosentasche und reichte sie ihm.

»Das ist natürlich eine Voraussetzung«, er grinste, »die Telefonnummer. Ich schreibe dir gleich, damit du meine auch bekommst.«

Ich schlug die Autotür zu und eilte hinüber zur Praxis, wo Helge mich mit grimmigem Gesichtsausdruck empfing. Er äußerte sich nicht weniger abwertend über Olli als der zuvor über ihn. »Was will der denn hier?«

Verärgert blieb ich am Eingang stehen. »Olli war so freundlich, mich herzufahren. Hast du heute Vormittag nicht frei?«

»Das dachte ich auch, aber die Helferinnen waren in Sorge, weil du nicht gekommen bist. Da haben sie mich angerufen. Das Wartezimmer ist voll«, meinte er im vorwurfsvollen Ton. Da er immer noch den Eingang versperrte, drückte ich mich an ihm vorbei.

»Nun bin ich ja da«, erwiderte ich knapp und warf Katrin, die uns vom Empfang aus beobachtete, einen ärgerlichen Blick zu. Sofort steckte sie ihre Nase in die Karteikarten und suchte, vermutlich vergeblich, nach der richtigen für den nächsten Patienten.

»Du kannst gern wieder nach Hause fahren«, sagte ich an Helge gewandt und verschwand in Behandlungsraum eins. Bevor ich die Tür schließen konnte, zwängte Katrin sich dazwischen.

»Entschuldigung, Hanna, aber ich dachte …«

»Schon gut, aber das nächste Mal denkst du bitte daran, dass ich ein Handy besitze. Okay?« Ich zwinkerte ihr freundlich zu.

»Okay.« Katrin atmete erleichtert auf.

»Bitte bring mir den ersten Patienten.«

Damit war für mich das Thema erledigt. Bis ich nach der fünften Behandlung Katrins fragende Blicke nicht mehr ertragen konnte. Gegen den Behandlungstisch gelehnt wollte ich endlich wissen: »Sag mal, Katrin, warum guckst du mich so komisch an?«

Sie war eine langjährige Angestellte, und für gewöhnlich nahmen wir kein Blatt vor den Mund, sondern sprachen freiweg aus, was uns auf der Seele lag. Ihre blonde Lockenmähne wirbelte auf, als sie abrupt ihren Kopf in meine Richtung drehte. Ihre hellblauen Augen schauten mich unschuldig an. Dann aber entschied sie sich, offen zu sprechen.

»Wer war denn die Schnitte, die dich heute Morgen hergefahren hat? Er ist noch grün hinter den Ohren, stimmt's?«

»Stimmt, aber nicht so übel, oder was meinst du?«

Katrin druckste herum. »Ein Abenteuer? Oder ist es etwas Ernstes?«

Besorgnis lag in ihren Augen. Sie mochte Ben, das wusste ich nur zu gut von den Weihnachtsfeiern des Teams, an denen Ben teilgenommen hatte. Ich war sogar etwas eifersüchtig gewesen, bis sie mir erklärt hatte, dass sie nur ihren ›Bären‹ Jan liebte.

»Katrin, es geht dich zwar nichts an, aber ich bin frisch getrennt und für eine neue Beziehung wenig offen.«

»Wenig? Was heißt das?«

»Das heißt, dass wir uns um den nächsten Patienten kümmern.«

Am Schluss der Vormittagssprechstunde zappelte ein junger Kater auf dem Tisch, der so gar nichts mit Impfungen am Hut hatte. Die Halterin war reichlich überfordert. Besorgt stellte sie die erforderliche Schutzimpfung infrage.

»Muss das wirklich sein? Er hat sicher Schmerzen.«

Ich lächelte sie milde an. »Nur ein kleiner Pikser, der ihn vor Krankheiten schützt. Er wird es schaffen, bitte glauben Sie mir.«

Mit Katrins Hilfe gelang es, dem Tier die Spritze zu verabreichen. Erneut ein Beweis, dass Katrin und ich ein geniales Team waren.

Nachdem die Halterin den Raum verlassen hatte, wippte Katrin auf den Zehenspitzen. Die Hände auf dem Rücken verschränkt, starrte sie aus dem Fenster zum Hof.

»Weiß er das auch? Ich meine, dass du keine neue Beziehung willst?«

»Katrin, ich möchte nicht mehr darüber diskutieren.«

Sie ignorierte meinen Protest.

»Er ist da, holt er dich ab?« Sie kicherte.

Mit einem Schritt trat ich neben sie und sah ebenfalls durch das kleine Fenster. »Keine Ahnung, aber kannst du abschließen? Ich bin schon weg, wenn er nach mir fragen sollte.«

Meine Helferin sah mich mit hochgezogenen Augenbrauen an. »Dir ist schon klar, dass du dich wie ein Teenager verhältst?«

Ich stieß hörbar die Luft aus. Dann lachte ich übermütig. »Fühlt sich irgendwie gut an. Aber du hast natürlich recht, ich werde dich dafür nicht einspannen und ihn persönlich nach Hause schicken.«

Katrin nickte zufrieden.

»Bis morgen dann«, sagte sie, da heute ihr freier Nachmittag war, und schwebte aus dem Behandlungsraum.

Nachdenklich wusch ich mir die Hände, um sie danach gründlicher als nötig abzutrocknen. Olli war hartnäckig, was unsere Treffen anbelangte. Es gefiel mir, wie er um mich warb.

Helge hatte ich den ganzen Vormittag über nicht zu Gesicht bekommen, obwohl er nicht, wie ich ihm geraten hatte, nach Hause gefahren war. Während ich die Tür zur Praxis verriegelte, hörte ich seinen Wagen aufheulend vom Hof jagen. Ich rollte mit den Augen. Was immer er dachte oder vorhatte, ich wollte keine Rolle dabei spielen. Ich hörte, dass Olli das Seitenfenster runterließ. Kurz darauf ertönte seine warme Stimme über den Parkplatz.

»Mahlzeit, schöne Frau Doktor. Wie sieht es mit einem Mittagessen aus? Du kannst unmöglich den ganzen Tag von Champagnertrüffeln leben.« Seine Worte hüllten mich in eine Wolke aus Glücksgefühlen und Verunsicherung. Langsam wandte ich mich um. Seine Augen zogen mich sofort in ihren Bann.

Ausgelassen rief ich: »Aber Zimttrüffel gingen!« Ich musste über sein gespielt entsetztes Gesicht lachen. »Notfalls gebe ich mich auch mit Pasta zufrieden.«

Mit einem demonstrativen Hüftschwung umrundete ich das Auto und warf mich in den Beifahrersitz. Ich dachte nicht daran, ihn wieder wegzuschicken. Bevor Olli mir einen Kuss auf die Wange hauchte, streichelte er mich mit seinen Augen. Unweigerlich liefen warme Schauer über meinen Rücken. Er grinste und wies mit dem Daumen auf den Rücksitz des Wagens. »Überraschung.«

Ich folgte seiner Bewegung mit meinem Blick. Auf dem Sitz stand ein prall gefüllter Picknickkorb.

»Wir machen ein Picknick?«, fragte ich überrascht.

»Genau, und wir nehmen auch was zu essen mit.«

Ich runzelte die Stirn. »Ich dachte, das wäre so üblich.« Ich lachte übermütig. Olli war stets zu Scherzen aufgelegt. Ich musste mich erst daran gewöhnen, dass ich ihn nicht so ernst nehmen sollte, aber es gefiel mir ausgesprochen gut. »Wo fahren wir hin? Ich habe nur zwei Stunden frei.«

Olli beugte den Oberkörper zu mir herüber, um mir tief in die Augen zu schauen. »Ich bin bestens mit deinen Öffnungszeiten vertraut. Dieses Mal kommst du nicht zu spät, versprochen.«

Wir fuhren über Husum zum Dockkoog. Während Olli seinen Wagen sicher durch den Verkehr lenkte, betrachtete ich ihn verstohlen von der Seite. Er wirkte unglaublich jung, was er im Endeffekt auch war. Für einen Mann hatte er unverschämt lange Wimpern, die seine blauen Augen betonten, und er wusste sie auch gekonnt in Szene zu setzen. Sein durchtrainierter Körper konnte sich sehen lassen. Auch der Rest an diesem Mann ließ die Herzen der Frauenwelt sicher höherschlagen. Mich eingeschlossen. Doch ich vermisste etwas. Etwas, das ich nicht benennen konnte. War es die nötige Reife? Eben diese Unbekümmertheit war es doch, die mich an ihm faszinierte. Womöglich hatte ich Angst vor dem Altersunterschied? Ich wusste einfach nicht, was ich über ihn denken sollte.

Meine Suche nach dem Rezept der Liebe hatte schon zu erotischem Teigkneten zwischen uns geführt. Aber während der Kuschelnacht in der Backstube war da nichts weiter als Vertrautheit unter Freunden gewesen. Mit jedem Tag, den wir gemeinsam verbrachten, spürte ich Ollis Ungeduld wachsen. Er wollte definitiv mehr von mir. Meinen Körper und vielleicht auch mein Herz. Doch nichts von beidem konnte ich ihm geben. Umso mehr genoss ich die Zweisamkeit mit ihm und war dankbar, dass er nichts unternahm, um mich zu drängen. Die Hartnäckigkeit, mit der er aus heiterem Himmel vor mir stand und mich zu gemeinsamen Unternehmungen einlud, wie jetzt zum Picknick, schmeichelte mir.

Gleichzeitig waren auch Helges Eifersüchteleien nicht weniger Balsam für meine Seele. Mit ihm verbrachte ich zwangsläufig mehr Zeit, denn dank meiner neuen Wohnung war ich plötzlich Teil seines Familienlebens geworden. Heute Abend wurde Loni aus Frankfurt zurückerwartet, im Gepäck jede Menge Neuigkeiten über den Gesundheitszustand ihrer Schwester Frieda. Die immer noch nicht davon zu überzeugen war, eine Zeitlang nach Nordfriesland zu kommen. Vermutlich würde ich Helge also spätestens am Abend wiedersehen. Ob er mich über Olli ausfragen würde?

Ich war so versunken in meine Überlegungen, dass ich nicht bemerkte, wie Olli den Wagen auf dem Parkplatz am Dockkoog abgestellt hatte, bis er mir einen leichten Stups gab.

»Erde an Hanna! Ich gebe dir einen Penny für deine Tagträume.«

Ich zuckte zusammen, weil ich selbst überrascht über meine geistige Abwesenheit war.

»Für so wenig Geld kriegst du sie nicht.« Lachend öffnete ich die Autotür.

Die Sonne meinte es gut mit uns. Aber auch mit sämtlichen Touristen. Sie tummelten sich am Strand, eng beieinander wie die Ölsardinen. So voll war der Dockkoog selten. Es war Flut, die Nordsee knabberte an den Felsen, die dem Küstenschutz dienten. Strandkörbe standen aneinandergereiht, und Drachen flogen über unsere Köpfe hinweg. Ein idyllisches Bild von Nordseeurlaubern sowie Einheimischen. Olli trug den Korb, der unser Mittagessen beinhaltete. Er schien ziemlich schwer. Zwischen dem Geruch von Salz, Algen und Schlick waberte der Duft frischen Brotes zu mir herüber. Prompt gab mein Magen ein lautes Knurren von sich. Olli lachte.

»Dein Frühstück ist schon eine Weile her, was?« Er wies auf einen freien Strandkorb. »Schnell, bevor ihn uns jemand wegschnappt«, meinte er ausgelassen. Lachend rannten wir los. Noch bevor wie saßen, steuerte der Strandkorbbesitzer auf uns zu, um die Gebühr zu kassieren. Olli holte Geld hervor und beglich den Betrag.

»Dabei war mein Frühstück eines der besten, die ich je hatte!«, rief ich außer Atem. Sofort fiel mir ein, dass das nicht ganz stimmte. Mit Ben hatte ich am Anfang unserer Beziehung traumhafte Morgen erlebt. Frühstück inklusive.

Damit ließen sich selbst Trüffel nicht vergleichen. Schnell verwarf ich jedoch die Erinnerungen und hielt mich am Hier und Jetzt fest.

96

10

Freilauf

Olli hielt sein Versprechen und brachte mich rechtzeitig zurück zur Arbeit. Helges Jeep fiel mir sofort auf. Er war demzufolge heute Nachmittag in der Praxis. Gerade als ich die Tür des Wagens öffnete, klingelte mein Handy. Kaum hatte ich abgenommen, ertönte Brittas verzweifelte Stimme am anderen Ende der Leitung.

»Hanna?«, kreischte sie. »Im Offenstall der Bullen stimmt was nicht, der Deckbulle Bruno schreit wie verrückt, kannst du bitte kommen?« Britta war normalerweise nicht so leicht aus der Ruhe zu bringen, ich vermutete eine mittelschwere Katastrophe.

»Im Offenstall? Wie viele Rinder laufen da herum? Kannst du einige davon umsiedeln?«

Mit dem Telefon am Ohr lief ich in die Praxis, um meine Tasche und das Betäubungsrohr einzupacken. Ich wollte auf Nummer sicher gehen, freilaufende Bullen waren nicht zu unterschätzen. Olli und das Mittagessen im Freien waren vergessen. Ich versuchte Britta zu beruhigen. Ein ungutes Gefühl überkam mich, als ich Brunos lautes Gebrüll vernahm.

Helge sah mich verdutzt an, als ich ihm zurief, dass er mich begleiten solle. Er verkniff sich aber einen Kommentar und warf sich einen Blaumann über. Dann lief er zum Jeep und drehte den Zündschlüssel um. Er hatte schon gewendet und die Beifahrertür aufgestellt, als ich dazukam. Mit einem Satz sprang ich hinein. Helge gab Vollgas, und die Wucht des Anfahrens drückte mich in den Sitz. Ich hatte Mühe, den Sicherheitsgurt anzulegen, weil ich Britta weiterhin am Ohr hatte. Doch sie ließ sich einfach nicht beruhigen.

»Britta, wir sind in zwanzig Minuten bei euch, ich lege jetzt auf, okay?«

»Bis gleich.« Die Landwirtin stöhnte. Sie liebte ihre Tiere einfach zu sehr.

Katrin würde mit Gabi die wartenden Patienten betreuen, bis wir zurück waren. Sie kannten solche Notfallsituationen und hatten gelernt, damit umzugehen. Zumindest diesbezüglich musste ich mir keine Gedanken machen und konnte mich auf das konzentrieren, was vor mir lag. Schmunzelnd betrachtete ich das Profil meines Kollegen. Ich sah ihm deutlich an, dass er nervöser wurde, je mehr wir uns dem Hermanns-Hof näherten. Großtiere waren eben nicht sein Fall. Ich versuchte ihn abzulenken.

»Danke fürs Fahren, ich bin froh, dass du dabei sein wirst. Auch an der Außenseite des Zauns bist du mir eine Hilfe.«

Helge räusperte sich geräuschvoll. Offenbar hatte es ihm die Sprache verschlagen.

»Ich wäre mir da an deiner Stelle nicht so sicher«, erwiderte er heiser. Ich kicherte. Helge, der sonst in jeder Situation der Ruhepol unserer Praxis war, umklammerte das Lenkrad wie einen rettenden Anker.

»Da vorn links«, sagte ich mit fester Stimme. Der Wagen kam rumpelnd auf dem Hof zum Stehen. »Fahr noch ein Stück weiter, die Weide liegt hinter der Scheune.«

Noch bevor das Auto angehalten hatte, riss ich die Beifahrertür auf und sprang Britta entgegen.

»Ich konnte die Herde weitgehend trennen, nur die besonders sturen Viecher befinden sich bei Bruno«, rief sie.

Eine Information, die mich nicht unbedingt beruhigte. Sture Rindviecher hatten so ihre Tücken. Helge folgte uns und hielt dabei einen Sicherheitsabstand. Die Weide war übersichtlich, und ich erkannte den Zuchtbullen Bruno sofort an seinem markerschütternden Brüllen. Speichel tropfte aus seinem Maul, die Augen waren geweitet, und der Bauch des Tieres gebläht. Bewegungslos starrte er uns entgegen.

»Er muss etwas Falsches gefressen haben«, jammerte Britta.

Ich blieb einen Moment am Gatter stehen, um mir ein Bild von den Beschwerden des Tieres machen zu können. Ohne hinzuschauen, angelte ich die Pfeilspitze für die Betäubung aus dem Koffer. Um ihn sicher zu treffen, musste ich näher heran. Ich schwang meine Beine über das Tor und ließ mich auf der anderen Seite langsam heruntergleiten.

»Hanna!«

Ich achtete nicht auf die besorgten Rufe meines Kollegen. »Britta, weißt du, was er gefressen haben könnte, was ihm nicht bekommen ist?«

Ich wartete nicht auf eine Antwort, sondern bewegte mich vorsichtig weiter, ließ das Tier dabei nicht aus den Augen. Aus der Entfernung erkannte ich, dass Bruno eine schwere Kolik hatte. Das bedeutete, dass eine Betäubung nicht zu empfehlen war. Er brauchte Bewegung, damit sich die Verkrampfungen lösten. Bruno würde sich aber wohl kaum für einen Spaziergang gewinnen lassen. Es war unumgänglich, ihm zuerst ein Schmerzmittel zu verabreichen.

Die Finger fest um den Griff meines Koffers gelegt, vergaß ich alle Vorsichtsmaßnahmen und lief beherzt auf Bruno zu. Erstaunlicherweise beachtete er mich nicht weiter. Ich blieb stehen, um eine Spritze mit dem erforderlichen Medikament aufzuziehen. Dabei wandte ich kurz meinen Blick von ihm ab. Zu spät bemerkte ich, wie Bruno in Fahrt kam und mich wütend ansteuerte. Erst Brittas schriller Schrei alarmierte mich. Der eben noch bewegungslose Bulle raste auf mich zu. Mein Puls beschleunigte sich, aber äußerlich blieb ich gelassen. Zumindest musste ich nun nicht mehr dafür Sorge tragen, dass Bruno sich ausreichend bewegte. Jetzt galt es zu handeln.

Ich wartete einige Sekunden ab, bis das Tier nahe genug heran war, dann sprang ich zur Seite. Britta schrie entsetzt auf, aus weiter Entfernung vernahm ich Helges lautes Stöhnen. Der Bulle raste an mir vorbei und vollzog am Gatter eine plumpe Wendung. Aber ich unterschätzte die Schnelligkeit, mit der er wieder auf mich zustürmte. Ich wich ihm zwar aus, aber Bruno erwischte mich mit seinem Rumpf, sodass ich zu Boden krachte.

Die Dunkelheit, die dann folgte, wurde irgendwann von einer grauen Wolke abgelöst. Ich wollte nicht, dass sie verschwand, weil ich schon die ersten Schmerzen dahinter spürte. Ich behielt die Augen geschlossen und atmete flach, da bei jedem Atemzug spitze Messerklingen durch meinen Brustkorb zu fahren schienen. Doch etwas brachte mich dazu, endlich zu blinzeln. Hatte ich mich verhört?

»Hanna, Liebes, bleib still liegen, der Rettungswagen ist unterwegs.«

Die Augen fest zugekniffen, verarbeitete ich die Worte meines Kollegen. Liebes? Krankenwagen? Waren denn alle verrückt geworden? Schlagartig riss ich die Augen auf und starrte in Helges sorgenvolles Gesicht. Er war mir so nahe, dass ich eine Mund-zu-Mund-Beatmung fürchtete. Ich drehte den Kopf ruckartig nach rechts und bereute es sofort. Die Messer in meinem Brustkorb nahmen wieder ihre Arbeit auf, und mir wurde schwarz vor Augen.

»Was ist passiert?«, wisperte ich. »Wo ist Bruno, geht es ihm gut?«

Helge brummte etwas Unverständliches. Ich kämpfte mich aus der drohenden Ohnmacht heraus. Auf keinen Fall sollte Helge Gelegenheit bekommen, meine Lippen mit lebensrettenden Maßnahmen zu traktieren.

»Ich sollte wohl lieber aufstehen«, meinte ich verwirrt.

»Besser, du bewegst dich nicht, bis die Rettung kommt. Bruno geht es dem Anschein nach besser.«

Getrost schloss ich die Augen. Bruno war außer Gefahr. Dann versuchte ich doch noch, meinen Kopf zu drehen. Dieses Mal klappte es, und ich konnte mich umsehen. Britta scheuchte die Tiere auf die Wiese nebenan. Birger, der dazugekommen war, hielt den Blick auf die Straße gerichtet, um den herannahenden Rettungswagen einzuweisen. Ärger stieg in mir auf. Warum war ich bloß so unachtsam gewesen? Jetzt lag ich hier auf der Wiese, Helge über mich gebeugt, und jede Bewegung schmerzte. Das war definitiv nicht mein Tag. In meiner Notlage wünschte ich mir, dass Ben an meiner Seite wäre. Dass er mir zuflüsterte: *Alles wird gut, Baby, wir haben uns geirrt. Wir gehören zusammen.*

Dies war der Moment, als mir klar wurde, dass es niemand anderen gab, mit dem ich glücklich werden könnte. Auf dem Rücken liegend starrte ich in den wolkenlosen Himmel. In der Ferne zogen Möwen ihre Kreise und riefen, es klang wie ein Klagelied. Britta kniete plötzlich neben mir. Sie hatte Tränen in den Augen. Sofort hatte ich Mitleid mit ihr.

»Britta?«

»Ja, Hanna?«

»Ich hätte gern ein Kilo deiner Seife.« Ich lachte freudlos auf.

»Geht klar, du bekommst auch zwei, wenn du nur bald wieder auf die Beine kommst.« Sie schluchzte laut auf und suchte meine Hand.

»Niemand hat mir vorher erzählt, wie kompliziert das mit der Liebe ist«, wisperte ich kraftlos.

»Dann würden wir uns niemals auf dieses Abenteuer einlassen.«

Ich lachte verhalten, denn selbst die kleinste Regung schmerzte.

»Stimmt, das ist schlau eingefädelt.«

Verdammt, warum redete ich diesen Stuss? Stand ich unter Schock? Britta rückte von mir ab, um dem Sanitäter Platz zu machen, der mich ansprach, als ob ich einen an der Marmel hätte. »Guten Tag, ich bin Tom Berger, können Sie mich hören? Wo tut es weh?«

Die Stimme war so laut, dass ich mir wünschte, er hätte mir als Erstes Ohropax gegeben. Mein Kopf dröhnte. Ich schrie auf vor Schmerzen, als mich zwei Männer auf eine Trage hoben. Wieder wurde mir schwarz vor Augen, und ich verlor das Bewusstsein, bis ich mich in der Notaufnahme des Husumer Krankenhauses wiederfand. Die Ärzte sprachen von Rippenprellungen. Ein paar blaue Flecke, ich solle mich für einige Tage schonen.

Es machte mich wütend, dass alle so besorgt um mich waren. Katrin war an mein Bett geeilt, gefolgt von Ilona und Helge. Er meinte, dass er ohnehin nichts weiter vorhatte und meine Schichten übernehme. Als Nelly hereingestürzt kam und sorgenvoll meine Hände in ihre nahm, platzte mir der Kragen. Ich warf die Decke zur Seite und hob die Beine aus dem Bett. Dabei ließ ich mir die stechenden Schmerzen nicht anmerken.

»Ich will sofort hier raus, ich bin wieder ganz in Ordnung«, behauptete ich tough.

»Ich habe Ben angerufen, er ist gleich hier«, gestand Nelly kleinlaut.

Im Grunde hätte ich dankbar sein müssen für all die Fürsorge, die mir zuteilwurde. Aber dass Ben ins Krankenhaus kam, wollte ich auf gar keinen Fall. Er hatte nie Verständnis für meine Arbeit mit Großtieren gezeigt. Genau aus dem Grund, weshalb ich nun im Krankenhaus gelandet war – er hielt es für zu gefährlich. Ich hörte schon seine vorwurfsvollen Kommentare. Außerdem waren wir getrennt, wie sah das denn aus? Es lag mir fern, vor ihm Schwäche zu zeigen.

»Du hast was? Wozu? Mir geht es gut, und wir sind kein Paar mehr«, maulte ich verärgert. Dabei traf mich Helges Blick. Er schien etwas sagen zu wollen, schwieg aber. Gut für ihn. Loni, die aus Frankfurt zurück war, trat neben mich und tätschelte beruhigend meinen Rücken.

»Meinst du nicht, du solltest auf den Rat deines Arztes hören und ein paar Tage das Bett hüten?« Sie sah mich unendlich mütterlich an und nahm mir so den Wind aus den Segeln. Ich seufzte leise.

»Das mag ja richtig sein, aber ich habe zu Hause ein Bett, das mir besser gefällt.«

Ich rutschte von der Bettkante und suchte meine Sachen. Eben hatte ich die Schuhe gefunden, da erschienen Britta und Birger in der Tür. Britta hatte wie so oft Tränen in den Augen.

»Ist mit Bruno alles in Ordnung?«, fragte ich und erntete einen vorwurfsvollen Blick aller Anwesenden. Britta trat näher.

»Sorg dich bitte nicht um den Dickkopf. Er hat alles überstanden. Es tut mir wahnsinnig leid, was er angerichtet hat. Wir überlegen, ihn zu verkaufen.«

»Für unseren Hof ist er nicht geeignet«, warf Birger überzeugt ein.

»Aber er hatte eine Kolik, da ist es kein Wunder, wenn er austickt«, gab ich zu bedenken.

»Er ist leider schon öfter negativ aufgefallen, und ich dulde keine gefährlichen Bullen auf dem Hof. Der Hofladen läuft gut an, ich möchte nicht riskieren, dass eventuell Kunden in Gefahr geraten.«

Ich öffnete den Mund, um zu protestieren. Aber Birger hob abwehrend die Hände. »Ich diskutiere nicht darüber.

Britta hat es eben auch versucht, aber Sicherheit geht nun mal vor. Punkt.«

Der arme Bruno, aber wahrscheinlich hatte Birger recht. Die Tür flog ein weiteres Mal auf, und ich fürchtete, dass Ben hereinkommen würde. Aber es war der Arzt, der mich in der Notaufnahme versorgt hatte. Sofort ergriff ich die Gelegenheit.

»Gut, dass Sie kommen, ich möchte die Entlassungspapiere bitte.« Ich sah ihn herausfordernd an. Denn seine Miene zeigte alles andere als Begeisterung. Er warf einen Blick auf meine Krankenakte. Dann sah er mich lange an und bat alle Anwesenden, den Raum zu verlassen, da er etwas mit mir zu besprechen habe.

»Aber meine Freundin kann bleiben«, sagte ich rasch.

»Wie Sie wünschen«, meinte der Mediziner freundlich. »Dann darf ich alle anderen jetzt auffordern, den Raum zu verlassen«, wiederholte er nun etwas nachdrücklicher, da niemand der Anweisung zu folgen schien.

Er verabschiedete sich mit einem Nicken von meinen Freunden. Helge zögerte kurz. Er suchte den Augenkontakt mit mir und verließ dann gemeinsam mit seiner Mutter das Zimmer. Loni drehte sich an der Tür kurz um und zwinkerte mir aufmunternd zu.

»Frau Doktor Martensen, wie ich sehe, haben Sie die feste Absicht, unser schönes Krankenhaus gegen Ihr eigenes Bett zu tauschen«, sagte der Arzt. »Damit gehe ich nicht ganz konform.«

»Doktor Bär, das ist mir ziemlich gleichgültig. Ich bleibe nicht«, erwiderte ich mit fester Stimme. Nelly hatte neben mir auf dem Bett Platz genommen und sah Doktor Bär mit verschränkten Armen an. Damit demonstrierte sie ihre Unterstützung für mich. Dankbar lächelte ich ihr zu. Wenn Nelly wüsste, wie schmerzhaft meine Verletzungen waren, hätte sie ihre Meinung geändert.

»Nun, Frau Doktor, Sie haben großes Glück gehabt, Ihrem Baby ist nichts passiert, doch ich möchte Ihnen dringend ans Herz legen, einige Tage zur Beobachtung zu bleiben.«

Ich merkte, dass meine Kinnlade herunterklappte. Nelly erstarrte. Dann beugte sie sich zu mir herüber.

»Warum weiß ich nichts davon?«

Langsam wandte ich mich meiner Freundin zu.

»Weil ich es auch nicht wusste«, hauchte ich.

Nelly fing sich vor mir und rief außer sich vor Freude: »Mensch, Mami, herzlichen Glückwunsch!«

Sie knutschte mein Gesicht ab, dann starrte sie auf meinen Bauch. »Wie süüüß!«, quiekte sie, als ob sie das Baby gesehen hätte. »Ganz sexlos waren die letzten Monate dann wohl doch nicht.«

Dafür erntete sie einen bitterbösen Blick von mir. Ihre spontanen Ausbrüche waren gerade fehl am Platz.

Doktor Bär verlagerte sein Gewicht auf das rechte Bein und sah uns nacheinander an. Er schien bemüht, ein Grinsen zu verbergen. Nach einer gefühlten Ewigkeit hatte ich die Spucke wiedergefunden, die mir im wahrsten Sinne des Wortes weggeblieben war.

»Aber ich bin fünfundvierzig Jahre alt«, krächzte ich. »Ist das nicht zu alt zum Kinderkriegen?« In meinem Hinterstübchen fragte ich mich, wie das hatte passieren können. Mit Ben hatte ich mindestens drei Monate keinen Sex gehabt, bevor ich ihn verlassen hatte ... Oh mein Gott, wie sollte ich ihm das erklären?

»Offensichtlich nicht«, meinte Doktor Bär trocken. »Aber gerade *wegen* Ihres Alters wäre es wichtig, Sie einige Tage hierzubehalten. Ich nehme mal an, Sie sind nicht im Besitz eines Mutterpasses?«

»Mutter-was?«, fragte ich dümmlich. Verdammt, ich war keine Mutter und brauchte so ein Ding nicht. Das hatte ich zumindest noch bis vor Kurzem gedacht. Nelly rutschte neben mir hin und her. Ich warf ihr einen genervten Blick zu.

»Hanna, ich möchte Patentante werden, ginge das?« Sie strahlte mich an.

»Nelly«, zischte ich, »ich weiß nicht, ob ich dieses Kind bekommen kann.«

Doktor Bär trat wieder auf das linke Bein. Bei einem meiner Tiere würde ich sagen, dass es einen Orthopäden benötigte.

»Doktor Martensen, Sie sind in der zwölften Schwangerschaftswoche. Da ist ein Abbruch nicht erlaubt.«

»Ich töte doch keine Babys!«, rief ich empört. Schützend legte ich die Hand auf meinen Bauch. Ich wollte keine Kinder, aber eine Abtreibung kam für mich nicht infrage. Wenn es sich gerade anders angehört hatte, schob ich es gedanklich auf die Hormone. Das glatt rasierte Gesicht des Arztes verzog sich zu einem erneuten Lächeln.

»Das hatte ich auch nicht angenommen. Ich lasse Sie erst einmal allein, damit Sie die Neuigkeiten verarbeiten können.« An Nelly gewandt, fragte er: »Ich gehe davon aus, dass Sie auf Ihre Freundin aufpassen?«

Nelly drückte den Rücken durch und streckte das Kinn vor. »Da können Sie Gift drauf nehmen!«

Zum Beweis legte sie den Arm um mich, als wollte sie nie wieder von mir ablassen.

Doktor Bär verabschiedete sich mit einem Nicken. Doch bevor er das Zimmer verließ, drehte er sich ein letztes Mal in meine Richtung. »Ich schicke Ihnen unsere Gynäkologin Frau Doktor Lassen vorbei, sie wird einige Untersuchungen mit Ihnen besprechen.«

Dann verschwand er durch die Tür.

»War dir denn nie übel?«, sprudelte Nelly los.

»Nee, dafür aber jetzt«, erwiderte ich tonlos. Nelly lachte.

»Ich werde meinen Job als Patentante sehr gewissenhaft ausführen. Versprochen.« Sie rieb ihre Handflächen aneinander. Das machte sie immer, wenn sie nicht wusste, wie sie ihre Begeisterung ausdrücken sollte. Meine hielt sich weiterhin in Grenzen.

»Woher willst du wissen, dass du diesen Job bekommst?«, zickte ich sie an. Sofort bereute ich meinen Ausbruch, denn Nellys Gesichtszüge entgleisten. Verärgert rutschte sie vom Bett.

»Dann mach doch, was du willst, ich möchte dich zu nichts zwingen!«

Ich stöhnte laut auf.

»Eigentlich müsste *ich* mit Stimmungsschwankungen zu kämpfen haben, nicht du.« Ich grinste sie an und bat sie um Entschuldigung. Dann wurde ich wieder ernst. »Ich weiß gar nicht, wie ich damit umgehen soll, ein Kind stand nie auf meiner Agenda ...«

»Ich glaube, Ben wird das freuen«, warf sie unvermittelt ein.

Ich ergriff ihre Hand. »Er wird es nie erfahren, verstanden? Ich will ihn nicht zurück, nur weil ich schwanger bin.«

Meine Freundin riss die Augen auf und schnappte nach Luft. »Du willst –«

»Nein, ich will nicht, aber ich muss ihm verschweigen, dass er Vater wird«, unterbrach ich Nelly forsch.

»Wie lange soll das denn gehen? Du bist in der zwölften Woche. Spätestens in zwei weiteren Monaten ist dir anzusehen, dass du ein Baby bekommst.«

Meine Entschlossenheit fiel in sich zusammen.

»Das weiß ich doch«, sagte ich kleinlaut. Bis es so weit war, musste ich mir etwas überlegen. Auf gar keinen Fall wollte ich, dass Ben nur deswegen zu mir zurückkam. Das sollte allein meine Entscheidung bleiben. Dabei fiel mir ein, dass er jeden Moment zur Tür hereinkommen könnte. Da steckte Loni den Kopf herein. Besorgt suchte sie Augenkontakt mit mir. Ich rang mir ein Lächeln ab.

»Alles in bester Ordnung, liebe Loni, aber ich möchte jetzt allein sein.«

»Das kann ich gut verstehen, aber Helge würde noch kurz reinkommen, wenn es passt.« Kaum hatte sie seinen Namen ausgesprochen, da schob er sich an seiner Mutter vorbei und trat ein. Er wirkte verlegen, und ich befürchtete sofort, dass alle von meiner Schwangerschaft wussten.

»Ich übernehme deine Patienten, bis deine Knochen wieder heil sind. Mach dir keine Gedanken, dazu sind Kollegen schließlich da.« Er zwinkerte und verließ den Raum.

»Wenn du ihn nicht willst, ich opfere mich liebend gern«, sagte Nelly. Ich kicherte befreit. Sie war nicht umsonst meine beste Freundin und zugleich beste Mutmacherin.

»Aber er wird nicht der Patenonkel«, gluckste ich. Die Enttäuschung für Loni malte ich mir besser nicht aus. Sie hatte mich auf das Herzlichste aufgenommen, so sicher war sie sich, dass ihr Sohn in mir die perfekte Partnerin gefunden hatte.

»Du kannst doch Ben fragen, falls ihr nicht mehr zusammenkommt.« Nelly war unmöglich! Ein Vater, der die Patenschaft seines Kindes übernahm, war dann doch merkwürdig. Ich stieß den Ellenbogen in ihre Rippen.

»Du rufst ihn zuallererst an und sagst ihm, dass er hier nicht aufzutauchen braucht«, befahl ich streng.

»Gute Idee, mal sehen, ob er sich abwimmeln lässt.«

Sie holte das Handy hervor und wählte die Nummer des Kindsvaters. Angespannt lauschte ich dem Freizeichen, ich glaubte nicht daran, dass er das Gespräch annahm. Aber dann ging er ran. Ich hatte mein Ohr an Nellys Telefon gelegt und hielt den Atem an. Er bedauerte sein Zuspätkommen, aber Nelly schaffte es, ihn zu vertrösten, und teilte ihm mit, dass er nicht mehr kommen müsse. Ben wirkte erleichtert. Ich wusste ja, wie ungern er Krankenhäuser betrat. Sie wirkten auf ihn bedrückend, und oft wurde ihm übel von den Gerüchen.

11

Zwangspause

Nachdem Nelly gegangen war, legte ich mich zurück ins Bett. Ich war erschöpft, und meine Rippen taten weh. Die Ärzte rieten von Schmerzmitteln ab, um dem Baby nicht zu schaden. Natürlich war ich einverstanden, eine spätgebärende Mutter war Risiko genug. Auf dem Rücken liegend, starrte ich die Zimmerdecke an. Meine Hände wanderten wie von selbst auf meinen Bauch. Vorsichtig, um das Kleine nicht zu stören. Es hatte an diesem Tag reichlich Aufregung gegeben, und ich wollte meiner Maus Erholung gönnen. Schlagartig war ich davon überzeugt, ein Mädchen unter dem Herzen zu tragen. Ich horchte in mich hinein. War etwas anders? Vor wenigen Stunden hatte ich noch keine Ahnung gehabt, dass in mir ein Baby heranwuchs. Jetzt hielt ich Zwiesprache mit ihr.

Es tut mir leid, dass ich dich nicht früher bemerkt habe. Auch wenn ich dich nicht geplant habe, beginne ich mich auf dich zu freuen.

Ein kurzes Klopfen holte mich aus meinen Gedanken. Die Tür wurde geöffnet, und eine junge Ärztin kam herein.

»Moin, Frau Doktor Martensen. Ich bin Tanja Lassen, Ihre Gynäkologin.«

Sie näherte sich meinem Bett mit großen Schritten und reichte mir zur Begrüßung eine schmale, kalte Hand. Sie hatte leuchtend blaue Augen, zu denen ich auf Anhieb Vertrauen fasste. Die langen Haare waren zum Zopf gebunden. Sie trug kein Make-up. Ihre natürliche Art gefiel mir ausgesprochen gut. Sie setzte sich auf die Bettkante und stellte ein Bein auf, indem sie mit beiden Händen das Knie umfasste.

»Wie geht es Ihnen?«

»Inzwischen besser. Den ersten Schock habe ich überwunden.« Ich verzog den Mund zu einem schiefen Grinsen.

»Das beruhigt mich«, meinte die Ärztin. »Ich möchte einige Tests mit Ihnen machen, aber ich denke, wir beginnen morgen in der Früh. Heute ruhen Sie sich besser aus.«

Ich verdrehte die Augen. »Alle wollen, dass ich mich ausruhe, aber ich bin es gewohnt, viel um die Ohren zu haben. Schonung ist nicht so meins.«

Frau Doktor Lassen lachte herzlich. »Das glaube ich Ihnen, aber die Umstände sind nun andere. Sie müssen nicht mit Höchstgeschwindigkeit weitermachen.«

Ob ich das hinbekomme?

»Danke, Frau Doktor, ich bin auf die morgigen Untersuchungen gespannt. Darf ich mich auf eine Sonografie freuen?«

Doktor Tanja Lassen lächelte. »Das dürfen Sie. Ich bin erleichtert, dass Sie Freude empfinden. Mein Kollege Doktor Bär meinte, Sie wären noch nicht so weit.«

»Ich war etwas überrumpelt, aber ich werde versuchen, es so zu regeln, dass mein Baby in mein Leben passt.« Ich flüsterte die Worte nur, denn im Grunde waren sie eher für mich bestimmt, aber die Ärztin hatte gute Ohren und mein Wispern gehört.

»Wunderbar, bis morgen dann.« Sie reichte mir die Hand und hielt meine länger fest als üblich, dabei sah sie mir fest in die Augen. »Sie werden eine wunderbare Mutter.«

Doktor Lassen verließ den Raum, aber ihre Worte hallten lange in mir nach.

Eine wunderbare Mutter.

Jetzt glaubte ich selbst daran. Kinder waren nie ein Thema zwischen Ben und mir gewesen. Wir genügten uns voll und ganz selbst. Ich fragte mich, wie Ben es aufnehmen würde, wenn ich ihm davon erzählte.

Am nächsten Tag, gleich nach dem Frühstück, hatte ich einen Termin mit Doktor Lassen. Angenehm überrascht sah ich mich in dem liebevoll eingerichteten Behandlungszimmer um. Nichts erinnerte hier an ein Krankenhaus. Blumen auf dem Schreibtisch der Ärztin erfüllten das Zimmer mit sommerlichen Düften. Die warmen Farben von Beige bis Orange ließen den Raum gemütlich aussehen. Eine Krankenpflegerin hatte mich in einem Rollstuhl auf die Frauenstation geschoben. Ich hatte das zunächst für übertrieben gehalten, aber meine Glieder rebellierten bei jeder Bewegung, und es stellte sich heraus, dass ich den langen Weg kaum geschafft hätte. Bruno ließ grüßen.

»Es sieht alles sehr gut aus, Frau Doktor Martensen. Sie hatten großes Glück. Ihrem Baby geht es gut.« Die freundliche Ärztin ging herüber zu der Liege, wo das Ultraschallgerät auf seinen Einsatz wartete. »Das Beste kommt zum Schluss«, meinte sie. »Jetzt machen wir einige Fotos von Ihrem Baby.«

Mein Herz schlug wie wild in der Brust und drohte fast herauszuspringen. Ich war aufgeregter als vor allen Prüfungen, die ich in meinem Leben schon absolviert hatte. Und die größte hatte ich noch vor mir. Das Muttersein.

Es bereitete mir Schwierigkeiten, mich hinzulegen. Die Schmerzen waren heftiger geworden, und ich hätte zu gern ein Medikament eingeworfen. Doch der Herzschlag meiner Tochter – ich glaubte fest an ein Mädchen – entschädigte mich dann für alles. Verzückt lauschte ich dem regelmäßigen Rhythmus. Ein Glücksgefühl wie von zuckersüßer Schokolade überkam mich. Nie hatte ich daran gedacht, Mutter zu werden, aber das Schicksal hatte wohl seine Hand im Spiel gehabt. Es war ein Geschenk, das ich sicher nicht ausschlagen würde. Warum nur dachte ich unweigerlich an Oliver?

Staunend sah ich auf den Bildschirm. Das Baby war nur fünf Zentimeter groß. Dennoch schlug in mir schon sein kräftiges, mutiges Herz. Ja, mutig musste sie sein, sie hatte schon mit mir gegen einen Bullen kämpfen müssen, der alles andere als sanft mit uns umgegangen war. Wenn sie groß genug war, würde ich ihr davon erzählen. Wer auch immer dann bei uns wäre. Ben? Oliver wohl eher nicht. Helge? Den verstand ich nicht, warum zeigte er plötzlich Interesse an mir? Würde es sich in Luft auflösen, sobald er von diesem Mini-Martensen erfuhr?

Zu meiner Enttäuschung wurde der Bildschirm schwarz. Die Ärztin hatte ihn ausgeschaltet. Sie lächelte sanft. »Genug für heute, Sie sehen erschöpft aus. Ruhen Sie sich aus. In ein paar Tagen sieht die Welt wieder anders aus.«

Sie half mir beim Aufstehen.

»Wenn Sie es wünschen, kann ich Sie während der Schwangerschaft betreuen. Ehrlich gesagt, würde mich das sogar freuen.«

»Wenn das ginge, fände ich das großartig. Vielen Dank.« Frau Doktor Lassen war ein Glücksgriff. Ihr Angebot passte perfekt, da mein alter Gynäkologe in den Ruhestand verabschiedet worden war und ich mich bisher nicht um einen anderen Arzt gekümmert hatte. Ich hielt die feingliedrigen Finger der jungen Frau in meiner Hand und spürte, wie sehr ich ihr schon vertraute.

Wie auf Knopfdruck erschien eine Krankenpflegerin, die mich zurück auf mein Zimmer brachte. Die Sache mit dem Rollstuhl musste ich ihnen bald ausreden. Ich war es gewohnt, auf eigenen Beinen zu stehen. Aber momentan war ich sogar dankbar, dass ich mich nicht zu Fuß durch die langen Flure der Klinik quälen musste.

Nelly erwartete mich ungeduldig auf der Bettkante hockend und Gummibärchen kauend. Freudestrahlend hielt sie die Tüte hoch.

»Für mein Patenkind«, rief sie.

Ich musste lachen. »Süßigkeiten gibt es erst zur Einschulung.«

Ich entriss meiner Freundin die Tüte und stopfte mir eine Handvoll Gummibärchen in den Mund.

Nelly grinste. »Aber die Mama darf? Denk an deine Figur.«

»Mache ich, da kannst du drauf wetten. Ich möchte mich ins Bett legen.« Sofort sprang Nelly auf und lud mich mit großer Geste ein, mich hinzulegen.

»War Ben inzwischen hier?«, fragte sie.

»Nein, und es wäre mir lieber, wenn er nicht käme.«

»Feigling.«

»Stimmt.« Ich kuschelte mich auf die Seite und sah meine Freundin an. »Musst du nicht arbeiten?«

»Ich habe mir etwas Zeit am Vormittag freigeschaufelt, leider muss ich gleich zurück. Aber ich musste doch schauen, ob bei dir alles in Ordnung ist.«

Ich zog das Ultraschallfoto aus meiner Hosentasche und hielt es meiner Freundin unter die Nase. Entzückt nahm sie es in beide Hände.

»Es ähnelt dem Papa.«

Ich verdrehte die Augen. »Nelly ...«

»War nur Spaß, Liebes, aber ich finde, eine gewisse –«

»Nelly!«, rief ich laut aus.

Sie hauchte mir einen Kuss auf die Wange und strich sanft über meinen Bauch. »Ich geh mal besser. Bis später.«

Beschwingt lief sie auf den Flur hinaus, winkte mir ein letztes Mal zu und war verschwunden. Ich lächelte beseelt vor mich hin.

Aber Ruhe war mir nicht vergönnt. Ein kurzes Klopfen ertönte, dann flog auch schon die Tür auf. Ich sah nicht gleich hin, denn ich vermutete zuerst, dass es Doktor Bär war. Ich dachte noch, dass es recht früh für die Visite war. Doch mit diesem Besucher war ich überfordert. Es war Ben.

12
Ohne Worte

Drei Tage und Nächte verbrachte ich im Krankenhaus, bis ich endlich auf meine Entlassung bestand. Hier ging es zu wie im Taubenschlag, und ich sehnte mich nach meinem Zuhause. Wenn ich auch nicht arbeiten durfte, so konnte ich dort zumindest auf dem Liegestuhl in der Sonne dösen. Loni hatte angeboten, mich abzuholen. Ich erwartete sie jede Minute. Sie war es auch gewesen, die mir Nachtwäsche, Körperpflege und bequeme Schlupfhosen vorbeigebracht hatte.

Bens Besuch war von kurzer Dauer gewesen. Doch er hatte Asche auf meiner Seele hinterlassen. Er hatte mir den Vorschlag unterbreitet, zurück in unser Haus zu ziehen, da er für ein halbes Jahr nach London gehen würde, um dort die Partnerkanzlei zu unterstützen. Mein Puls beschleunigte sich und raste, wenn ich nur daran dachte. Tausend Fragen jagten durch meinen Kopf. Sollte ich ihn aufhalten? Von unserem Baby erzählen? Aber das war genau das, was ich nicht wollte. Nämlich ihn dazu zu zwingen, in Schobüll zu bleiben. Nachdem er es mir erzählt hatte, hatte ich meine Tränen zusammen mit der Enttäuschung tapfer heruntergeschluckt.

»Du hast keine Bedenken, die Husumer Kanzlei zurückzulassen?«, hatte ich gefragt und gehofft, dass er meinen Versuch, ihn umzustimmen, nicht bemerken würde.

Er hatte gleichgültig die Schultern gehoben und sachlich entgegnet: »Kein Grund, zu bleiben, ist doch der beste Grund, zu gehen, oder?«

Forschend hatte er mir ins Gesicht gesehen. Doch ich hatte keine Antwort parat, weder zu jenem Zeitpunkt noch heute.

»Dem gibt es nichts hinzuzufügen«, hatte ich bloß erwidert und war überrascht gewesen, meine Stimme im Griff zu haben.

Ben hatte sich verändert. Er war sportlich gekleidet gewesen, hatte eine modische Frisur und ein Leuchten in den Augen, das ich nicht zu deuten wusste. Ich ging davon aus, dass ihm die Trennung gut bekam. Daher ließ ich ihn ziehen, ohne ihm mein süßes Geheimnis zu verraten. Ich hätte ihm einen Grund, zu bleiben, liefern können, doch ich schwieg. In einem halben Jahr würde mir jeder die Schwangerschaft ansehen können. Spätestens nach seiner Rückkehr würde er es also erfahren. Vielleicht würde bis dahin ja noch ein Wunder geschehen, bei dem keine Worte nötig waren. Aber unser gemeinsames Haus würde ich nicht bewohnen. Die vielen Erinnerungen an eine glückliche Zeit hafteten überall wie Powerkleber an den Wänden.

Ben ging mir auch so nicht aus dem Kopf. Wie er mich bei seinem Besuch angesehen hatte. Wie damals, als ich ihm zum ersten Mal begegnet war. Er roch auch so anziehend wie damals, scherzte locker und schien glücklich mit der derzeitigen Situation. Ich glaubte nicht mehr daran, dass unsere Trennung nur auf Zeit war. Wir gingen unsere Wege. Jeder für sich.

»Du musst es Ben sagen«, hatte Nelly aufgebracht gerufen, als ich ihr von seinen Plänen erzählte. »London! Weißt du, wie weit weg das ist?« Ich wusste es nur zu genau. Aber es war nicht zu ändern.

In mich gekehrt saß ich in Lonis Auto. Sie sagte nichts. Gelegentlich warf sie mir einen verstohlenen Blick zu, wenn die Straßenverhältnisse es zuließen. Auch ich schwieg. Ich saß da mit gemischten Gefühlen, doch am stärksten war die

Angst vor der Zukunft. Die Angst davor, meinem Mädchen keine heile Familie bieten zu können. Loni hatte ein Gespür für Nöte und Sorgen, aber sie wartete den richtigen Moment ab, um Fragen zu stellen.

In Hattstedt angekommen, lotste sie mich in den Garten. Dort hatte sie schon die Sonnenliege bereitgestellt, mit dicken Polstern ausgestattet und Blumen auf dem Tisch platziert. Daneben stand eine Obstschüssel, auf der sich die Bienen tummelten.

»Loni«, rief ich, »wie wunderschön!« Besser hätte ein Heimkommen nicht organisiert werden können. »Danke«, wisperte ich gerührt.

Sie lächelte wissend. »Du sollst ein wenig verwöhnt werden. Besser gesagt, ihr zwei.«

Geschockt drehte ich mich um. »Wie bitte?«

Loni lächelte unbeirrt weiter. »Ich sehe doch, was bei dir los ist. Mir hat niemand etwas gesagt. Dein Geheimnis ist bei mir gut aufgehoben.«

Ich sank mit offenem Mund auf den Liegestuhl. Ich konnte nicht glauben, dass Loni es gewusst hatte. Schließlich war vor dem Unfall alles normal gewesen, unauffällig.

»Sag, ist es vom Zuckerbäcker?«, fragte sie nun.

»Nein!«, rief ich entsetzt.

Loni huschte ein Leuchten übers Gesicht. »Von Helge?«

»Natürlich nicht. Denkst du, ich husche mal eben mit einer Reihe Männer ins Bett?« Ich verbarg das Gesicht in meinen Händen.

»Dein Mann?«, flüsterte sie mitfühlend.

Ohne die Hände herunterzunehmen, nickte ich heftig.

»Ach herrje.« Sie stöhnte. »Und er fliegt dennoch nach London?«

»Ja, natürlich, warum auch nicht?«

»Er weiß es nicht?«

»Nein, und so wird es auch erst mal bleiben.«

Offenbar hatte Helmut Molly herausgelassen. Freudig tapste sie auf mich zu, kletterte auf die Liege und leckte mein Gesicht. Ich steckte meine Nase in ihr dichtes Fell und ließ mich aufmuntern. Das schaffte Molly immer. Auch dieses Mal lachte ich bald unbeschwert. Ich war stark, diese Hündin erinnerte mich auf ihre eigene Art und Weise daran.

Loni scheuchte sie herunter, damit ich mich ausruhen konnte. Ich war froh darum. Die Schmerzen waren auszuhalten, aber der Wechsel vom Krankenhaus hierher hatte mich dann doch erschöpft. Ich kam mir vor wie eine alte Frau, ich musste schnellstmöglich wieder meine Form zurückbekommen. Loni schien meine Gedanken einmal mehr zu erraten.

»Hab Geduld, nächste Woche wirst du dich schon besser fühlen. Helge sagte, der Bulle hat dich ganz schön erwischt.«

Ich war dankbar, dass sie über die Schwangerschaft kein Wort mehr verlor.

Nachdem Loni ins Haus gegangen war, legte ich eine dünne Baumwolldecke über mich, zog sie bis zum Hals hoch und ließ meine Hände auf den Bauch wandern. Die wärmende Sonne auf meinem Körper und das Zwiegespräch mit meinem Baby entspannten meine Muskeln. Meine Ohren vernahmen das Summen der Bienen, und wenn ich genau hinhörte, drang das leise Rauschen des Meeres zu mir herüber. Mit einem Lächeln dämmerte ich dahin.

Irgendwann näherten sich mir langsame Schritte, und ich schlug die Augen auf. Helge hockte neben mir und schmunzelte.

»Du scheinst die Zwangspause zu genießen. Ich bin erleichtert, dass du sie dir gönnst.«

Ich versuchte mich aufzurichten.

»Ich fürchte, mir bleibt nichts anderes übrig.« Ich stöhnte. »Aber warum bist du nicht in der Praxis?«

Helge grinste.

»Mittagspause«, erwiderte er schlicht.

Hastig griff ich zum Handy, um die Uhrzeit zu checken. Ich hatte drei Stunden geschlafen? Jemand hatte den Sonnenschirm aufgespannt, ich vermutete, es war Loni gewesen.

»Meine Mutter schickt mich, dich zu holen. Sie hat das Mittagessen fertig und lässt fragen, ob du eine Kleinigkeit zu dir nehmen möchtest.«

»Kleinigkeit?«, fragte ich belustigt. »Ich könnte ein halbes Schwein verdrücken«, meinte ich lachend.

Helge sah mich warmherzig an. »Dann komm, kann ich dir helfen?«

»Ich schaffe das schon allein, aber danke.« Er reichte mir trotzdem die Hand, und ich lehnte sie nicht ab, denn meine Knochen rebellierten. Helge zog mich hoch und stand nun dicht vor mir.

»Danke«, sagte ich rasch und drückte mich an ihm vorbei.

»Hanna?«

»Ja?« Ich blieb stehen und schaute ihm in die Augen.

»Darf ich dich mal zum Essen einladen?« Der sonst so selbstsichere Helge wirkte schüchtern, beinahe unsicher.

»Wenn ich wieder auf eigenen Beinen in ein Lokal marschieren kann, gern.«

Er schien erleichtert. Mich um ein Date zu bitten, hatte ihn offenbar Überwindung gekostet. Beim Weitergehen rang ich mit mir. Doch dann verlangsamte ich meine ohnehin schon vorsichtigen Schritte und hielt ihn am Arm zurück.

»Es ist nichts mehr, wie es war«, brachte ich hervor. »Ich habe im Krankenhaus erfahren, dass ich ein Kind erwarte, Ben ist der Vater.« Es war mir ein Rätsel, warum ich ausgerechnet Helge davon erzählte. Doch er flirtete immer noch mit mir, und ich dachte, nach dieser Neuigkeit würde er seine Bemühungen um mich einstellen.

Er zog die Augenbrauen hoch. »Was sagt Ben dazu?«

Ich seufzte.

»Er weiß es nicht. Ich denke nicht daran, seine Reisepläne nach London zu durchkreuzen«, erwiderte ich trotzig.

Helge holte tief Luft. »Hört sich nach reichlich Problemen an.«

»Ich weigere mich, mein Kind als Problem zu bezeichnen. Es wird eine Lösung geben. Ich denke, mit deiner Unterstützung in der Praxis wird es funktionieren.«

Mich fest im Blick behaltend, griff er nach meiner rechten Hand. Sanft strich er mit dem Daumen über den Handrücken. »Ich wäre nicht nur in der Praxis für dich da, du musst mir nur ein Zeichen geben.«

Puh, Helge trug ganz schön dick auf. Einerseits war ich gerührt, andererseits änderte das auch nichts an meinen Gefühlen.

»Das ist lieb von dir, aber ...«

»Du musst nichts sagen, ich verstehe dich und werde dich nicht drängen, aber dennoch bin ich in deiner Nähe. Jetzt lass uns reingehen, meine Mutter lauert drüben am Fenster. Wir müssen ihr kein weiteres Futter für Mutmaßungen geben.« Er blinzelte liebevoll. Dann gingen wir zum Haupthaus hinüber.

Helge hatte allen Grund, die Flucht anzutreten, doch er hatte sich entschieden, zu bleiben und weiterhin um mich zu werben. Das beeindruckte mich trotz allem. Ben sah ja leider keinen Grund, zu bleiben. Olli hatte sich seit Tagen nicht gemeldet, er wusste nichts von meinem Unfall, von der Schwangerschaft ganz zu schweigen. Aber das war vielleicht auch besser so.

13
Langeweile

Am Montag nach dem Verlassen des Krankenhauses ließen die Schmerzen allmählich nach. Doktor Lassen hatte mir dennoch striktes Arbeitsverbot erteilt. Ich fügte mich, zwar unter Protest, doch zum Wohle meines Mädchens. Meine Bewegungen wurden täglich fließender, zumindest für ein paar Stunden. Von Olli gab es immer noch kein Lebenszeichen, und ich stellte mir die Frage, ob er darauf wartete, dass ich mich meldete. Ich schlich durch die Wohnung und kam fast um vor Langeweile. Das war der Grund, weshalb ich dann doch zum Telefon griff und ihn anrief. Gespannt lauschte ich dem Freizeichen. Nach wenigen Sekunden meldete er sich gähnend: »Hanna, wie geht es dir?«

Seine Stimme klang eher desinteressiert, und ich hatte das Gefühl, ihn zu stören.

»Ähm ... so weit ganz gut«, flunkerte ich, denn ich wollte ihm nicht sofort von dem Unfall berichten.

»Mensch, ich habe es in der Tageszeitung gelesen. Du hattest eine unschöne Begegnung mit einem Bullen?«

Ich schluckte meine Enttäuschung herunter. Er wusste davon? Aber er hatte sich nicht die Mühe gemacht, mich anzurufen oder gar im Krankenhaus zu besuchen? Dass die Zeitung darüber berichtet hatte, war mir außerdem neu.

»Ach so, ja«, erwiderte ich lahm. Es ärgerte mich zunehmend, dass ich ihn angerufen hatte. Ich fragte mich, ob in der Zeitung etwas von meiner Schwangerschaft gestanden hatte, denn Olli war irgendwie verändert. »Störe ich?«

Er räusperte sich.

»Nur ein bisschen, ich habe geschlafen.« Er lachte leise, das sollte vielleicht eine Entschuldigung andeuten.

»Tut mir leid, ich lege dann mal besser auf.«

»Gute Idee, ich melde mich alsbald bei dir, okay?«

»Ist gut, bis dann, Olli«, hauchte ich in die Sprechmuschel. Ich zitterte leicht, aber schob es darauf, dass ich mich ausruhen sollte. Wie hatte ich nur derart naiv sein können? Hatte ich angenommen, er schwärmte ernsthaft für eine zehn Jahre ältere Frau? Ich war sauer auf mich, denn ich hätte es besser wissen müssen. Vielleicht war er aber doch nur müde? Schließlich arbeitete er auch nachts. Nur war es später Nachmittag, und er war oft wesentlich früher unterwegs gewesen.

Rasch besann ich mich auf meinen Körper. Darin wuchs ein kleines Wunder heran, auf das ich mich zunehmend freute und das absoluten Vorrang hatte. Auf der Suche nach meiner inneren Mitte summte ich leise ein Wiegenlied und überlegte, wo hier ein Kinderbett Platz finden würde. Dennoch war ich für die Ablenkung dankbar, als es an der Tür klopfte. Ich vermutete zuerst, dass es Loni war, aber die Tür öffnete sich nicht. Loni trat immer gleich nach dem Klopfen ein. Mir blieb nichts anderes übrig, als selbst zu öffnen.

Mein Besucher warf mich gänzlich aus der Bahn. Vor Schreck wich ich zurück und stieß mit dem Rücken gegen die Garderobe. Meine Wangen wurden heiß. Es war Ben.

»Moin, Hanna, darf ich reinkommen?«

Wortlos fuhr ich mit der Hand durch die Luft und machte eine vage Einladungsgeste. Ben zögerte nicht lange und schritt an mir vorbei direkt in die Küche. Mit zitternden Knien folgte ich ihm. Mein schlechtes Gewissen, ihm nichts von dem Baby erzählt zu haben, nagte an mir, jetzt wo er mir gegenüberstand. Ich fragte ihn, ob er einen Kaffee trinken wolle. Tatsächlich wäre es mir lieber, er würde gleich wieder gehen.

»Sehr gern, wenn ich nicht störe?«

Doch, du ahnst nicht, wie.

»Nein, überhaupt nicht, ich habe nicht wirklich etwas zu tun.« Ich lächelte gequält. Ben gab seine steife Anwaltshaltung auf und setzte sich auf einen der Küchenstühle. Offenbar war er nicht weniger nervös als ich.

Mit fahrigen Bewegungen füllte ich Kaffeepulver in die Maschine und betätigte den Schalter. Kurz darauf durchbrach das Blubbern die eintretende Stille. Ben schaute sich in der Küche um. Ich vermutete, ihm gefiel nicht sonderlich, was er sah. Dann blieb sein Blick an mir haften. Unbehaglich rutschte ich an der Arbeitsplatte entlang. Hoffentlich merkte er mir nichts an.

»Du siehst erschöpft aus, Hanna, geht es dir inzwischen etwas besser?« Seine Augen ließen mich nicht los.

Ich kicherte nervös. »Doch, doch, langsam wird es erträglich. Bruno hat ganze Arbeit geleistet.«

Fassungslos wiegte er den Kopf hin und her.

»Nicht auszudenken, was da alles hätte passieren können«, sagte er betroffen.

Unser Baby hätte sterben können.

»Ach, halb so schlimm, ich bin noch ganz. Ein gewisses Risiko ist bei einer Tierärztin normal.«

Ben lehnte sich zurück, ohne mich aus den Augen zu lassen.

»Ich war immer sehr stolz auf dich«, flüsterte er kaum hörbar. Aber ich hatte verstanden, was er sagte, und es raubte mir den Atem. Nie zuvor hatte er sich derart positiv über meine Arbeit geäußert.

»Das hast du nie erwähnt«, antwortete ich spitz.

»Ich hatte zu viel Sorge um dich. Ich hätte dich am liebsten in Watte gepackt. Aber wie ich zugeben muss, war das falsch.«

»Es hat sich nicht nach Sorge angefühlt.«

»Ist schon klar. Wir haben beide Fehler gemacht.«

Was wurde das hier? Aufarbeitung unserer Ehekrise? Kam das nicht etwas spät? Verwirrt holte ich zwei Becher aus dem Küchenschrank und stellte sie hart auf den Tisch. Ich ließ den heißen Kaffee hineinlaufen und versuchte mich zu beruhigen.

»Wann geht dein Flieger nach London?«

»Du lenkst vom Thema ab.« Typisch, da sprach der Anwalt aus ihm. »Heute Nachmittag.«

»Oh, schon?«

»Ja, schon«, erwiderte er trocken und nahm einen Schluck Kaffee. »Ich bin vorbeigekommen, um dir die Schlüssel vom Haus zu geben. Warum hast du sie nicht mitgenommen?«

»Brauche ich nicht, danke.«

»Es wäre lieb, wenn du wenigstens mal nach dem Rechten schauen würdest, solange ich fort bin.«

Ich biss mir auf die Unterlippe. Unbehagen kam in mir auf beim bloßen Gedanken, das Haus zu betreten.

»Ich kann mir beim besten Willen nicht vorstellen, dass das hier«, Ben schwang seinen Arm durch die Luft und umfasste die Wohnung, »dein Zuhause sein soll. Du besitzt nicht einmal eigene Möbel.« Da war er wieder, der sachliche, korrekte Anwalt, mit einer Tonlage, die jeden einschüchterte, inklusive mir.

Ich richtete mich auf. »Ich wohne gern hier, sonst wäre ich kaum hier eingezogen.«

Ich funkelte ihn an. Warum konnte er das nicht lassen? Es hätte ein harmonisches Beisammensein werden können, aber er trat in wenigen Sekunden alles kaputt. Ben nahm noch einen Schluck Kaffee und erhob sich.

»Überleg es dir, ich bin für lange Zeit weg und störe dich nicht.«

Ich kämpfte mit den Tränen.

»Du hast mich nie gestört«, flüsterte ich betroffen.

Ben hielt in der Bewegung inne und sah mich an. »Nicht? Ich hatte den Eindruck, dass ich das tue«, entgegnete er ebenso leise. »Lass uns reden, wenn ich aus London zurück bin. Einverstanden?«

»Wenn du meinst. Dann warten wir so lange.« Mir lag daran, ihn schnellstmöglich loszuwerden, denn was ich absolut nicht wollte, war, dass er meine Tränen sah. Stumm begleitete ich ihn zum Ausgang. Dort angekommen, drehte er sich zu mir um.

»Darf ich dich kurz in den Arm nehmen?«

Ich schlang meine Arme um Bens Hals. So vertraut, so unendlich sicher fühlte ich mich nur in den Armen des Mannes, den ich geheiratet hatte. Sein Duft, seine Haut, das leichte Kratzen seines Bartes und noch viel mehr Bens Atem an meinem Ohr trugen mich über eine Schwelle der Sehnsucht nach ihm. Ich hielt ihn länger fest, als es unter Freunden üblich war. Schließlich hob Ben seine Arme und ergriff meine Handgelenke. Langsam löste er mich aus der vertrauten Geste. Unsere Blicke trafen sich, und wir lächelten uns in stummer Verbundenheit zu. Dann ließ er mich los.

»Pass auf dich auf, Hanna.«

»Mach ich, und komm du heil in London an.«

Ich beobachtete ihn von der Tür aus, bis er in sein Auto eingestiegen war. Im letzten Augenblick sah ich das solariumgebräunte Gesicht seiner Sekretärin zu mir herüberschauen. *Guck mal einer an.* Veronika Steinhammer! Mein Herz zog sich schmerzhaft zusammen bei der Vorstellung, dass die beiden schon länger etwas miteinander haben könnten. Veronika! Ihr Name sollte auf dem Grabstein meiner Ehe stehen, Nelly hatte also doch recht mit ihrer Vermutung, dass Ben da was am Laufen hatte. Dass es Veronika sein könnte, traf mich wie ein Pfeil mitten in die Magengrube.

Eilig verriegelte ich die Tür, um dem jungen Glück nicht nachschauen zu müssen. In Zukunft würde ich meine Energie nur bei der Arbeit einsetzen und mich auf mein Baby konzentrieren. Das kleine Mädchen, das in mir heranwuchs, gab mir Kraft. Ben war endgültig Vergangenheit. Sobald er wieder in Deutschland war, würde ich ihm von dem Baby erzählen, ohne Hoffnungen auf einen Neuanfang zu dritt.

Ich stieß mich von der Tür ab und bewegte mich ins Wohnzimmer. Dort holte ich mir ein Elternbuch und verzog mich auf die Gartenliege. Spätestens übermorgen würde ich zurück an meinem Arbeitsplatz sein. So lange nutzte ich die Gelegenheit für Träumereien mit meinem Bauch, der in den nächsten Monaten wachsen würde. Ben schlug ich mir für immer aus dem Kopf.

Ich las den Elternratgeber und genoss die wärmende Sonne. Um mich herum zwitscherten Vögel um die Wette, und Schmetterlinge tummelten sich an den Blüten der verschiedensten Sträucher in Lonis Garten. Ich war dabei, mir die Entwicklungsschübe eines Babys zu Gemüte zu führen, als ich von Helmut unterbrochen wurde. Schnell verstaute ich die verräterische Lektüre unter dem Liegestuhl.

»Uschi? Bist du es wirklich?«

Uschi? Verwundert sah ich zu dem Mann auf, der üblicherweise scharfsinnige Kommentare abgab, Sudokus löste wie kein Zweiter und stets über tagesaktuelle Themen informiert war. Der momentan in mir eine Uschi zu erkennen glaubte, von deren Existenz niemand eine Ahnung hatte. Zumindest hatte ich zuvor noch nie etwas von ihr gehört. Mir lief ein eiskalter Schauer über den Rücken. Ich machte mir Sorgen um Helmut Petersen. Langsam richtete ich mich auf.

»Helmut, du kennst mich doch, ich bin Hanna«, versuchte ich ihn zurück in die Realität zu holen. Helmut lachte herzlich.

»Uschilein, gibt es heute kein Mittag?« Nannte er Loni
etwa Uschi? Davon hatte ich noch nie gehört. Ich war auch
nicht Loni. Was stimmte nur nicht mit ihm? Ich war nicht
sicher, ob ich das Spiel mitmachen sollte. Er lächelte mich
zärtlich an.

»Geht es unserem Baby gut? Darf ich mal fühlen?«

Bevor er auf mich zutorkelte, sprang ich von der Liege
auf.

»Helmut, du kannst gern schon ins Haus gehen, ich komme gleich nach«, sagte ich in einer Lautstärke, die selbst
bei den Nachbarn ankommen müsste.

»Ist gut, Uschilein, ich glaube, ich lege mich noch mal
vor dem Essen hin.« Helmut schlurfte in Pantoffeln über
die Rasenfläche zurück ins Haus.

Er war offensichtlich verwirrt, und ich hoffte für seine
Familie inständig, dass dieser Zustand nur vorübergehend
war. Loni war vor zwei Stunden nach Husum gefahren, um
für sich ein neues Kleid zu kaufen. Helge war in der Praxis,
die sicher mit Patienten überfüllt war. Trotzdem wählte ich
seine Nummer. Er nahm sofort ab.

»Hanna, es ist jetzt ganz −«

»Ich weiß, aber mit deinem Vater stimmt etwas nicht, du
musst bitte herkommen.«

»Was soll das heißen, ist er wieder muckelig? Das −«

Ich unterbrach ihn schroff. »Du musst herkommen, er
ist irgendwie verwirrt.«

Es gab ein Klicken in der Leitung. Helge hatte aufgelegt,
und ich hoffte, dass er schnell handelte und herkam. Ich
schob das Telefon in die Gesäßtasche meiner Jeans und eilte
mit wild klopfendem Herzen hinüber zum Haupthaus. Der
Fernseher lief in voller Lautstärke, sodass ich mir die Ohren
zuhielt. Nachdem ich die Fernbedienung gefunden hatte,
drückte ich den Aus-Knopf und sah mich nach Helmut um.
Ich hätte ihn fast nicht entdeckt, er kauerte in eine Decke

128

gehüllt unter dem Stubentisch und zitterte. Ich kroch zu ihm nach unten.

»Helmut«, flüsterte ich sanft, »ich darf doch zu dir kommen?« Sein angstverzerrtes Gesicht hellte sich für einen Augenblick auf.

»Uschi, Liebes, komm schnell in den Keller, die Russen führen gleich einen Luftangriff durch.«

Ich war erschüttert, spielte aber das Spiel mit, in der Hoffnung, dass Helge gleich da war.

»Hier sind wir sicher, es wird uns nichts passieren«, versprach ich und nahm seine kühle Hand.

»Ist mit dem Baby alles in Ordnung?« Er legte die freie Hand auf meinen Bauch, und ich ließ ihn gewähren.

Erleichtert schloss ich die Augen, als ich Helges Jeep auf den Hof brausen hörte. Er hatte die Ernsthaftigkeit der Situation verstanden. Wenige Sekunden später vernahm ich Schritte auf dem Flur.

»Paps! Wo steckst du?« Helges Stimme klang besorgt.

»Wir sind hier«, piepste ich notgedrungen, um Helmut nicht zu beunruhigen. Helge betrat das Wohnzimmer. Sein kalkweißes Gesicht zeugte von nackter Angst. Ich streckte den Kopf unter dem Tisch hervor, damit er uns entdeckte. Sofort zog Helmut mich zurück.

»Uschi«, zischte er mahnend, »du sollst doch in Deckung bleiben, denkst du denn gar nicht an unser Kind?«

Jetzt krabbelte Helge zu uns unter den Tisch.

»Wer sind Sie, was wollen Sie, der Platz reicht nicht für alle! Raus hier!«, schrie Helmut seinen entsetzten Sohn an. Traurig sah ich Helge an und zuckte ratlos die Achseln.

»Er denkt, ich wäre mit seinem Kind schwanger. Er nennt mich Uschi. Woher weiß er überhaupt von meiner Schwangerschaft?«

Helge wischte sich mit der Hand über das blasse Gesicht und antwortete nicht. Ihm war deutlich anzusehen, wie schwer ihn die Verwirrtheit seines Vaters traf. Seine Augen schimmerten verdächtig.

»Wann erwartest du meine Mutter zurück?«, fragte er. »Wo steckt sie denn nur?«

Ich flüsterte Helmut ins Ohr, dass der Fliegerangriff beendet sei und wir den Schutzraum verlassen könnten. Sofort warf er die Decke beiseite, um aus dem sicheren Versteck zu kriechen. Ich folgte ihm. Dann nahm ich Helge in die Arme.

»Es tut mir so leid«, hauchte ich in sein Ohr und hielt ihn eine Weile fest.

Helge schluchzte auf. »Wie ist das möglich? Heute Morgen war er wie immer ...«

»Helge, mein Junge, hast du etwa schon Dienstschluss?« Helmut war zurück. Er war bei uns, als wäre nichts vorgefallen.

Sein Sohn lächelte ihn bemüht an. »Nein, Paps, aber wir beide müssen zu Doktor Lindner.«

Helmut wirkte verunsichert. »Wir beide?« Er schien zu überlegen. »Habe ich eben nicht geträumt?«

Helge schüttelte traurig den Kopf. »Nein, hast du nicht. Komm, wir fahren.«

Sein dankbarer Blick wanderte in meine Richtung. Ich nickte kurz, dann fiel ich Helge wieder in die Arme.

»Steht es so schlimm um mich, dass ihr euch sogar vertragt?« Helmut kratzte sein Kinn.

»Nein, nicht so schlimm, wir freuen uns aber, dass es dir besser geht.« Ich lachte ihn an. »Ich warte hier auf Loni«, versprach ich dann. Gleich darauf waren Vater und Sohn verschwunden.

Seufzend räumte ich die Wolldecke weg. Im Anschluss setzte ich mich auf die Gartenbank vor dem Haus. Für einen Moment überlegte ich, ob es nicht besser wäre, in die Praxis zu fahren. Dann verwarf ich die Idee aber zugunsten Lonis.

Sie würde eine Freundin an ihrer Seite benötigen, wenn sie von dem Vorfall erfuhr. Meine Suche nach einem Rezept für die Liebe war im Vergleich zu dem, was die Familie Petersen jetzt durchmachte, nebensächlich geworden. Ich hatte Mitleid mit Helge, der um seinen Vater bangte. Er hatte furchtbar verletzlich gewirkt. Wie Loni die Nachricht aufnehmen würde, malte ich mir besser nicht aus. Das würde ich früh genug erfahren.

Loni sah mir offenbar schon aus dem Auto heraus an, dass etwas vorgefallen war. Sie suchte durch die Windschutzscheibe Augenkontakt, dem ich nur mühevoll standhalten konnte. Kaum dass sie den Wagen zum Stehen gebracht hatte, riss sie die Fahrertür auf und eilte auf mich zu.

»Warum sitzt du hier, ist mit Helmut alles in Ordnung?« Ihr siebter Sinn sorgte mal wieder dafür, dass sie in voller Alarmbereitschaft war.

»Es geht ihm inzwischen besser, Helge ist mit ihm beim Arzt.«

Loni atmete wie nach einem Dauerlauf. »Besser? Mit Helge beim Arzt? Muss er nicht arbeiten?«

Langsam schüttelte ich den Kopf. Es war zwecklos, ihr was vorzuspielen.

»Es hat einen Vorfall gegeben«, begann ich vorsichtig.

»Hanna, rede nicht um den heißen Brei herum, sag mir, was los ist!«

Stockend erzählte ich von Helmuts seltsamem Verhalten und dass ich Helge hatte anrufen müssen, weil ich es mit der Angst zu tun bekommen hatte. Loni faltete ihre Hände wie zu einem Gebet. Sie schwieg betroffen. Behutsam legte ich den Arm um sie.

»Es wird bestimmt alles gut werden. Mach dir nicht allzu große Sorgen.« Ich schämte mich für diese lahmen Worte, aber wie spendete man Trost, wenn der Anfang vom

Ende bevorstand? Helmut war offenbar dement, und diese Tatsache würde für Loni und ihn eine enorme Umstellung bedeuten, falls die Symptome sich verschlimmerten. Dann wäre Helmut ein Pflegefall.

»Er hat dich Uschi genannt?« Loni flossen Tränen über die Wangen. Ich schloss die Augen.

»Ja, weißt du, wer das ist?«

»Nur zu genau«, schluchzte sie.

»Nennt er dich so?«

Loni lachte bitter auf.

»Zu Beginn unserer Ehe hat er mich öfter mit dieser Frau verwechselt. Aber heute schmerzt es noch mehr als damals.« Sie holte ein Stofftaschentuch hervor und tupfte damit ihr Gesicht trocken.

»Er war verwirrt, ich glaube nicht, dass das ein Grund zur Besorgnis ist.«

Loni starrte zur Gartenliege, aber es hatte den Anschein, dass sie nichts aus ihrem Garten wahrnahm. Vielmehr waren es ihre Erinnerungen, in denen sie versunken war.

»Er wusste von meiner Schwangerschaft«, erwähnte ich leise.

»Nicht von deiner, von Uschis.« Sie schluchzte auf.

»Sie erwartete ein Kind von Helmut?«

»Ja.«

»Was ist daraus geworden?«, wollte ich wissen.

Langsam wandte sie sich mir zu. Ihr trauriger Blick traf mich. »Sie ist bei der Geburt ihres Sohnes gestorben. Dann hat er mich gefragt, ob ich seine Frau werden wolle.«

Ich schluckte trocken. »Aber das Kind?«

»Ist inzwischen erwachsen und Tierarzt.« Loni sah auf ihre Füße.

»Helge ist nicht dein leiblicher Sohn?«

»Ich war nicht in der Lage, einem Kind das Leben zu schenken. Aber Helge ist mein Sohn.« Die arme Loni, sie wirkte so verletzlich. Die sonst so robuste Frau war ein Schatten ihrer selbst. »Helge hat keine Ahnung«, flüsterte sie und griff nach meiner Hand.

»Dein Geheimnis ist bei mir gut aufgehoben«, beruhigte ich sie.

»Wir müssen ihm davon erzählen, aber ich fürchte, es ist viel zu spät dafür. Er würde uns nie verzeihen, dass wir es ihm so lange vorenthalten haben.«

Ich kannte Helge gut genug, um seine Reaktion auf diese Neuigkeit einschätzen zu können. Innerlich gab ich seiner Mutter recht, aber das behielt ich lieber für mich.

»Ihr seid seine Eltern, daran wird sich nie etwas ändern.« Ich fand mich hinterhältig, doch meine ehrliche Meinung würde Ilona gerade den Boden unter den Füßen wegziehen. In ihrer Verfassung wäre das unerträglich. Helge durfte eben nichts davon erfahren. Zumindest vorerst.

»Ich glaube, unbewusst weiß er etwas, denn er ist uns gegenüber sehr zurückhaltend geworden. Oder warum, meinst du, wohnt er nicht bei uns, sondern in Husum?«

»Das kann ich nicht beurteilen. Aber jetzt ist Helmut wichtiger, ihr müsst einen Weg finden, den Alltag zu bewältigen. Sollte die Demenz schlimmer werden, kommt da eine Menge auf euch zu.«

»Der arme Helmut.« Loni schniefte. »Er hat sich immer gewünscht, in Würde altern zu dürfen. Es wird ein großer Schock für ihn sein, denn er wird immer noch helle Momente haben.«

»Darum solltet ihr euch mit schönen Dingen umgeben, solange es geht.«

Wortlos wandte sie mir ihr Gesicht zu.

»Das wird nicht leicht sein, aber wir werden es versuchen.«

»Ihr schafft das, schließlich sind wir auch noch da.« Ich hoffte, dass Ilona meine Worte nicht falsch auffasste. Denn sie wünschte sich ein Wir, wenn sie an Helge und mich dachte.

Am Motorengeräusch erkannte ich, dass Helge gerade auf den Hof rollte. Loni hörte es ebenfalls. Sie erhob sich und lief dem Auto ihres Sohnes entgegen. Durch den Sonneneinfall war nicht sofort erkennbar, ob Helmut auf der Beifahrerseite saß. Als ich ihn sah, atmete ich erleichtert auf. Loni riss die Autotür auf, sobald der Wagen stand. Freudig lagen die Rentner sich in den Armen.

»Komm mit rein«, raunte Loni. Sie hakte sich bei ihm ein und begleitete ihren Mann ins Haus.

Ich wartete, bis Helge ausgestiegen war. Fragend blickte ich ihn an. Kaum wahrnehmbar schüttelte er den Kopf. »Die haben einige Tests mit meinem Vater gemacht. Übermorgen wird er durch die Röhre geschoben. Aber die Anzeichen für diese schreckliche Krankheit sind nicht zu leugnen.«

»Alzheimer?«, flüsterte ich betroffen.

»Deutet alles darauf hin.« Helge sah müde aus, die letzten Stunden hatten an seiner Substanz genagt.

»Verflucht«, zischte ich, »warum trifft es immer die Falschen?« Aus einem Impuls heraus umarmte ich ihn. »Bleib du bei deinen Eltern, sie brauchen dich mehr denn je. Ich übernehme die Praxis.«

Er setzte dazu an, mir zu widersprechen, doch dann nickte er schwach. »Du bekommst das hin?«

»Klar, mir wird mein Krankenlager ohnehin zu langweilig. Später schaue ich bei euch vorbei.« Aufmunternd sah ich ihn an. »Es wird kein Spaziergang, aber ihr kriegt es hin.«

»Mal schauen. Pass bitte auf dich auf.« Helge zog mich enger an sich. Es folgte eine lange Umarmung, und dann küsste er meinen Hals. Sofort ließ er von mir ab und eilte ins Haus. Ich rief in der Praxis an.

»Katrin, ich bin in fünfzehn Minuten da, halt die Patienten bei Laune.« Ich wartete ihre Antwort nicht ab. Nachdem ich die Autoschlüssel geholt hatte, fuhr ich los.

Der Tag verlief ohne Zwischenfälle und ganz nach Plan. Es war herrlich, wieder zu arbeiten. Ab und an schlich sich Helmut in meine Gedanken, dann legte sich eine Kette um mein Herz. Diese Krankheit, sollte der Verdacht bestätigt werden, war die Hölle. Helge und Loni würden alle Kraft der Erde benötigen, um diese harte Prüfung zu bestehen.

Mein letzter Patient war ein Papagei, der sich im Landeanflug auf die Gardinenstange einen Flügel gebrochen hatte. Während der Behandlung schlichen Katrin und Peggy um mich herum. Ihre fragenden Blicke verrieten, dass sie wissen wollten, warum ihr Chef überstürzt die Praxis verlassen hatte und für den Rest des Tages ferngeblieben war. Aber ich wollte es Helge überlassen, wie viel er ihnen sagen wollte.

14
Salongeflüster

Vergeblich versuchte ich, meine Frisur in den Griff zu bekommen. Wie lange war es her, seit ich in Hugos Salon gewesen war? Eine Menge war in der Zwischenzeit passiert. Die Schwangerschaft verlief ausgesprochen gut, aber in der Praxis war momentan der Teufel los. Auch die Außentermine füllten meinen Tagesablauf, der fast nicht zu bewältigen war. Helge fiel öfter aus. Helmuts Verwirrtheit hatte zugenommen, und Helge unterstützte Loni, so gut es ging. Auch in meiner Freizeit war ich gut beschäftigt. Olli holte mich oft nach Dienstschluss für einen Ausflug ins Blaue ab. Dies geschah mit einer Selbstverständlichkeit, die einer Liebesbeziehung gleichkam. Außer Händchenhalten und einem Küsschen zur Begrüßung lief allerdings nichts weiter zwischen uns.

Mit all diesen Terminen passte eine Fahrt nach Hamburg absolut nicht in meinen Zeitplan. Aber meine Haare hatten inzwischen ein Eigenleben entwickelt. Der Schnitt war herausgewachsen, darum wirkte meine Frisur, als ob ich bei Sturm am Strand gestanden hätte. Da ich, seit ich denken konnte, die Haare lang getragen hatte, hatte ich wenig Übung mit Gel, Wachs oder Haarspray und verschlimmerte die Sache damit nur noch. Kurz entschlossen rief ich meine Freundin Nelly an.

»Liebes, du musst mir bitte helfen.« Ich schlug einen Jammerton an.

Sie kicherte. »Du brauchst eine Männerauszeit, und ich soll die Kerle für dich übernehmen?«

»So ungefähr«, ging ich auf ihre Sprüche ein. »Nein, im Ernst, du musst meine Haare etwas stutzen. Ginge das?« Ich hielt den Atem an. Im Grunde kannte ich die Antwort bereits. Nelly schwieg, aber sie schien tatsächlich zu überlegen. Dann räusperte sie sich übertrieben laut.

»Ich weiß nicht recht ...«

»Bitte, es ist ein Notfall! Du hättest kein Problem damit, der Bundeskanzlerin den Kopf zu waschen, aber bei mir stellst du dich nach so vielen Jahren immer noch an.« Ich ließ den Vorwurf bewusst ein wenig schärfer klingen.

»Hanna?«

»Ja?«

»Du kennst dich doch ganz gut mit Steuererklärungen aus, oder?«

»Schon, aber ...«

»Nichts aber. Am Wochenende hilfst du mir die Unterlagen zu sortieren und für den Steuerberater fertig zu machen. Dann könnte ich mir vorstellen ...«

»Abgemacht«, sagte ich schnell, damit Nelly es sich nicht anders überlegte. »Ich werde noch verrückt. Hätte ich das gewusst, hätte ich mich nie von den langen Haaren getrennt. Das macht irre viel Arbeit.«

Ein schallendes Lachen ertönte. »Baby, das habe ich dir immer gesagt, aber wer nicht hören will ...«

»Muss fühlen, ich weiß. Wann kann ich vorbeikommen?« Langsam wurde ich ungeduldig.

»Meinetwegen gleich, dann kann ich mich davon überzeugen, dass es meinem Patenkind gutgeht.«

Ich kreischte vor Freude. »Ich bin gleich da. Danke!«

Ich beeilte mich, denn in zwei Stunden hatte ich eine OP, und es waren zusätzlich jede Menge Anmeldungen im Terminkalender. Vor dem Spiegel drückte ich die Gelpracht an den Kopf und musste über mich selbst lachen. Wären die Haare rot, könnte man mich glattweg mit Pumuckl verwechseln.

Nach weiteren zwanzig Minuten saß ich bei meiner Freundin im Salon vor einem übergroßen Spiegel. Mit spitzen Fingern zupfte Nelly an meinen verklebten Haaren herum.

»Fühlt sich irgendwie eklig an«, urteilte sie niederschmetternd. »Was ist da alles drin?«

Sie sah mich im Spiegel prüfend an. Unterdessen stellte mir ein junges, schüchternes Mädchen ein Glas Sekt vor die Nase. Ich tastete mich vor und griff nach dem Prickelwasser. Nur einen Schluck, schließlich musste ich Auto fahren. Kaum hatte ich das Glas an den Mund geführt, zuckte ich jedoch erschrocken zusammen. Alkohol war, seit ich von meiner Schwangerschaft erfahren hatte, absolut tabu.

»Bringst du meiner Freundin bitte eine Saftschorle?«, ordnete Nelly ihrer Auszubildenden an, bevor sie sich wieder an mich wandte: »Das müssen wir erst auswaschen, sonst reiße ich dir alles raus.«

Nelly hatte mir schon oft den Kopf gewaschen, aber bisher nur in Form einer Standpauke. Diese Wäsche war mir neu. Sanft shampoonierte sie die klebrige Masse und spülte mein Haar mit angenehm warmem Wasser aus.

»Ben war letzte Woche bei mir im Salon«, erzählte sie beiläufig. »Da war er für einige Tage in Deutschland und sah verdammt schlecht aus.«

Ben war aus England zurück? Ich schluckte, bei mir hatte er sich nicht gemeldet.

»Konntest du ihm das Hirn herausspülen?«, fragte ich spitz. Auf keinen Fall wollte ich mir anmerken lassen, dass ich besorgt um ihn war.

»Nicht wirklich, aber er sagte irgendwas von einem Date.«

Peng, das traf mich tief. Ben hatte ein Date? Ich hatte gedacht, dass Veronika ihn nach London begleitet hatte, warum ging er dann hier auf ein Date?

Nelly rubbelte mit dem Handtuch meine Haare trocken, ließ mich dabei aber nicht aus den Augen. »Wieso bist du geschockt? Du machst doch seit Wochen nichts anderes, als auf Dates zu gehen.«

Sie war immer noch auf Bens Seite und alles andere als erfreut, dass ich mich von ihm getrennt hatte. Ebenso fand sie es nicht richtig, ihm das Baby zu verschweigen. Ich schluckte trocken.

»Es würde mich schon interessieren, warum er ausgerechnet dir von einem Date erzählt, du bist meine beste Freundin«, klagte ich.

»Ben ist auch mein Freund, daran ändert eure Trennung nichts«, erwiderte sie trotzig. Es war Nelly, die uns damals zusammengebracht hatte. Sie hatte uns beide zu sich eingeladen und dann kurzerhand die Wohnung verlassen. Ben und ich waren uns an diesem Abend nähergekommen und hatten uns ineinander verliebt. Seitdem war Nelly unser Verkupplungsengel und gehörte irgendwie zur Familie.

Inzwischen durfte sie diesen Job gern aufgeben. Ich wollte mir nicht eingestehen, dass ich eifersüchtig auf eine Unbekannte war. Doch den Stich in meinem Herzen spürte ich überdeutlich.

Als Nelly die Schere hervorholte, presste ich die Lippen aufeinander und versuchte nicht nervös zu sein. Sie war nicht weniger eine Künstlerin ihres Fachs als Hugo.

»Am Sonntag frühstücken wir gemeinsam«, entschied sie. »Danach kannst du dir meine Unterlagen anschauen.«

»Sehr gern, ich halte mein Versprechen.«

»Ich weiß«, erwiderte Nelly. »Ich werde dich auch nicht enttäuschen«, gelobte sie belustigt.

Neben mir in der Kabine erzählte eine etwa sechzigjährige Kundin gerade, dass sie sich von ihrem Freund getrennt hatte.

»Oh«, meinte die Angestellte meiner Freundin, »das tut mir leid.«

»Mir nicht. Er ist impotent, und da ich noch nicht zum alten Eisen gehöre, muss ich mir eben einen anderen Partner suchen.«

Nelly grinste mich im Spiegel an. Ich mied den Augenkontakt, denn sonst hätte sie nur laut losgelacht, und das wäre mir peinlich. Sie beugte sich zu mir und hauchte mir ins Ohr: »Siehst du, das sind richtige Gründe für eine Trennung.«

Ich schob Nelly von mir, dabei wurde ich rot wie eine Tomate. Ich fürchtete, ihre Stimme hallte durch den ganzen Salon. Grimmig sah ich sie an. Doch dann gab es kein Halten mehr, wir kicherten wie Teenager. Ich hoffte inständig, dass die Dame neben mir nicht den Grund unseres Lachflashs erahnte. Um mich zu beruhigen, nippte ich an meinem Sektglas mit Saft.

Aus der anderen Ecke des Salons ertönte eine neue Stimme: »Meiner schnarcht, als ob er einen ganzen Wald zu Kleinholz verarbeitet. Ich werde ab nächster Woche eine eigene Wohnung beziehen.«

»Ich kraule meinem Mann sein bestes Stück, dann hört er sofort auf zu sägen«, sagte eine andere Kundin. Alle kicherten ausgelassen. Ich war sprachlos.

»Geht das immer so zu bei dir?«, fragte ich Nelly belustigt.

»Nicht immer, aber oft, bei mir fühlen sich die Kundinnen eben wohl. Weil sie wissen, dass alles Gesagte in diesen Räumen bleibt.«

Ich genoss die Auszeit bei meiner Freundin und freute mich, dass Nelly ihre Einstellung, was meinen Kopf betraf, abgelegt hatte.

»Ich komme jetzt öfter«, bestimmte ich, zumal mir gefiel, was mir der Spiegel zeigte. Nelly schmunzelte.

»Einverstanden, Liebes.« Sie steckte den Föhn ein und pustete durch meine Haare. Danach griff sie nach einer Schminkschachtel und verpasste mir ein frisches Tages-Make-up.

»Hoffentlich bekommen deine Viecher keine Angst vor dir, aber ich finde, du siehst umwerfend aus«, meinte sie.

»Danke schön. Ich denke, es wird nichts dergleichen passieren, die meisten sind farbenblind.« Lachend stand ich auf und eilte zur Kasse. Statt mir den Betrag zu nennen, umarmte meine Freundin mich.

»Die Rechnung kannst du am Sonntag begleichen.«

Der Duft von Haarspray und Shampoo umgab mich, als ich auf die Straße trat. Spätestens nachdem ich im Pferdestall der Schmidts gewesen war, war ich immer die Landtierärztin, die in sämtlichen Ställen Nordfrieslands zu Hause war. Doch manchmal musste ich einfach mal Frau sein. Ich nahm mir vor, darauf zu achten, mich nicht aus den Augen zu verlieren.

Ich ließ den Schlossgang, wo Nelly seit Jahren ihren Salon hatte, hinter mir und schlenderte zum Parkdeck. Mir fiel auf, dass ich nicht mehr das Bedürfnis hatte, zu rennen. Obwohl ich mich beeilen musste. Aber alles in mir lief auf Sparflamme. Ich vermutete, mein kleines Mädchen war schuld daran. Doch es tat gut, dass nicht ständig diese Rastlosigkeit in meinem Inneren kreiste.

Ich sang leise ein Wiegenlied vor mich hin und lenkte den Wagen nach Hattstedt. Bevor ich in die Praxis fuhr, würde ich mich noch ein Stündchen auf die Sonnenliege legen. Ich holte die Post aus dem Briefkasten und trug sie in die Küche. Beim Durchschauen der Umschläge fiel mir eine bekannte Schrift auf. Sofort sah ich mir die Briefmarke an, die augenscheinlich aus London stammte. Ben schrieb mir einen

Brief? Mit zitternden Fingern riss ich ihn auf. Wenn ich mit einem langen Anschreiben gerechnet hatte, enttäuschte mich der Inhalt, der sich auf einen Satz beschränkte.

Ich möchte mich an der Erstlingsausstattung beteiligen, schau bitte auf dein Konto. Ben.

Der Zettel glitt mir aus der Hand. Wie war das möglich? Hatte Nelly doch nicht dichtgehalten? Ein Sturm der Gefühle rauschte durch meinen Körper. War es Wut, Trauer oder einfach nur Verwirrtheit? Wie sollte ich nur damit umgehen? Obwohl Ben Bescheid wusste, war er nach London gezogen. Warum hatte er mir gegenüber nichts erwähnt? Warum hatte ich geschwiegen? Zitternd wie Espenlaub wählte ich Nellys Nummer.

»Jetzt sag nicht, du bist nicht zufrieden …!«

»Hast du gequatscht und Ben von dem Baby erzählt?« Meine Stimme überschlug sich. »Warum hast du –«

»Halt, stopp, schrei mir nicht ins Ohr!« Erst jetzt wurde mir die Lautstärke meiner Stimme bewusst.

»Hast du?« Mir blieb fast die Luft weg.

»Ja«, raunte Nelly.

Meine Finger verkrampften sich um das Handy. Die andere Hand lag schützend auf meinem Bauch. Diese verdammte Achterbahn der Gefühle wollte ich meinem Kind ersparen, aber es war zu spät. Meine beste Freundin hatte mich verraten. Mir wäre lieber gewesen, ich hätte die Chance nicht vertan und Ben persönlich erzählt, dass er Vater wurde. Ich war kurz davor, mein Telefon an die Wand zu werfen. Die Vernunft siegte dann aber doch. Ohne das Handy wäre ich beruflich nicht zu erreichen, und meine Patienten trugen schließlich keine Schuld an dem ganzen Chaos.

Nelly quiekte irgendetwas Unverständliches. Ich verspürte keinerlei Interesse daran, zu hören, was sie mir zu sagen hatte, und drückte den roten Hörer auf dem Display.

Ich besann mich auf meine Freunde in der Nachbarschaft. Wie ferngesteuert schlich ich zu ihnen hinüber. Ich brauchte jemanden, bei dem ich mich ausheulen durfte. Mir war zwar bewusst, dass die Petersens genug eigene Probleme hatten, doch ich war sicher, dass Loni die richtigen Worte für mich finden würde. Molly sonnte sich gerade vor der Garage. Als sie mich bemerkte, trottete sie auf mich zu.

»Hallo meine Dicke«, flüsterte ich, kniete mich hin und ließ es zu, dass sie mir das Gesicht ableckte. Schwanzwedelnd drückte sie ihren Körper gegen meinen. Fast wäre ich umgefallen. Die Zuneigung des Tieres war Balsam für meine Seele. Ich entspannte mich ein wenig. Doch trotzdem tauchte Bens Gesicht vor meinem inneren Auge auf. Wie ein Häufchen Elend saß ich nun mit ausgestreckten Beinen auf meinem Po und war zu keiner Handlung fähig. Warum hatte Nelly mich verraten? Ich hatte mich in der Vergangenheit stets auf meine Freundin verlassen können, genau wie sie sich auf mich. Mit Molly im Arm begann ich zu heulen.

»Hanna, was ist los?« Helges sanfte Stimme beruhigte mich etwas. Er kniete sich neben mich und hielt mich in seinen starken Armen.

»Ben weiß von unserem Kind. Meine beste Freundin hat ihm davon erzählt und mir damit die Möglichkeit genommen, es selbst zu tun.«

Helge zog mich hoch.

»Komm erst mal ins Haus.«

Bereitwillig ließ ich mich hineinführen. Doch an der Tür blieb ich stehen. »Ich weiß nicht, ob es richtig ist, deine Eltern damit zu behelligen. Sie haben ihre eigenen Sorgen.«

»Die beiden sind nicht da. Loni wollte meinem Vater das Meer zeigen.« Verständnislos sah ich Helge an. »Er hat vergessen, wo das Meer ist«, erklärte er. »Da hat Loni kurzerhand einen Korb mit Wein und Käse gepackt und ihn an die Stelle entführt, wo sie sich damals das erste Mal begegnet sind.«

»Wie süß. Loni ist eine unglaublich starke Frau.«

Helge nickte kaum merklich. Dann begaben wir uns ins Wohnzimmer. Doch kaum hatte ich auf dem Sofa Platz genommen, schoss ich wieder hoch.

»Ich kratze der hinterhältigen Kuh die Augen aus!«, rief ich und wollte sofort zu Nelly fahren.

Helge drückte mich sanft, aber bestimmt zurück in das Polster. »Lass es besser, unter Umständen bereust du es anschließend, und dann kannst du es nicht mehr zurücknehmen. Außerdem musst du an dein Baby denken. Aufregung ist nicht unbedingt förderlich für die Entwicklung des kleinen Jungen.«

Ich sah ihn verwundert an.

»Wie kommst du darauf, dass es ein Junge wird? Es ist ein Mädchen, ich spüre es.« Ich lachte befreit, denn in diesem Augenblick wurde mir wieder bewusst, wie sehr ich mich über die Schwangerschaft freute. Ganz gleich welche Steine mir in den Weg gelegt wurden. Das Wunder unter meinem Herzen entschädigte mich für viele Unannehmlichkeiten.

Helge lächelte und reichte mir einen Tee, dazu ein paar Kekse, die Loni gebacken hatte.

»Wie läuft es mit Helmut?«, fragte ich.

»Mittlerweile schmunzeln wir schon mal über ihn. Gestern hat er seine Schuhe in den Kühlschrank gestellt und die Leberwurst in den Backofen.«

Helge war offenbar bemüht, mich bei Laune zu halten. Er saß neben mir auf dem gemütlichen Sofa. Unsere Schultern berührten sich, und ich wich keinen Millimeter von ihm ab. Aber ich merkte trotzdem, dass ihn etwas bedrückte.

»Dir liegt etwas auf der Seele, liege ich da richtig?«

»Könnte man so sagen.« Helge sah an mir vorbei.

»Raus damit«, forderte ich ihn auf.

Er holte tief Luft. »Hanna, es fällt mir schwer, aber ...«

»Du willst in die Wohnung nebenan ziehen?«, unterbrach ich ihn. Denn was war naheliegender, als dass er nun in der Nähe seiner Eltern wohnen wollte? Zerknirscht sah Helge mich an und nickte.

»Aber ich verlange nicht von dir auszuziehen. Nur wenn du willst.«

Ich lachte bitter auf. »Von Wollen kann nicht die Rede sein, aber ich verstehe deine Beweggründe. Es ist wirklich sinnvoller so.«

Nach kurzer Überlegung beschloss ich, in das verwaiste Haus in Schobüll zurückzukehren. Ben war ein halbes Jahr in London. Bis zu seiner Rückkehr in fünf Monaten würde ich mir eine andere Bleibe suchen.

»Danke für dein Verständnis«, meinte Helge und strich mir liebevoll durchs Haar. Ich zog die Beine aufs Sofa und kuschelte mich an ihn. Sofort legte er seinen Arm um mich. In diesem Augenblick wurde mir bewusst, wie sehr ich nach Geborgenheit hungerte. Ich streckte meine Hand nach seiner aus, und wir verschränkten unsere Finger ineinander.

»Ich hätte Lust, stundenlang mit dir hier zu sitzen, aber ich fürchte, du musst in die Praxis«, erinnerte Helge mich an das Ende meiner Mittagspause.

»Verdammt.« Ich lachte und löste ich mich aus der Kuschelzone.

»Ich könnte für dich übernehmen, wenn du es möchtest.« Er zwinkerte mir gönnerhaft zu.

»Keine schlechte Idee. Dann würde ich mich in der Zwischenzeit schon mal dazu aufraffen, meine Siebensachen zu packen. Danach fahre ich etwas früher zum Außentermin.«

Helge runzelte besorgt die Stirn. »Aber du gibst auf dich acht, versprochen?«

Grinsend drückte ich ihm einen Kuss auf die Wange.

»Keine Sorge. Es sind nur ein paar Schafe, die geimpft werden müssen.«

»Schafe sind manchmal bockig«, mahnte er, und ich versprach nochmal, die Dinge vorsichtig anzugehen.

»Bei Gefahr wende ich mich vertrauensvoll an meinen Kollegen.« Kichernd erhob ich mich. Helge, der gleichzeitig aufgestanden war, zog mich wortlos in seine Arme.

»Du kannst immer und überall auf mich bauen«, raunte er an meinem Ohr. Ich trat ein Stück zurück und sah ihn dankbar an.

Er betrachtete mich mit diesem sanften Blick, den er, wie es schien, nur für mich reserviert hatte.

15
Liebe, was ist das?

Eine Woche war vergangen, seit ich wieder in unserem Haus wohnte. Am Anfang war mir die Eingewöhnung schwergefallen. Alles erinnerte an die gemeinsame Zeit mit Ben. Er hatte mir eine schwindelerregende Summe überwiesen, und ich wusste noch nicht, ob ich das Geld anrühren würde. Aber langsam freundete ich mich damit an, sein Angebot anzunehmen und in dem Haus wohnen zu bleiben. Die hellen Räume waren der ideale Ort, um mein kleines Mädchen heranwachsen zu sehen. Mit Ben hatte ich aber abgeschlossen. Und auch mit Nelly. Sie hatte mehrfach angerufen, doch ich war nicht rangegangen. Das verzweifelte Jammern meiner Freundin auf dem Anrufbeantworter ignorierte ich und löschte ihre Sprachnachrichten, ohne sie abzuhören. Ich war zu wütend über den Vertrauensbruch.

Am heutigen Sonntag war ich mit Olli verabredet. Ich freute mich auf ihn, denn bei ihm war das Leben leicht. Doch in letzter Zeit war mir aufgefallen, dass er zurückhaltender geworden war. Vielleicht lag es daran, dass er gemerkt hatte, was für eine vertraute Freundschaft ich inzwischen mit Helge hatte. Oder er hatte eingesehen, dass ich nicht bereit war, mich auf mehr als Händchenhalten einzulassen, auch wenn er ungemein anziehend auf mich wirkte. Dennoch musste ich ihm von der Schwangerschaft erzählen. Während unseres Ausflugs auf die Insel Pellworm wollte ich die Gelegenheit nutzen, ihm reinen Wein einzuschenken.

Nach einem warmen Bad in Brittas lila Badeöl schlüpfte ich in Jeans und einen leichten Pulli. Dann föhnte ich mir die Haare und legte ein leichtes Make-up auf. Als ich damit fertig war, holte ich mein Fahrrad aus der Garage, um es für den Transport zur Insel bereitzustellen. Mit dem Auto würden wir über den Nordstrander Damm zum Fähranleger nach Strucklahnungshörn fahren, um anschließend die Räder zur Insel mitzunehmen. Olli würde einige seiner Trüffel im Gepäck mitführen. Wenn sie die Überfahrt schafften, ohne dass sie in meinen Mund wanderten, wollte er sie im Café zur Nordermühle als Probe abgeben, um gegebenenfalls einen Liefervertrag mit den Betreibern abzuschließen. Ich mochte die ›Grüne Insel‹ mit ihren freundlichen Gastgebern, die stets ein offenes Ohr für ihre Besucher hatten. Doch noch mehr liebte ich die Inseln Amrum und Föhr mit den gigantischen weißen Sandstränden.

Da ich etwas zu früh fertig war und Olli noch auf sich warten ließ, rief ich bei der Familie Ketlesen auf Pellworm an, um mitzuteilen, dass ich zur Insel rüberfuhr. Sofern sie meine tierärztliche Hilfe benötigten, bot ich an, vorbeizuschauen.

»Die Tiere sind alle gesund, Deern.« Ich lächelte, denn immer, wenn ich Hans' raue Stimme hörte, versetzte mich das in meine Kindheit. Damals war ich in den Schulferien oft Gast auf seinem Hof gewesen. Vermutlich hatte sich dort meine Leidenschaft für Tiere entwickelt und mich dazu bewogen, Tierärztin zu werden.

»Wunderbar, dann schaue ich trotzdem später bei euch vorbei.«

Hans räusperte sich verlegen. »Wir sind auf dem Weg zum Festland. Mein Bruder, der in Husum lebt, hat Geburtstag.«

»Oh, wie schön. Ich wünsche euch viel Spaß, und vielleicht klappt es beim nächsten Mal. Liebe Grüße an Tine.« Bedauerlich, dass die beiden nicht zu Hause waren, aber ich nahm mir fest vor, bald bei ihnen vorbeizuschauen.

Olli kam wie immer pünktlich zum verabredeten Zeitpunkt. Seine langen Haare hatte er zu einem Zopf gebunden. Die lässigen Jeans mit vorgefertigten Löchern und das rot karierte Hemd ließen ihn wie einen Reiter ohne Pferd aussehen. Dazu trug er Westernstiefel. Ich schmunzelte.

»Hätte ich dir besser ein Reitpferd besorgen sollen?«

»Man kann nie wissen, was noch kommt. Ich bin lieber auf alle Eventualitäten vorbereitet.« Ein breites Grinsen haftete auf seinem Gesicht.

»Dann mal los«, forderte ich ihn auf. »Ich kenne die Besitzer einer Ranch auf Pellworm, dort könntest du einige Runden auf einem Westernpferd drehen.«

»Echt jetzt? Das wäre super!«, rief er übermütig. Ich zweifelte zwar an seinem Reittalent, aber vielleicht würde er mich überraschen.

»Erstaunlich, wen du alles kennst«, meinte er dann.

»Ich bin nun mal in Nordfriesland zu Hause, und mein Beruf bringt so einige Bekanntschaften mit sich«, erinnerte ich ihn.

Olli schlug vor, die Räder auf dem Festland zu lassen und gleich einen Ausflug auf dem Pferderücken zu unternehmen. Da ich zugegebenermaßen kein unnötiges Risiko eingehen wollte, lehnte ich die Idee ab. Olli, der nichts von meinem Zustand wusste, sah mich herausfordernd an.

»Was ist los mit dir? Du kneifst doch sonst nicht vor Abenteuern.«

»Manche Dinge ändern sich eben«, sagte ich ausweichend.

Glücklicherweise verstaute er die Fahrräder im Kofferraum und hakte nicht weiter nach.

Das Wetter meinte es gut mit uns. Die Sonne lachte vom Himmel über die Weite der Landgewinnung auf dem Nordstrander Damm. Ich streckte meinen Kopf aus dem offenen

Beifahrerfenster, um mir einen Überblick zu verschaffen, wie es um die Schafherde stand. Meinen Beruf legte ich eben nie komplett ab. Viele Lämmer tummelten sich vergnügt auf den Salzwiesen. Ich entdeckte ein Mutterschaf, das auf dem Rücken lag, und packte Olli am Arm.

»Halt dort in der Parkbucht an.« Ich löste bereits das Schloss des Sicherheitsgurtes und legte die Hand auf den Türgriff.

»Aber wir verpassen die Fähre«, protestierte er, fuhr aber dennoch rechts ran.

»Das ist jetzt nicht wichtig, das Tier stirbt, wenn wir ihm nicht helfen.« Gefolgt von Olli kletterte ich über den Stacheldrahtzaun.

»Warum musst du denn hin? Es liegt doch nur da?«

Wegen der Schwangerschaft war ich schnell außer Atem. Schnaufend erklärte ich ihm, dass die Tiere in einer solchen Situation von ihrem eigenen Gewicht erdrückt wurden, weil sie sich allein nicht aus der Rückenlage befreien konnten. Es galt, keine Zeit zu verlieren. Wir legten einen langen Marsch über die Wiese zurück, bis wir das Tier erreichten. Olli drängte sich vor.

»Was muss ich tun, um ihr zu helfen?«

»Mit beiden Händen in die Wolle greifen und das Tier mit Schwung aufrichten«, erwiderte ich, um Luft ringend. Olli packte beherzt zu. Das Schaf stand auf, dann rannte es davon.

»Sie hätte sich wenigstens bedanken können«, maulte Olli gespielt böse.

»Glaub mir, sie ist dankbar«, versicherte ich ihm belustigt. »Gut gemacht.«

Seine Augen strahlten. »Hammergeil«, hauchte er beeindruckt. »Aber die Fähre schaffen wir nicht mehr.«

»Dann eben die nächste«, sagte ich übermütig und nahm ihn an der Hand. So verließen wir die Wiese.

Abrupt blieb Olli stehen. Fordernd zog er mich näher an sich heran. »Ich hätte Lust, dich hier an Ort und Stelle ...«

Schnell legte ich den Zeigefinger auf seine heißen Lippen. »Wenn wir uns beeilen, schaffen wir die Fähre vielleicht doch noch.«

Ich rannte los, musste mich aber bald bremsen. Die Hormone spielten mir einen Streich, ich klammerte mich nach Luft schnappend an Olli.

»Bin ich es, der dir den Atem raubt?« Er zog mich in seine Arme und küsste meinen Hals. Unter seinen fordernden Küssen wurde mir schwindlig. Unmissverständlich schob ich ihn weg, griff nach seiner Hand und lief weiter. Mit ihm war eben alles leicht. Ich musste nichts erklären. Lachend warfen wir uns in die Sitze des Wagens, und Olli brauste los zum Fähranleger.

Wir bekamen gerade noch die Rücklichter der *Pellworm 1* zu sehen. Die nächste Überfahrt war erst in zwei Stunden geplant. Ratlos blickten wir uns an.

»Und nun?«, fragte ich zerknirscht.

»Komm, wir gehen zum Deich rüber und baden in der Sonne.«

Er zog mich auf die andere Seite des Deiches. Nachdem wir eine Stelle ohne Schafmist gefunden hatten, breitete Olli sein Hemd auf dem Boden aus und lud mich gentlemanlike ein, mich darauf hinzulegen. Sein muskulöser, braun gebrannter Oberkörper glänzte im Sonnenlicht. Einige Touristen schlenderten an uns vorbei, aber wir schenkten ihnen kaum Beachtung.

»Ist das Leben nicht schön?«, schwärmte Olli neben mir. Dabei sah er den Möwen nach, die der Fähre ein Stück hinterherflogen.

»Hm ... schön bunt«, säuselte ich und streckte mich behaglich neben ihm aus.

Nach einer Weile hielt ich es nicht länger aus.

»Sag mal, Olli, wie stellst du dir dein weiteres Leben vor? Kommt eine feste Beziehung darin vor?«

Olli lachte verhalten auf.

»Wie meinst du das? Ob ich mit dir …? Schau mal, deine Suche nach dem Rezept für die Liebe war doch bisher auch erfolglos. Reicht dir das als Antwort nicht? Einen Menschen auf Dauer zu lieben ist ein Ding der Unmöglichkeit. Dieses Kribbeln im Bauch, wenn das für ewig wäre, würden wir schwachsinnig werden.« Er lachte gelöst. Dabei sah er tief in meine Augen. »Du bist eine tolle Frau, mich fasziniert die lockere Art, mit der du deine Tiere versorgst. Ich mag deine Sinnlichkeit, während du unsere Zweisamkeit genießt, vor allem aber deine wunderschönen Augen.« Er lächelte mich vielsagend an.

»Du willst also meinen Körper?«, erwiderte ich trocken.

Mit dem Finger stupste er meine Nase an.

»Mehr, als du denkst«, raunte er grinsend. Ich setzte mich auf.

»Du willst dich nie fest binden?« Es war eher eine sachliche als eine emotionale Frage.

»Nein, ich bin doch noch so jung …« Sollte das jetzt eine Anspielung auf unseren Altersunterschied werden? Er rückte näher an mich heran, um mir einen Kuss auf den Mund zu geben. Doch ich wich rechtzeitig zurück. Ich wusste nicht, ob vor Enttäuschung oder wegen der verschwiegenen Schwangerschaft. Vermutlich spielte beides eine Rolle.

»Lass dich fallen, Kleines, ich zeige dir, wie Leben funktioniert«, flüsterte er.

Ich hielt meine Hände auf den Bauch und lächelte versonnen.

»Schau, Olli, das hier ist Leben, mein Leben.«

Er weitete staunend die Augen. »Hanna, du bekommst ein Baby? Aber nicht von mir, oder?«

Ich konnte mich vor Lachen nicht mehr halten. »Ich

wüsste nicht, wie das passiert sein sollte!« Etwas ernster sagte ich: »Es ist von meinem Mann. Ich habe erst nach meinem Unfall davon erfahren, nachdem ich mich von ihm getrennt hatte.«

Olli sah mich mit bewundernden Augen an. »Herzlichen Glückwunsch. Wann kommt dein Mann zurück?«

»Das mit uns ist keine Option mehr, aber ich freue mich trotzdem über das Kind.«

»Dann solltest du aber besser nicht auf ein Pferd steigen.« Besorgnis lag in seiner Stimme.

Ich lehnte mich gegen ihn. Das Gesicht zur Sonne gewandt sagte ich: »Das hatte ich nicht vor.«

Nach kurzem Schweigen meinte Olli betroffen: »Kombiniere ich richtig, dass du bei dem Unfall mit dem Bullen ausgesprochenes Glück hattest?«

Ich griff nach seiner Hand, die quer über meinem Brustkorb ruhte.

»Verdammtes Glück«, wisperte ich. »Bleiben wir trotzdem Freunde?« Ich hob den Kopf, um ihn besser ansehen zu können.

»Ich möchte nichts lieber sein als dein Freund, solange du mich nicht zum Vater machen willst.«

Ich kicherte.

»Du bist eindeutig zu jung.« Ich gab ihm einen Stups auf die Nase. Olli verzog sein Gesicht.

»Ehrlich gesagt, hätte ich mit dir auf weißen Pferden über den Himmel reiten wollen oder auf Wolke sieben schweben, um der Welt zu zeigen, wie frei wir sind. Ich fühlte mich vom ersten Moment an wohl bei dir, aber ich will keine Familie gründen. Dazu fühle ich mich zu unreif.« Gedankenverloren starrte Olli auf das Meer, das heute ausgesprochen sanft wirkte.

»Du bist reifer als jeder brave Ehemann, du nimmst dein Umfeld wahr, wie es ist, und schaust nicht darüber hinweg. Ich genieße jeden Augenblick mit dir, aber ich bin erleichtert, dass wir jetzt so offen miteinander reden.«

»Du bist nicht enttäuscht?«

»Ach, weshalb denn, ich hatte nie erwartet, dass wir ein Paar werden. Auch wenn es streckenweise ganz schön erotisch war.« Ich lachte übermütig. »Unter Umständen …«

»Unter Umständen?«

Ich sprang auf.

»Nichts. Zieh dir dein Hemd über, wir gehen ein Stück.« Ollis Lippen verzogen sich.

»Versuch jetzt nicht mir gegenüber die Muttirolle zu übernehmen, dafür bist *du* eindeutig zu jung, zu sexy und viel zu lieb.«

Ich warf den Kopf lachend in den Nacken. »Sind Muttis nicht lieb?«

»Meine nicht«, brummte er. Dann ging er los, mit großen Schritten den Deich entlang, sodass ich Mühe hatte, ihm zu folgen. Ich rannte ein Stück, um ihn einzuholen. Ohne mich anzusehen, fragte er: »Wäre es nicht besser, dich zu schonen?«

»Ich brauche ebenfalls keine Mutti. Mir geht es gut«, erwiderte ich knapp. Obwohl meine Rippen schmerzten. Bruno ließ grüßen.

Olli verlangsamte seine Schritte.

»Gut gebrüllt, Löwe, aber ich glaube dir nicht.« Er hakte mich unter. »Lass uns zurückgehen«, sagte er sanft.

Die restliche Strecke zum Fähranleger verbrachten wir schweigend. Zwischen uns waren keine Worte mehr nötig. Ich hatte einen Freund, der mich auch so verstand. Ich fühlte mich reich beschenkt.

Wir liefen den Deich hoch, um unseren Ausflug fortzusetzen. Kichernd blieben wir auf der Deichkrone stehen.

»Na toll«, meinte Olli, »jetzt ist die *Pell 2* auch weg.« Wieder starrten wir den Lichtern der Fähre hinterher.

154

»Dann sollte es so sein«, sinnierte ich laut.

»Dir ist schon klar, dass mir dadurch womöglich ein Geschäft durch die Lappen geht?«

»Aufgeschoben heißt nicht aufgehoben«, erinnerte ich naseweis.

Nach dem Mittagessen auf Nordstrand setzte Olli mich zu Hause ab.

»Pass auf dich auf, kleine Mami«, hauchte er beim Abschied. »Melde dich, wenn du Hilfe benötigst.«

»Danke, aber soll das heißen, du ziehst dich zurück?« Davor hatte ich Angst, denn Olli war ein fester Bestandteil meines Lebens geworden. Sein Gesicht wirkte durch sein Strahlen jünger, als es ohnehin schon war.

»Auf gar keinen Fall. So schnell wirst du mich nicht wieder los, jetzt wo wir beide wissen, woran wir miteinander sind. Es tut mir übrigens sehr leid, dass ich dich nicht im Krankenhaus besucht habe, ich war damit irgendwie komplett überfordert. Ich kann dir nicht einmal sagen, warum.«

Ich ignorierte seinen schuldbewussten Blick.

»Mein Fahrrad müsste noch ausgeladen werden«, erinnerte ich ihn, weil er bereits den Motor laufen ließ. Olli sprang aus dem Auto und beförderte mein Rad auf die Auffahrt, stellte es an die Hauswand und schwang sich auf den Sitz seines Autos zurück. Ich schob meinen Kopf durch das geöffnete Seitenfenster.

»Bis bald, Olli.« Ich hauchte ihm einen Kuss auf die Wange und wandte mich um, zum ersten Mal seit Langem ohne schlechtes Gewissen. Lange sah ich ihm hinterher und lauschte dem Motorengeräusch, bis er aus Schobüll verschwunden war.

16
Ohne Abschied

Trotz meiner müden Glieder fuhr ich, als Olli weg war, nach Hattstedt. Zu lange hatte ich die Petersens nicht mehr zu Gesicht bekommen. Ich freute mich darauf, Loni zu sehen. Ich war sicher, ihr ging es ebenso, und sie wäre für jede mögliche Ablenkung dankbar. Seitdem sie die aufwendige Pflege ihres Mannes übernommen hatte, gab es für sie kaum Gelegenheiten für Gespräche mit Freunden oder ihre geliebten Fahrten in die Kreisstadt Husum, von Besuchen in Frankfurt bei ihrer Schwester ganz zu schweigen. Ich vermisste ihre fürsorgliche Art und ihre Angewohnheit, mir Ratschläge zu geben, die ich dann doch nicht befolgte. Mehr noch fehlte mir Nelly mit ihrer zeitweisen, ruppigen Ausdrucksweise. Doch da blieb ich hart. Ich konnte ihr nicht verzeihen.

Helge war nicht zu Hause. Das erkannte ich daran, dass der Jeep nicht auf dem Hof stand. Das Haus der Petersens lag ungewöhnlich ruhig in der Nachmittagssonne. Die Sonnenliegen waren verwaist und die Türen alle verschlossen. Für gewöhnlich waren sie zum Garten hin weit geöffnet. Zumindest Molly hätte mich freudig begrüßen müssen, aber ihr Wachposten unter dem Baum war leer. Unbehagen überfiel mich wie ein plötzlicher Regenguss. Eine Gänsehaut schlich über meinen Rücken, sodass ich trotz Sonne fröstelte. Hoffentlich war nichts Schlimmes passiert.

Die Stille ließ meine Schritte auf dem gepflasterten Weg sehr laut klingen. Ich atmete durch und drückte beherzt die Türklinke hinunter. Es war nicht abgeschlossen. Mit klopfendem Herzen betrat ich die finster wirkende Diele. Kurz erstarrte ich, als ich Lonis lautes Schluchzen vernahm, und eilte dann ins Wohnzimmer. Damit mein Auftauchen sie nicht erschreckte, rief ich laut ihren Namen. Sofort verstummten die herzzerreißenden Töne, um gleich darauf umso lauter zu erklingen.

Im Wohnzimmer empfing mich ein trauriger Anblick. Helmut tätschelte ungeschickt Ilonas Rücken. Sein ausdrucksloses Gesicht war zur Tür gerichtet. Er kniete neben seiner Frau im Sessel, aber es schien, dass er gar keine Ahnung hatte, warum sie weinte. Molly lag zu ihren Füßen. Auch das war ungewöhnlich. Sonst begrüßte sie mich stürmisch und hing mir an den Fersen. Das Tier spürte wohl, dass sein Frauchen jetzt Trost brauchte. Ich eilte zu ihnen und blieb besorgt vor ihnen stehen.

»Loni«, sagte ich leise, »Loni, warum weinst du?« Ich dachte sofort an ihre Schwester Frieda. Sie war doch nicht ...? Ich traute mich nicht den Gedanken weiterzuführen. Ich streichelte Lonis Rücken. Plötzlich wandte sie mir das tränennasse Gesicht zu. Ein Lächeln vertrieb für Sekunden die Traurigkeit aus ihrem Blick. Aber dann weinte sie hemmungslos weiter.

»Schön, dass du gekommen bist«, sagte sie erstickt. Wo zum Teufel war Helge? Warum war er nicht bei seiner Mutter? Die Antwort ließ nicht lange auf sich warten. »Helge!« Loni warf die Hände vors Gesicht. »Helge!« Der Körper meiner Freundin erzitterte.

»Oh mein Gott, hatte er einen Unfall?« Jetzt zitterte ich nicht weniger als Loni. Helmut war, zumindest geistig, meilenweit weg. Loni schüttelte heftig den Kopf.

»Nein! Er weiß es!«, schrie die verzweifelte Mutter aus voller Kehle. Ihre Stimme klang unnatürlich schrill. Auch mir schossen jetzt die Tränen in die Augen. Ich hatte Angst um sie. Angst, dass sie sich nie wieder fangen würde.

Helmut stand mühselig auf. »Ich muss zur Arbeit.«

Erschrocken eilte ich ihm nach. Panisch suchte ich nach Argumenten dafür, dass er heute nicht zur Arbeit gehen musste. Er war zwar längst im Ruhestand, aber das wusste er gerade nicht mehr. Loni kam mir zuvor.

»Helmut, setz dich, du bleibst hier.« Ihre Stimme hatte die Festigkeit, die ich auch sonst von ihr gewohnt war. Erleichtert atmete ich auf, als er sich schmollend in den zweiten Sessel fallen ließ.

»Wäre doch gelacht, wenn ich auch bei meinem kranken Mann versagen würde.« Loni schnaufte und schnäuzte sich lautstark die rote Nase.

»Du hast nicht versagt, bitte rede dir so etwas nicht ein«, ermahnte ich sie.

»Doch, das habe ich. Helmut ist fein raus. Sieh ihn dir an«, murmelte sie. »Ihm macht keiner mehr einen Vorwurf, weil er sich gerade noch rechtzeitig aus dem Staub gemacht hat. In eine geistlose Welt, in der eine Anklage keinen Sinn hat.« Lonis Bitterkeit erschreckte mich. »Dabei ist es sein Sohn, den er für dumm verkauft hat«, schimpfte sie weiter.

Mit festem Griff nahm ich ihr Gesicht in beide Hände.

»Sieh mich an, Loni«, befahl ich streng. Sie wollte den Kopf wegdrehen, aber ich hielt sie fest. »Sieh mir in die Augen.« Loni gab den Widerstand auf, sodass ich nun in die traurigsten Augen der Welt schaute. »Du hast nicht versagt. Du bist Helges Mutter. Ich habe nie zuvor einen Menschen getroffen, der liebt wie du. Helge wird sich beruhigen. *Du* bist das Zuhause deines Sohnes. Nichts und niemand wird daran etwas ändern, auch Helge selbst nicht.«

Schweigend sah ich sie an und gab sie erst dann frei, als ich mir sicher war, dass sie mich verstanden hatte. Ilona wurde ruhiger. Schniefend zupfte sie an ihrem Taschentuch.

»Er war so aufgebracht«, flüsterte sie.

»Das ist ja auch verständlich, aber er wird sich wieder beruhigen, daran musst du glauben«, sagte ich eindringlich.

»Helge war so unglaublich wütend«, wiederholte Loni und klang wie eine Tonbandaufnahme.

»Wo ist er hin? Hat er was gesagt?«

Loni lachte bitter auf. »Er hat nichts gesagt. Er will nicht gefunden werden, und wenn er etwas will, kann ihn niemand umstimmen. Ich wüsste nicht einmal, wo ich anfangen sollte, ihn zu suchen. Und selbst wenn ich ihn finden würde ... Was sollte ich ihm sagen?«

Ich schüttelte sie leicht. »Du sagst ihm, wie sehr du ihn liebst.«

»Er weiß das.«

»Vielleicht auch nicht. Oder er zweifelt daran.«

»Ich habe ihn nicht zum Zweifeln erzogen.« Loni resignierte, und ich hatte nicht die leiseste Ahnung, wie ich es anstellen sollte, sie positiv zu stimmen.

Helmut regte sich auf seinem Sessel.

»Hat er nicht ein Segelboot in der Flensburger Förde?« Erstaunt blickten Ilona und ich in seine Richtung. Helmut hatte für eine Weile zurück in die Realität gefunden. Er wirkte ausgesprochen klar. »Soll ich da mal hinfahren?«

»Nein, nein, das geht nicht, du bleibst bei deiner Frau«, bestimmte ich rasch. »Ich werde fahren.«

»Die Autoschlüssel habe ich unter Verschluss, Helmut würde sie nie finden«, wisperte Loni. Fast hatte ich den Eindruck, ein freches Grinsen auf ihren Lippen zu sehen. Ich atmete tief durch.

»Sehr gut, Loni.« Ich lächelte sie an.

»Ich bin ja nicht blöd.« Da war es, ihr Grinsen. Ein gutes Zeichen. Sie schaffte alles, was ihr auferlegt wurde. Auch an Helges Abtauchen würde sie nicht zerbrechen, weil es nicht für immer sein würde. Und *ich* würde ihn finden, ganz gleich wo er sich aufhielt. Ich war mir nur nicht sicher, ob ich ihm den Kopf waschen oder ihn auf die sanfte Tour zur Umkehr bewegen sollte. So gut konnte ich ihn nicht einschätzen. Nelly wäre es egal, sie hätte den Turbo eingelegt und ihn mit Worten überfahren. Das war jedoch nicht so ganz meine Methode, weil ich anders gestrickt war als meine Freundin ... ehemalige Freundin. Mein Gott, ich vermisste sie.

Helmut schlurfte in die Küche, beim Vorbeigehen tätschelte er seiner Frau die Hand.

»Ich koche dir einen Tee, Liebes, dann sieht die Sache schon ganz anders aus.« Wir sahen ihm mit offenen Mündern nach. Kurz darauf hörten wir Wasser in den Teekessel laufen. Loni schloss die Augen.

»Ach, wenn er nur so bliebe. Aber ich fürchte, dieser Wunsch wird nicht in Erfüllung gehen.«

Ich drückte die Hand meiner Freundin. Gleichzeitig suchte ich mit der anderen nach einem Taschentuch in meiner Hosentasche. Helmuts klarer Moment nahm mich unerwartet mit.

»Wir dürfen die Hoffnung nicht aufgeben.« Ich schluchzte auf, überwältigt von meinen Gefühlen. Helmut schaffte es überraschenderweise, uns die gefüllten Tassen mit Friesentee an den Wohnzimmertisch zu bringen. Dankbar schlürften wir das wohltuende Heißgetränk.

Doch von einer Sekunde zur anderen war der Zauber vorbei. Helmuts Gesicht verlor wieder jeden Ausdruck. Er war an einem für uns unerreichbaren Ort. Loni stöhnte auf.

»Schön war's, ihn bei mir zu wissen, wenn auch nur für einen Moment.«

Helmut lächelte, und keine von uns konnte auch nur erahnen, wo er im Geist gerade war. Aber er schien seinem Frieden nachzujagen. Eine sinnvolle Aufgabe, dachte ich bei mir. Doch die Frage war, für wen. Loni half er damit nicht. Ich war mir aber sicher, dass er es zu gern getan hätte.

Ich versuchte herauszufinden, wo genau der Liegeplatz in Flensburg sein könnte. Leider stellte sich heraus, dass Loni nie dort gewesen war und über keine Anschrift verfügte.

Ich musste also auf blauen Dunst hin suchen. Loni meinte, dass es besser wäre, die Suche erst am nächsten Tag zu starten. Aber dann wäre das Wochenende vorbei, und die Praxis würde mich wieder in Beschlag nehmen. Vor allem wenn ich keinen Kollegen zur Unterstützung hätte. Mir blieb also nichts anderes übrig, als mich sofort auf den Weg zu machen. Loni erzählte ich von meinem Vorhaben nichts, damit sie nicht enttäuscht war, falls es erfolglos blieb.

Ich gab vor, mich ausruhen zu müssen, und verabschiedete mich von den Petersens. Ich überlegte, ob ich Olli bitten sollte, mich zu begleiten, verwarf die Idee aber gleich wieder. Ich fuhr die Nordseestraße rechts herum, dann war ich in wenigen Minuten auf der B5 und ließ den Wagen danach auf der Flensburger Chaussee zur Ostsee rollen. Ein mulmiges Gefühl beschlich mich. Was, wenn der Hinweis völlig falsch war? Woran sollte ich mich orientieren? Die Antwort erhielt ich von einer unbekannten Anruferin.

»Moin, Frau Doktor Martensen, ich hoffe, mein Anruf kommt nicht ungelegen?«

»Wer spricht da bitte?« Ich erhöhte die Lautstärke des Lautsprechers, um die Stimme besser zu verstehen.

»Marina Thomsen. Helge hat –«

»Was hat Helge?«, unterbrach ich sofort. »Wissen Sie, wo er sich aufhält?«

Schweigen am anderen Ende der Leitung.

»Entschuldigung, aber deshalb rufe ich nicht an. Also, Helge meinte, Sie bräuchten eine neue Teilhaberin, und ich hätte großes Interesse an einer Zusammenarbeit.« Ich trat scharf auf die Bremse und kam an einer Bushaltestelle zum Stehen. »Hallo? Sind Sie noch dran?«

Ich starrte durch die Windschutzscheibe, es hatte zu regnen angefangen. Passend zu meiner Stimmung wirkte die graue Wand vor mir erdrückend.

»Ja, ich bin noch am Telefon. Wissen Sie vielleicht doch, wo Helge ist?«

»Ihnen kann ich es ja sagen. Sein Flieger geht heute um einundzwanzig Uhr, aber fragen Sie mich nicht, wohin er will, das hat er mir nicht verraten.«

Flieger? Was zum Teufel hatte er vor? Wollte er komplett von der Bildfläche verschwinden? In zwei Stunden also. Es würde knapp werden, aber einen Versuch war es zumindest wert. Entschlossen wendete ich auf der Straße.

»Ich habe keine Zeit mehr, wir telefonieren morgen!«, rief ich lauter als nötig. Rasch beendete ich das Gespräch und raste auf die B5 zurück, Richtung Hamburg. Mir war bewusst, dass ich keine guten Erfolgsaussichten hatte. Angenommen, ich fand auf Anhieb einen Parkplatz am Flughafen, auch dann war noch lange nicht sicher, dass ich Helge vor der Sicherheitsabfertigung erwischen würde. Doch ich musste es versuchen.

Die Autobahn war am Sonntagabend nicht stark befahren. Trotzdem musste ich meinem Auto alles abverlangen. Wären da nicht die Sorgen um Helge, hätte ich sogar Spaß daran gehabt, die Autobahn in eine Rennstrecke zu verwandeln. Für gewöhnlich war ich keine Heizerin, erst recht nicht mit Baby an Bord. Eine Hand legte ich auf meinen Bauch.

»Alles gut, mein Mädchen, Mami passt schon auf«, flüsterte ich. In Gedanken ließ ich das Gespräch mit Marina Thomsen Revue passieren. Helge hatte ihr ein Stellenangebot unterbreitet? Nein, eine Beteiligung an der Praxis angeboten. Mit seiner Kurzschlusshandlung trieb er nicht nur seine Eltern zur Verzweiflung, sondern auch mich. Einen Praxisalltag ohne Helge mochte ich mir gar nicht ausmalen.

Ich betete, dass ich es schaffte, ihn zur Umkehr zu bewegen, und dass er seinen Eltern verzeihen würde. Aber erst mal musste ich ihn erwischen.

Alles lief nach Plan, ich erreichte schnell das Abflugterminal, nur mit einem Parkplatz stand es nicht zum Besten. Ich fand eine Lücke, die jedoch viel zu klein für mein Auto war. Ich haderte nicht lange mit mir, sondern stellte mich mit der Front hinein und sprang sofort aus dem Wagen. Ich stürmte in die Flughafenhalle. Wenn ich nur wüsste, wohin sein Flug ging! Panisch rannte ich alle Abfertigungen ab. Doch Helge war nirgends zu entdecken.

Flug zweihundertachtundvierzig nach Barcelona startet planmäßig, bitte finden Sie sich am Gate zwölf ein.

Abrupt blieb ich stehen. Barcelona? Hatte Helge nicht einmal davon erzählt? Dort gab es eine Auffangstation für Tiere, die der Tötungsstation entkommen waren. Er hatte gemeint, dass dort dringend Tierärzte benötigt wurden.

Mensch, Helge, ist das nicht eine Nummer zu groß für dich?

Ich überlegte nicht lange und sprintete los zum Gate zwölf. Vielleicht hatte ich Glück, und er hatte noch nicht eingecheckt. Aufatmend sah ich die lange Schlange, die sich vor der Kontrolle gebildet hatte. Ich lief an den Menschen vorbei und hielt nach Helge Ausschau. Eine braune Lederjacke kam mir vertraut vor. Ich packte den Träger am Ärmel. Doch mich traf nur der böse Blick eines fremden Mannes, es war nicht Helge. Ich lief die Reihe zweimal ab, doch leider erfolglos.

Dann bemerkte ich ein Augenpaar, das mich beobachtete. Hinter der Glasscheibe blickte ich direkt in das traurige Gesicht meines Freundes. Er war also bereits durch die Sicherheitskontrolle gegangen. Sofort rannte ich zu ihm.

Ich legte meine Handflächen gegen die Scheibe, die uns trennte. War ich wirklich zu spät gekommen? Ein Lächeln umspielte Helges Lippen.

»Bleib hier!«, schrie ich gegen das Glas. Helge formte mit seinem Mund einige Wörter, die ich nicht verstand. Dann warf er mir einen Handkuss zu und wandte sich ab.

Für den Bruchteil einer Sekunde dachte ich, er käme zurück. Doch sein breiter Rücken verschwand in der Menge der anderen Reisenden, bis er nicht mehr zu sehen war. Mit beiden Handflächen schlug ich verzweifelt gegen die Sicherheitsscheibe. Ich schluchzte laut auf. Helge war fort, ich vermutete, für lange Zeit, vielleicht sogar für immer. Als mir dies klar wurde, überkam mich eine unglaubliche Traurigkeit. Etwas in mir riss auf und hinterließ eine tiefe Wunde. Ich weinte nicht wegen Ilona oder Helmut. Ich weinte, weil ich in diesem Augenblick verstand, dass ich etwas verloren hatte, von dem ich nicht gewusst hatte, dass ich es besaß. Helge!

Bis der letzte Passagier an Bord gegangen war, blieb ich wie angewurzelt vor der Scheibe stehen. Die leise Hoffnung, dass er doch noch zurückkommen würde, schwand in dem Moment, als die Maschine zum Start freigegeben wurde. Ich wandte mich ab und stapfte langsam zum Ausgang. Erst jetzt fragte ich mich, ob mein Auto abgeschleppt worden war oder ich einen deftigen Strafzettel bekommen hatte.

Ich dachte an Loni. Wie sollte ich ihr erklären, dass meine Suche zwar erfolgreich gewesen war, ich aber keine guten Nachrichten mitbrachte? Ich empfand Wut. Wut darüber, versagt zu haben, aber auch Wut über Helges Entscheidung, seinen Eltern solchen Kummer zu bereiten. Denn wenn ich eines wusste, dann war es, dass Ilona den Verlust ihres Sohns nie überwinden würde. Zumindest musste ich ihr die schlechte Nachricht nicht heute überbringen, denn bei gemäßigtem Fahrstil würde ich erst nach Mitternacht zu Hause ankommen.

Die vielen Menschen am Flughafen zerrten an meinen Nerven, bis ich endlich den Ausgang erreichte. Die automatische Schiebetür öffnete sich beinahe lautlos, und das Erste, was ich sah, war mein Auto. Es befand sich noch dort, wo ich es abgestellt hatte, vermutlich war die Verkehrsaufsicht mit Wichtigerem beschäftigt. Üblicherweise war man hier schnell dabei, falsch geparkte Fahrzeuge abzuschleppen. Manchmal musste man einfach Glück haben. Ich atmete die kühle Abendluft tief ein. Nach dem Sonnenuntergang war es deutlich frischer geworden. Eine Erholung nach der für Norddeutschland ungewöhnlichen Hitze des Tages.

Die Autobahn war zu dieser Zeit kaum befahren, und ich kam zügig voran. In Gedanken versunken, schreckte ich zusammen, als mein Handy klingelte. Zögernd nahm ich das Gespräch mit der mir unbekannten Nummer entgegen. Marina Thomsen meldete sich mit verhaltener Stimme.

»Sorry, wenn ich Sie noch mal störe. Ich nehme an, Sie haben Helge nicht überzeugen können?«

»Sie wussten es vorher, oder?«

»Sie hätten es schaffen können, aber ja, ich habe es geahnt.«

Warum meinte Doktor Thomsen, dass ich es hätte schaffen können? Wie vertraut war sie mit Helge? Ich war neugierig und verfiel in einen Plauderton. »Sie kennen Helge offenbar sehr gut?«

»Ja, kann man so sagen«, meinte sie. »Aber wäre es nicht besser, wir sprechen von Angesicht zu Angesicht? Ich bin sicher, da gibt es einiges, was ich Ihnen sagen kann.«

»Sie wollen in meine Praxis einsteigen. Da wundert mich Ihr Gesprächsbedarf wenig.« Um die Schärfe meiner Stimme abzumildern, lachte ich auf. Denn Marina Thomsen konnte schließlich nichts dafür, dass Helge die Flucht vor seiner Familie ergriffen hatte.

»Ehrlich gesagt, wäre es mein Traum, ja. Ich habe auch mit Großtieren keine Berührungsängste und bringe etwas Erfahrung mit.« Die Hartnäckigkeit der Frau imponierte mir. Ihr Interesse wirkte ehrlich, und sie brannte offenbar auf eine Zusammenarbeit.

»Darf ich fragen, wie alt Sie sind?«

»Wir dürften etwa im gleichen Alter sein, ich werde nächsten Monat zweiundvierzig.«

Jede Menge Fragen lagen mir auf der Zunge. Wie kam es, dass sie so gut über Helge Bescheid wusste? Er war nie der Plauderer vom Dienst, schon gar nicht, wenn es um ihn selbst ging. Marina Thomsen aber erweckte den Eindruck, mit Helge sehr vertraute Gespräche geführt zu haben. Fast war ich etwas eifersüchtig.

»Marina, komm doch morgen Vormittag zum Probearbeiten in die Praxis. Du weißt, wo das ist?«

Ein Jubeln tönte durch die Leitung.

»Da kannst du drauf wetten. Ich steh zeitig auf der Matte. Danke, Hanna, bis morgen.«

Marinas Euphorie brachte mich trotz der Befürchtung, Helge nie mehr wiederzusehen, zum Schmunzeln. Dass wir übergangslos zum Du gewechselt waren, fiel mir erst etwas später auf, aber es war völlig in Ordnung für mich.

17
Auf Probe

Eine viel zu kurze Nacht, in der ich kaum geschlafen hatte, endete um sechs Uhr morgens mit lautem Gepolter. Ich saß senkrecht im Bett und lauschte den Geräuschen vom Dachboden. Dann sank ich müde zurück in die Kissen. Da oben trieb seit Tagen ein Marder sein Unwesen. Allerdings könnte es sich, dem Lärm nach zu urteilen, durchaus auch um zwei Tiere handeln, die meinen Dachboden vereinnahmt hatten. Warum sie im Sommer die Wärme des Hauses suchten, war mir schleierhaft. Ich nahm mir vor, bei Gelegenheit eine Lösung zu finden, wie ich diese Räuber unversehrt in die Freiheit befördern könnte.

Nach kurzer Zwiesprache mit meinem Mädchen stand ich auf und kochte mir einen Tee. In letzter Zeit vertrug ich keinen Kaffee mehr. Ich schob es auf die Schwangerschaft. Denn es gab noch andere Dinge, die ich nicht essen oder trinken mochte. Am schlimmsten war der Geschmack von Schokolade, dafür liebte ich Lakritze gerade über alles. Ollis maritime Marzipanskulpturen standen weiterhin auf meiner Favoritenliste. Langsam musste ich an meine Figur denken. Trotzdem freute ich mich darauf, bald eine Kugel vor mir herzuschieben, die von neuem Leben zeugte. Und von Liebe?

Ich aß Zwieback und ertränkte das trockene Gebäck in aromatischem Friesentee. Neben mich hatte ich mein Handy hingelegt, in der Hoffnung, eine Nachricht von Helge zu erhalten. Doch der erlösende Piepton blieb aus.

Dann eben nicht.

Die heiße Dusche weckte meine Lebensgeister, und ich bereitete mich innerlich auf das Gespräch mit Loni vor, deren Reaktion ich mir schon jetzt bildhaft vorstellen konnte. Ihr Sohn war nicht mehr da, und wie es aussah, hatte er auch nicht vor, zurückzukommen.

Kurz vor acht öffnete ich die Eingangstür zur Praxis. Katrin war bereits an ihrem Arbeitsplatz und unterhielt sich nachdrücklich mit einer dunkelhaarigen Frau.

»Sie müssen sich irren, wir suchen keine neue Tierärztin, davon wüsste ich«, erklärte sie der fremden Person, von der ich ahnte, wer sie war.

»Guten Morgen!«, rief ich laut und unterbrach die Diskussion. Sofort waren zwei Augenpaare auf mich gerichtet. Katrin fand als Erste die Stimme wieder.

»Hanna, würdest du dieser Dame bitte erklären ...«

»Schon gut, Katrin, ich erkläre dir später, warum Frau Thomsen hier ist.« An Marina gewandt, sagte ich: »Bitte, wir gehen in mein Büro.«

Marina nickte unsicher. Katrin hatte die Eigenart, unerwünschte Personen mit Blicken zu töten, sodass ich beinahe Mitleid mit Marina hatte. Während sie mir folgte, drehte ich den Kopf zu ihr. »Sie meint es nicht so, Katrin ist die Seele der Praxis.«

»Aha.« Zweifelnd lugte Marina noch einmal zum Anmeldetresen, wo Katrin mit hochrotem Kopf zurückblieb. Sie war verständlicherweise wütend. Denn Helge war für mein Team unersetzlich. Noch ahnten sie nicht, dass gerade er nun ersetzt werden musste. Peggy beobachtete die Szene Kaugummi kauend aus sicherer Entfernung zwischen Tiernahrung und Garderobenständer.

Marina war mir auf Anhieb sympathisch. Die dunklen Haare zu einem Dutt gebunden, wirkte sie frisch und spontan. Sie hatte leuchtend grüne, schräg gestellte Augen, die an eine Katze erinnerten. Die kleine Stupsnase mit den lustigen Sommersprossen verlieh ihr einen unschuldigen Gesichtsausdruck, aber der energische, volle Mund widersprach diesem Eindruck. Abgesehen von einem knallroten Lippenstift war sie ungeschminkt. Ihre Jeans hatten offensichtlich schon bessere Tage erlebt, aber die leichte Sommerbluse sah schick an ihr aus.

»Bist du gestern Abend gut nach Hause gekommen?«, eröffnete sie das Gespräch.

Ich breitete die Arme aus und lachte. »Ich bin hier. Sparen wir uns die höflichen Floskeln.«

»Okay, wo fangen wir an?«

Ich wies mit der flachen Hand auf die Bürotür, durch die wir gerade hereingekommen waren.

»Das Wartezimmer füllt sich, und die Patientenflut reißt bis heute Mittag nicht ab. Übernimmst du die Sprechstunde? Ich muss mit Helges Mutter reden.«

Wenn sie überrascht war, so verbarg sie es geschickt. Sie rieb die Handflächen aneinander und war bereits im Begriff, das Büro zu verlassen, als ich sie zurückrief.

»Marina?«

»Ähm, ja?«

»Heute Abend Pizza und Traubensaft bei mir?«

»Ein Glas Wein wäre mir lieber, ich bin schließlich nicht schwanger.« Sie zwinkerte mir keck zu, dann verschwand sie fluchtartig aus dem Zimmer.

Marina schien bestens informiert. Ich war gespannt, was da noch auf mich zukam. Just in diesem Moment stürmte Katrin mein Büro.

»Warum weiß ich nichts davon?«, polterte sie los. »Ich möchte keine neue Ärztin, erst recht nicht als Ersatz für Doktor Petersen! Nur weil ihr beide euch nicht einigen könnt, muss er doch nicht gehen! Ist dir die Schwangerschaft zu Kopf gestiegen oder was ist los?«

Ich ließ Katrin Dampf ablassen, bis sie hochrot auf einen

Stuhl fiel. Schwer atmend schnaufte sie: »Dann kündige ich.«

Sie hätte noch stundenlang weiterschimpfen können, aber bei ihren letzten Worten geriet ich in Panik. Die Praxis ohne Katrin? Unvorstellbar. Darum unterbrach ich sie rasch, bevor sie sich in etwas hineinsteigerte, was unweigerlich zu einer Kurzschlusshandlung führen würde.

»Beruhige dich, ich bin mindestens genauso verzweifelt wie du.«

»Pah«, machte meine Sprechstundenhilfe. Was so viel hieß wie, dass sie mir immer noch die Schuld an Helges Flucht gab.

Mit einem Seitenblick auf mein Handy sah ich, dass Loni mir per SMS ein Fragezeichen geschickt hatte. Natürlich, sie schlief längst nicht mehr. Trotzdem nahm ich mir die Zeit, Katrin über die Dinge zu unterrichten, die sich am Vortag ereignet hatten. Ich verschwieg nichts, denn ich vertraute auf ihre Diskretion. Katrin einzuweihen, war für einen reibungslosen Praxisablauf unerlässlich. Denn sie musste mit Marina ebenso klarkommen wie ich. Nachdem ich geendet hatte, liefen ihr Tränen über die Wangen, bis sie hemmungslos weinte. Mir kam die leise Vermutung, dass Helge doch mehr als nur ein Chef für sie gewesen war.

»Ich fahre nun zu Loni Petersen, um ihr zu sagen, dass ihr Sohn nicht daran denkt, ihr zu verzeihen.«

Katrin streckte ihren Rücken durch.

Sie schniefte. »Keine schöne Aufgabe.« Dann nickte sie mir verständnisvoll zu. »Du kannst dich auf mich verlassen, ich bin zahm wie eine Katze.«

Ich schmunzelte.

»Nicht alle Katzen sind zahm, das wissen wir doch.« Eindringlich sah ich meine langjährige Angestellte an.

»Ich weiß. Aber ich bin nicht wirklich ein Stubentiger.«

»Danke, du bist ein Schatz.«

»Ist schon klar«, meinte sie frech. Dann erhob sie sich vom Stuhl, wischte mit dem Handrücken ihre Tränen fort und ging an die Arbeit.

Nachdenklich starrte ich auf die geschlossene Tür, hinter der Katrin verschwunden war. Wir würden uns umstellen müssen, den Praxisalltag neu organisieren. Ich hatte mir vorgenommen, kürzerzutreten, sobald mein Baby da war. Mit Helge an der Spitze wäre ich beruhigt in den Mutterschaftsurlaub gegangen. Ob Marina die Lücke schließen könnte, stand bisher in den Sternen.

Ein tiefer Atemzug, dann wappnete ich mich für den Besuch bei Loni. Als ich mein Büro verließ, entdeckte ich Peggy. Sie hatte offensichtlich schon die Neuigkeiten erfahren, denn sie hielt Helges Lesebrille, die er aus Eitelkeit nur selten nutzte, in den Händen. Ihre Schultern zuckten verdächtig.

Helge, du hinterlässt hier in Nordfriesland eine Menge verbrannte Erde.

Ob ihm das bewusst gewesen war, als er sich entschieden hatte, seine Heimat, seine Familie und seine Freunde zu verlassen? Marina verabschiedete ihre erste Patientin mit einem Mut machenden Lächeln und bat den nächsten Halter mit einem kranken Hund ins Sprechzimmer. Ich spitzte die Lippen. Marina war offenbar angekommen. Aber es galt abzuwarten. Wie hatte Helmut einmal gesagt? Neue Besen kehrten gut? Marina eilte an meine Seite und hakte sich kurz bei mir ein.

»Gib Loni einen Kuss von mir«, raunte sie.

Sie warf immer neue Fragen auf. Sie kannte Loni? Sie ließ über mich Küsse verteilen? Ich fieberte dem Feierabend entgegen und war schon gespannt darauf, welche Verbindungen zwischen der Familie Petersen und Marina sonst noch zum Vorschein kommen würden.

Loni sah nicht auf, als ich das Wohnzimmer betrat. Es schien, dass sie die Nacht hier auf dem Sessel verbracht hatte. Lediglich Helges Pullover, den sie im Arm hielt, zeugte davon, dass sie den Raum verlassen haben musste, um ihn zu holen.

»Er ist fort, nicht wahr?«, fragte sie schwach. »Ich spüre es, ich habe meinen Sohn verloren.«

Wie am Abend zuvor hockte ich mich neben sie. Ich suchte Augenkontakt, aber Loni starrte an mir vorbei. Wortlos hielt sie mir den Pullover vor die Nase.

»Er riecht nach Helge«, meinte sie und ließ mich daran schnuppern. Ich schloss die Augen und inhalierte den Geruch des Kleidungsstückes. Unverkennbar haftete Helges Aftershave daran. Er hatte ihn getragen, wenn es am Abend kühler wurde.

»Er ist nach Spanien geflogen.«

Loni sah mich ungläubig an.

»So weit weg? Ich dachte, er ist in Flensburg auf seinem Boot?«

Ich presste die Lippen aufeinander. Ich hatte nicht die leiseste Ahnung, wie ich sie dazu bringen sollte, die Hoffnung dennoch nicht aufzugeben.

»Vielleicht braucht Helge nur eine Auszeit, um sich den Tatsachen zu stellen und dann wiederzukommen.« Ich merkte selbst, wie lahm das klang, und suchte verzweifelt nach Worten, die Loni zuversichtlicher stimmen könnten. Sie presste den Pullover fest an ihre Brust. Dann sah sie mich seltsam gefasst an.

»Nein, ich mache mir nichts vor. Wir haben versagt, das können wir niemals wiedergutmachen.« Abrupt erhob sie sich und stand felsenfest auf ihren Beinen. »Helmut braucht sein Frühstück, kommst du mit in die Küche?«

Ich nickte.

Während Loni das Frühstück vorbereitete, erzählte ich ihr von Marina. Dann verteilte ich den Kuss, den Marina mir mit auf den Weg gegeben hatte. Dabei hoffte ich, Näheres über die Verbindung zwischen meiner neuen Kollegin und den Petersens zu erfahren.

»Helge hat Marina hinzugezogen? Damit du nicht allein in der Praxis bist?« Sie lächelte. »Ja, so ist er. Nie die Pflichten aus den Augen verlieren. Er muss dich sehr mögen, Hanna.«

»Ich mag ihn auch«, wisperte ich.

»Ich fürchte, auch du bist spät dran mit deiner Erkenntnis.«

»Zu spät, ja.« Suchend sah ich mich nach Molly um. »Wo ist Molly?«

Loni hob die Schultern. »Sie ist irgendwann in der Nacht mit Helmut gegangen. Ich vermute, sie nutzt die Situation aus und schläft unerlaubterweise im Schlafzimmer.«

»Soll ich nachschauen? Sie muss doch bestimmt mal vor die Tür?«

»Es wäre lieb, wenn du die Dielentür öffnen würdest, dann geht sie von allein, und die abgestandene Luft kann frischer weichen. Es ist nötig, dass neuer Wind in die Bude kommt.«

Loni schien es besser zu gehen. Sie straffte den gekrümmten Rücken, dann riss sie ein Küchenfenster auf. Ein frisches Sommerlüftchen zog durch die Räume. Unerwartet, aber doch ersehnt trottete Molly an mir vorbei ins Freie. Sie verrichtete ihr Geschäft und pflanzte sich ins Gras unter ihren Lieblingsbaum. Es wirkte alles wie immer, nur dass einer fehlte. Helmut erschien im Schlafanzug in der Küche. Freudig strahlte er mich an.

»Uschi, Liebes, wie geht es dir und dem Baby?«

Ich spielte spontan mit, auch wenn ich mich nicht recht daran gewöhnen konnte, dass er mich gelegentlich Uschi nannte. Doch Loni trug am schwersten daran, war dieses Geheimnis doch der Grund, weshalb sie nun ihren Sohn nicht mehr sehen konnte. Bisher hatte ich noch nicht herausgefunden, wie Helge überhaupt hinter das Geheimnis seiner Eltern gekommen war.

»Mir geht es gut«, sagte ich zu Helmut. »Schau, Loni hat Frühstück gemacht, du solltest dich vorher anziehen.« Doch er ignorierte mich. Er setzte sich umständlich auf einen Stuhl und blickte abwartend zu Loni. Uschi gab es momentan nicht. Fragend sah ich meine Freundin an.

»Ich schaffe das, bis Helge zurückkommt. So lange kümmere ich mich allein um ihn. Mach dir keine Sorgen.« Sie war wie ausgewechselt, als hätte es den Tag zuvor nie gegeben. Wie es in ihrem Inneren aussehen musste, konnte ich mir zwar denken, aber der Kummer blieb in ihrer Seele verborgen. Ein Zustand, den ich nur schwer ertrug. Aber vielleicht war es für alle das Beste, um mit der Situation fertigzuwerden.

»Möchtest du mit uns frühstücken?« Sie lächelte sanft. Ich spürte einen dicken Kloß im Hals, der mir die Luft zum Atmen nahm. Langsam schüttelte ich den Kopf.

»Wenn es in Ordnung ist, fahre ich zur Arbeit«, krächzte ich.

»Klar«, meinte sie heiter, »dann bis bald und liebe Grüße an Marina.«

Eine kurze Umarmung folgte. Dann verließ ich mit gemischten Gefühlen das Haus. Lonis Umschwung von unendlicher Trauer zu scheinbarer Heiterkeit gefiel mir nur bedingt. Ich schlich an Helges, meiner ehemaligen, Wohnung vorbei. Einen Blick konnte ich sicher riskieren, ohne dass es zu sehr wehtat. Doch ich wurde eines Besseren belehrt. Mein Herz krampfte sich schmerzhaft zusammen. Helge hatte unser aller Leben auf den Kopf gestellt. Leider sah ich weder einen Vorteil noch einen Sinn in seinem Handeln. Ich beeilte mich damit, in mein Auto zu steigen, dann brauste ich vom Hof.

174

Ich beschloss, nicht sofort in die Praxis zu gehen, sondern zuerst zu Hause vorbeizuschauen, um mich kurz zu sammeln. Die Sorgen der Familie Petersen belasteten mich zunehmend. Ich kochte mir einen Tee und setzte mich auf die Terrasse, um Zwiesprache mit meinem Baby zu halten. Die kleine Maus schlummerte offenbar friedlich in meinem Bauch. Ein unbeschreibliches Gefühl.

Danach ging es mir besser, und ich konnte den Arbeitsalltag mit der neuen Kollegin antreten.

Marina sah mir mit leuchtend roten Wangen entgegen. Sie war rundum glücklich mit der neuen Aufgabe. Katrin bestätigte mir, dass wir mit Frau Doktor Marina Thomsen eine würdige Vertretung hätten. Peggy war Marina gegenüber noch sehr verhalten. Dennoch half sie der neuen Tierärztin wie gewohnt zuverlässig.

Die Neue? War die Entscheidung also schon getroffen? Aber hatte ich denn eine andere Wahl? Bevor Helge mein Kollege geworden war, hatte ich die Praxis jahrelang allein betreut, aber ich wurde in absehbarer Zeit Mutter. Es galt, die Praxis am Laufen zu halten.

»Hallo Hanna«, sagte Marina. »Wie geht es Ilona und Helmut?«

»Helmut lebt in seiner eigenen Welt, aber Loni? Ehrlich gesagt, ich weiß es nicht. Ich habe Angst um sie.«

»Verdammter Mist.« Marina wirkte verärgert. Über Helge? Ich vermochte es nicht einzuordnen. »Trotzdem kann ich Helge verstehen. Er ist sein Leben lang verarscht ...« Marina schlug sich mit der Hand auf den Mund und sah mich erschrocken an. Ich seufzte.

»Es stimmt ja. Aber seine Eltern haben es sicher nicht böse gemeint«, gab ich zu bedenken.

»Schon klar, entschuldige den Ausbruch. Ich habe mit Helge gesprochen und gesehen, wie sehr ihn das Ganze mitnimmt.«

Allmählich konnte ich es nicht mehr abwarten, mehr über die Verbindung zwischen Marina und Helge zu erfahren. Von einem Ausflug zu Britta und Birger versprach ich mir Aufklärung, ohne bis zum Abend warten zu müssen.

»Kommst du in der Mittagspause mit nach Nordstrand? Ich mache dort einen Hausbesuch«, sagte ich beiläufig. Marinas Augen weiteten sich.

»Auf einem Bauernhof?«

»Jepp, ich muss mir die Lämmer anschauen.«

»Sehr gern!«

Ich hielt es für wichtig, dass Marina die beiden kennenlernte. Ganz nebenbei könnten wir auch noch plaudern. Katrin wies uns auf die wartenden Patienten hin, und wir huschten in die Behandlungsräume.

18
Alles Käse

Auf der Fahrt nach Nordstrand erzählte Marina von ihrer Arbeit in Freiburg. Dort hatte sie lange gelebt, bevor sie vor wenigen Wochen nach Nordfriesland zurückgekommen war. Begeistert schwärmte sie von der hiesigen Landschaft.

»Hier, wo der Horizont nur eine Handbreit über dem Meer steht. Wo der Friesennerz das wichtigste Kleidungsstück ist. Wo der Wind zu Stürmen heranwächst, die einem das Hirn wegpusten. Nur hier atme ich richtig durch. Gott, wie ich das alles hier vermisst habe!«

Ihre Begeisterung war ansteckend. Hätte sie mich zu Wort kommen lassen, hätte ich ihr uneingeschränkt zugestimmt. Aber auf meine Frage hin, woher sie Helge so gut kenne, wich sie mir aus, und wir schwiegen den Rest der Strecke. Mist, ich kam bei ihr einfach nicht weiter. Langsam beschlich mich das Gefühl, dass ich lieber nicht erfahren wollte, wie die beiden zueinander standen.

Ebenso ausweichend reagierte sie auf meine Frage, ob es einen Mann an ihrer Seite gebe. Mit Bezug auf den Kulttitel der Gruppe Karat meinte sie nur: »Na ja, wie heißt es so schön? Über sieben Krücken musst du gehen.«

Sie kicherte verlegen.

Ich warf ihr einen prüfenden Blick zu. »Die bist du schon gegangen, oder kommen da noch welche?«

»Irgendwann habe ich aufgehört zu zählen.«

Um ihr Vertrauen zu gewinnen, berichtete ich von Ben. Die Schwangerschaft musste ich nicht erwähnen, das hatte Helge erledigt. Ich spürte Marinas Blick auf mir ruhen.

»Du liebst ihn noch?«

Die Frage kam unvorbereitet und katapultierte die Antwort direkt in mein Herz. Ich hatte es zum Selbstschutz aufgegeben, mir über die Gefühle zu meinem Mann Gedanken zu machen. Nun bekam ich kein Wort heraus. Dieses Mal blieb ich Marina eine Antwort schuldig.

Doch sie war weniger rücksichtsvoll als ich und ließ nicht locker. »Habe ich einen wunden Punkt getroffen?«

Jetzt erst kam mir der Gedanke, dass mir mein Umgang mit allem zum Verhängnis werden könnte. Dabei war es so einfach und praktisch gewesen. Ich kümmerte mich um die Probleme anderer, um meine tierischen Patienten oder um mein Baby. Doch meinen inneren Gefühlen schenkte ich keinerlei Aufmerksamkeit.

»Ach, kaum ist Gras über eine Sache gewachsen, kommt doch glattweg eine Kuh und frisst es ab«, sagte ich tonlos.

»Oje. Die Kuh bin dann ich? Das tut mir leid, ehrlich.« Marina berührte meinen Arm. Ich streckte meinen Rücken durch.

»Schon gut, wir sind gleich da.«

Die letzten Meter drückte ich aufs Gaspedal. Fast hätte ich die Hofeinfahrt verpasst, doch mit einem scharfen Bremsmanöver lenkte ich den Wagen noch hinein. Marina grub ihre Finger in die Polster. Sie schnappte nach Luft.

»Hab ich schon erwähnt, dass ich seit einem Autounfall nicht wirklich gern Beifahrer bin?«

»Oh! Dann ist es für dich angenehmer, selbst am Steuer ...?« Marina nickte heftig. Ich gab ihr einen freundschaftlichen Stups. »Zurück fährst du.«

Schwungvoll stieg ich aus und hielt Ausschau nach den Landwirten. Gefolgt von Marina marschierte ich in die Scheune. Britta hatte ihre Lämmer, die noch keine Impfung bekommen hatten, in den Stall geführt. Sie hüpften unbedarft durch das frische Stroh. Entzückt lehnten wir uns gegen die Absperrung zur Box. Marina quietschte amüsiert.

»Die sind so niedlich, zu schade, dass sie eines Tages auf dem Grill landen«, meinte sie.

War sie Vegetarierin? Ich musste meinen Pizzabestand überprüfen, bevor sie abends zu Besuch kam. Ich könnte auch einen Lieferservice anrufen, aber bis die Pizza in Schobüll eintraf, wäre sie kalt, und lauwarme Pizza mochte ich überhaupt nicht. Also würde es besser Tiefkühlpizza geben.

»Diese hier nicht«, tönte Brittas Stimme vom Tor her. »Sie werden ausschließlich für die Produktion von Wolle gebraucht.«

Ausgelassen wie immer gesellte sie sich zu uns. Neugierig taxierte sie Marina mit Blicken. Nachdem ich die beiden einander vorgestellt hatte, plauderten sie munter drauflos. Es war nicht zu übersehen, dass sie sich auf Anhieb sympathisch waren.

Ich überließ Marina die Untersuchungen und die anschließenden Impfungen. Sie arbeitete sehr gewissenhaft. Mir gefiel, wie sie mit den Tieren umging. In diesem Moment war meine Entscheidung endgültig gefallen: Sie würde die neue Teilhaberin werden. Aber ich behielt meinen Entschluss noch für mich, ich wollte es ihr am Abend sagen. In der Zwischenzeit unterhielt ich mich mit Britta über den erfolgreichen Start ihres Hofladens. Plötzlich stieß Britta mich an.

»Du, ich glaube, wir haben es gut getroffen mit dieser Tierärztin. Helge war doch ohnehin für die Außenbezirke keine große Hilfe.«

Ihre Worte stimmten mich etwas traurig. Denn ich wusste nur zu genau, wie sehr Loni unter seinem Weggang litt. Dennoch war ich froh. Marina wurde zumindest hier angenommen. Dann würde es bei den anderen Landwirten auch klappen.

Später sah Marina sich begeistert den Hofladen an. Britta und sie wirkten schon wie langjährige Freundinnen. Sollte es wider Erwarten doch Probleme auf anderen Höfen geben, wäre Britta eine gute Fürsprecherin. Sie hatte Einfluss auf der Halbinsel Nordstrand, obwohl ihre Ziegenzucht weiterhin belächelt wurde. Marina war fast enttäuscht, als ich sie daran erinnerte, dass unsere Mittagspause endete und wir uns verabschieden mussten. Britta reichte uns zum Abschied ein doppelt belegtes Brot mit Ziegenkäse für die Rückfahrt.

Auf dem Nordstrander Damm sah Marina mich zerknirscht an. In der Hand hielt sie das Brot.

»Was ist?« Ich musste lachen. »Magst du auch keinen Ziegenkäse?«

»Mir wird davon übel.«

»Ich mag ihn auch nicht. Lass uns den Käse runternehmen, damit wir doch noch etwas zu essen haben. Das Brot ist wirklich lecker.«

Marina fand die Idee gut. Konzentriert darauf, dass keine Reste auf dem Brot zurückblieben, entfernte sie den Belag.

»Wenn wir Britta nichts davon sagen, haben wir beim nächsten Mal wieder das Problem«, meinte sie.

»Sie weiß, dass ich den Käse nicht mag, aber es gibt eine Menge Kunden, die bei so was«, ich wies auf die abgelegten Scheiben, »sterben würden vor Begeisterung.«

Marina lachte auf.

»Du bist da eher der Trüffel- und Marzipanfan, nicht wahr?« Kaum hatte sie die Worte ausgesprochen, schlug sie sich mit der Hand auf den Mund. Doch es war zu spät. Sie wusste also von meiner Freundschaft mit Olli. Meiner Meinung nach der beste Zuckerbäcker in der Umgebung. Zudem mein bester Freund.

»Gibt es eigentlich etwas, was Helge dir *nicht* erzählt hat?« Ich ärgerte mich darüber, dass Marina offenbar alles über mich wusste, ich aber nichts über sie. Ein etwas einseitiges Kennenlernen, wie ich fand.

»Kaum«, gestand sie achselzuckend.

»Helge war nie sonderlich gesprächig, wie kommt es, dass er dir so viel erzählt hat?«

Marina schwieg. Haderte sichtlich mit der Antwort.

»Wir waren ein Paar«, sagte sie dann unvermittelt. Der Wagen kam ins Schlenkern, als sie für einen Sekundenbruchteil die Kontrolle darüber verlor.

Nachdem ich den Schreck überwunden hatte, meinte ich: »Ich dachte, wenn du selbst am Steuer sitzt, geht es dir besser. Sollte das nicht auch für deine Beifahrer gelten?«

»Tut mir leid, ich ...« Sie brach ab. Sie war, wie man hier im Norden sagte, ›durch den Wind‹.

Der Wagen kam vor der Praxis zum Stehen.

»Na los, die Arbeit wartet.« Ich grinste sie an und stieg aus.

Marina hielt mich am Arm zurück. »Lief heute alles nicht so gut für uns, oder?«

»Alles bestens oder alles Käse eben.«

Ich lächelte und stieß die Tür zur Praxis auf. Als ich mich zu Marina umdrehte, huschte ein zaghaftes Lächeln über ihr Gesicht. Sie wirkte trotzdem verunsichert, was ganz und gar nicht zu meinem ersten Eindruck von ihr passte. Dass sie und Helge mal ein Paar gewesen waren, fand ich befremdlich und gleichermaßen interessant. War Helge aus diesem Grund Single?

19
Frauenabend

In der letzten Minute schneite eine Frau in die Sprechstunde. In ihrem Arm hielt sie einen Hund, der seltsam hechelte. Marina bot an, sich des Patienten anzunehmen, und schickte mich rüber ins Haus, damit ich schon mal unser Abendessen vorbereiten konnte. Normalerweise zog ich mich nicht einfach zurück, wenn ein hilfebedürftiges Tier mir Sorgen bereitete. Doch ich traute Marina durchaus zu, dass sie dieses pflichtbewusst versorgte. Ich strich dem Hund liebevoll über das Köpfchen und nickte meiner neuen Kollegin zu.

Mit einem zufriedenen Lächeln auf den Lippen wanderte ich hinüber ins Wohnhaus. Ja, Marina war die Richtige für das Team. Beschwingt fingerte ich die Schlüssel aus meiner Hosentasche und durchforstete in Gedanken den Gefrierschrank. Die Pizza mit dem extradicken Boden kam in die engere Wahl für das Abendessen mit Marina.

Da huschte ein Schatten an der Wand der Terrasse vorbei. Abrupt blieb ich stehen. Aber da bewegte sich nichts. Hatte ich mich geirrt? Wie in letzter Zeit öfter, gab ich den Hormonen die Schuld.

Jetzt sehe ich sogar Gespenster.

Ich überquerte die Rasenfläche und kürzte damit den Weg zum Hauseingang ab. Daher entdeckte ich auch erst verspätet die Person, die offenbar schon eine Weile auf mich gewartet hatte. Nelly!

Ich ging sofort in Abwehrhaltung. Trotzdem eilte sie auf mich zu. Ihr verzerrter Gesichtsausdruck zeugte davon, dass sie mit den Tränen kämpfte. Sie redete sofort drauflos.

»Hanna, ich halte das nicht mehr aus. Warum bist du nur so stur? Ich vermisse dich unendlich, aber ich kann doch nichts ungeschehen machen. Bitte verzeih mir.«

»Nelly, was soll das Ganze hier?«

»Ich will meine beste Freundin zurück!«, rief sie aufgebracht.

Verdammte Hormone. Ich hatte vorgehabt, sie weiter zappeln zu lassen. Doch meine Gefühle spielten mir einen Streich. Ich breitete die Arme aus und fing meine weinende Freundin darin auf. Schluchzend umklammerten wir einander. Der Streit war nicht mehr wichtig. Es war unendlich befreiend, sie wieder zu spüren, zu wissen, dass sie da war. Wir hatten öfter mal Meinungsverschiedenheiten ausgefochten, aber so lange hatten unsere Streitigkeiten nie angedauert. Eingehakt zog ich sie mit mir.

»Komm mit rein«, forderte ich sie auf.

Im Flur blieb sie ruckartig stehen.

»Es ist mir einfach so rausgerutscht, ich hatte nicht vor, mein Versprechen zu brechen. Aber Ben war ...« Ich legte den Zeigefinger auf meine Lippen. Sofort unterbrach sie ihren Redeschwall und sah mich mit großen Augen an.

»Belassen wir es dabei. Ich habe dich unendlich vermisst, auch wenn ich sauer war. Aber ich muss wissen, dass ich mich ab sofort uneingeschränkt auf dich verlassen kann. Lügen gehören einfach nicht zu einer Freundschaft.«

Nelly holte tief Luft. »Ich habe doch nicht gelogen.«

»Doch, du hast mir versprochen nicht zu plaudern. Und das hat sich als Lüge erwiesen.«

Ich befürchtete, dass sie weiter protestieren und wir erneut streiten würden, daher erzählte ich ihr im Schnelldurchlauf, wie es mir in der Zwischenzeit ergangen war. Ich lud sie herzlich ein, mit Marina und mir eine Pizza zu essen.

»Helge ist einfach verschwunden?«, hakte Nelly nach. »Aber warum?«

»Es hat mit seinen Eltern zu tun, mehr kann ich dir nicht sagen.«

Sie legte den Kopf schief.

»Du kannst nicht oder du willst nicht?«

»Von beidem etwas.« Ich seufzte. »Ich muss mich jetzt um das Abendessen kümmern. Der Tag war lang, und ich habe noch nicht viel zwischen die Zähne bekommen.«

»Wie geht es deinem hungernden Baby damit?« Sie grinste mich an.

»Ihr geht es gut«, erwiderte ich.

»Bist du bloß überzeugt, dass es ein Mädchen ist, oder weißt du es?« Nelly zappelte ungeduldig herum.

»Beides.« Ich lachte ausgelassen. Dabei riss ich den Gefrierschrank auf und förderte drei Pizzas zutage. Nelly beäugte kritisch die bunten Verpackungen.

»Für mich bitte nicht, ich vertrage seit Neustem keine Teigwaren. Außerdem muss ich auf meine Figur achten, ich habe leider nicht deine Lizenz zum Dickwerden.«

Ich kannte meine Freundin in- und auswendig: Wenn die Pizza erst einmal auf dem Tisch war, würde sie nicht widerstehen können. Kommentarlos legte ich alle drei in den Backofen. Unterdessen reagierte Nelly auf das Klingeln an der Tür und ging hin, um Marina zu öffnen. Ich hätte etwas Befangenheit zwischen ihnen erwartet, aber sie quatschten schon auf dem Weg zur Küche ohne Punkt und Komma. Ich deckte im Esszimmer den Tisch und stellte Weingläser dazu. Für mich gab es Traubensaft, den Wein für die anderen beiden holte ich aus dem Keller. Als ich zurückkam, schauten sie schmachtend in den Backofen, aus dem es inzwischen himmlisch duftete.

»Boah … mir läuft das Wasser im Mund zusammen.« Marina stöhnte, die, soviel ich wusste, sogar noch weniger gegessen hatte als ich.

Mit meiner Vermutung, Nelly würde die Pizza verschlingen, hatte ich vollkommen richtig gelegen. Wir aßen mit den Fingern und plauderten ununterbrochen. Nelly platzte schon nach wenigen Minuten mit der Frage heraus, woher Marina Helge kannte. Sie redete eben nie um den heißen Brei herum. Marina warf mir einen prüfenden Blick zu. Mit einem leichten Nicken gab ich ihr zu verstehen, dass wir offen reden konnten.

»Wir kennen uns von der Schule her«, sagte sie. »Er war meine erste große Liebe, und wir waren viele Jahre mehr oder weniger ein Paar, bis ich nach Freiburg zog.«

Wie vom Donner gerührt, starrten wir Marina an. Nelly fand aber schnell zurück in den Plaudermodus. »Krass!«

»Es ist lange her, aber wir halten seitdem freundschaftlichen Kontakt, bis heute.« Marina knetete an ihren Fingern herum, dabei sah sie mich flehend an. Offensichtlich befürchtete sie, ich könnte mir eine Teilhaberschaft unter diesen Umständen nicht vorstellen. Aber da irrte sie sich gewaltig. Noch hielt ich mit meiner Entscheidung allerdings hinterm Berg.

»Warum ist aus eurer Liebe nichts Dauerhaftes geworden?«, fragte Nelly, die Liebesgeschichten genauso verschlang wie Pizzas.

Marina lachte verlegen. »Nun, wir waren einfach zu jung. Unsere Wege verliefen in entgegengesetzte Richtungen. Mit der Veterinärmedizin hatte ich damals noch nichts am Hut. Das kam erst viel später. Dann habe ich meinen heutigen Ex-Mann kennengelernt. Mit Helge verbindet mich lediglich die Vergangenheit, die aber ohne Frage schön war. Nach kurzer Kontaktpause wurden wir gute Freunde.«

»Siehst du, Hanna, vielleicht wird Ben auch einmal dein Freund, mit dem du euer Kind großziehen kannst«, meinte Nelly. Und fing sich einen Tritt gegen ihr Schienbein ein.

»Helge hat sich in dich verliebt, Hanna«, sagte Marina und sah mich nahezu vorwurfsvoll an.

»Ist ja krass, was Helge dir alles anvertraut!«, entfuhr es Nelly.

»Tief in seinem Innersten ist Helge ein trauriger Mann. Er hat immer gespürt, dass er nicht so ganz zu seinen Eltern gehörte. Die Wahrheit hat nur seinen Verdacht bestätigt.«

»Weißt du, wie er davon erfahren hat?«, fragte ich.

»Nein. Aber vermutlich hat er Unterlagen gefunden, die ihn darauf kommen ließen.«

»Das muss schrecklich sein, wenn die Mutter gar nicht die richtige ist«, warf Nelly betroffen ein.

»Aber Loni liebt ihn und wird immer seine Mutter bleiben!«, rief ich entrüstet. Marina hob die Hände zur Beschwichtigung.

»Ich glaube, er wird zurückkommen, wenn er seine Wunden geleckt hat. Aber er braucht Zeit zum Nachdenken. Ist doch logisch, findest du nicht?« Marina wandte sich an Nelly, die nachdenklich nickte.

Ich legte meine Hände auf den Bauch und lehnte mich im Stuhl zurück.

»Lasst uns von anderen Dingen sprechen. Mir wird das alles zu tragisch und schwer«, sagte ich deutlich.

»Einverstanden«, meinte Marina. »Worüber wollen wir denn reden?«

Ich schmunzelte über ihren Eifer und beschloss sie nicht länger zappeln zu lassen. »Über deine berufliche Zukunft.«

Marinas Wangen röteten sich. »Die wo liegen wird?«

Ich sah, wie sie die Luft anhielt.

»Wenn du immer noch willst, gern in *unserer* Praxis.«

Marina riss die Arme hoch und jubelte ausgelassen. Dann sprang sie auf und umarmte mich.

»Hey, das ist *meine* Freundin«, grummelte Nelly, aber fiel dann in unser Lachen ein. Ein befreiendes erleichtertes Gackern, das alle Schwermut aus uns herausspülte.

20
Zwei Monate später

Helge vergrub sich weiterhin in Spanien, ohne ein Lebenszeichen von sich zu geben. Loni verhielt sich gefasst, aber beim genauen Hinsehen war ihre Verzweiflung unverkennbar. Helmuts Gemütsschwankungen waren schwer zu ertragen. Sein Wesen hatte sich drastisch verändert. Nie zuvor war er aggressiv geworden, doch nun musste Loni ständig auf der Hut sein. In einem Moment konnte er lieb und anhänglich sein, im nächsten brüllte er und warf mit Gegenständen um sich. Lange würde Loni nicht mehr damit fertigwerden. Bald brauchte sie eine professionelle Pflegehilfe, wenn nicht gar ein Pflegeheim für ihren Mann.

Sooft ich es einzurichten vermochte, besuchte ich die beiden. Helmut hatte immer seltener helle Momente, aber wenn sie mal eintraten, konnte Loni endlich eine Verschnaufpause einlegen. Dann nutzte sie die Chance, um mit ihrem Mann wie früher Unterhaltungen zu führen. Für Helmut wiederum waren diese Besuche aus einer fernen Welt schmerzhaft. Das Bewusstsein, seiner Frau das Leben zu erschweren, trieb ihm Tränen in die Augen. Er flehte Loni an, ihn in ein Pflegeheim zu schicken. Sie wurde dann wütend und beteuerte, ihn niemals aufzugeben. Diese zwei hatten das Rezept für die Liebe zweifellos gefunden. Doch ich befürchtete, dass Lonis Gesundheit zunehmend unter der Situation litt.

Ich hatte inzwischen reichlich an Gewicht zugelegt. Die kleine Wölbung in meiner Körpermitte war nicht mehr zu übersehen. Zeitweise hatte ich das Gefühl, als würden Schmetterlinge mein Innerstes mit ihren zarten Flügelschlägen erfüllen. Doktor Tanja Lassen meinte, das seien die Bewegungen der kleinen Maus. An den Wochenenden nutzte ich die Zeit, um das Anklopfen meines Babys zu genießen. Ich lag dann auf dem Rücken und freute mich über jede Berührung an der Bauchdecke. Jetzt waren unsere Zwiegespräche weniger einseitig, und Glücksgefühle durchströmten mich. Ich nutzte jeder freie Minute, um im Spätsommer mit ihr spazieren zu gehen. Es war ungewöhnlich warm für die Jahreszeit, was in Norddeutschland recht selten vorkam.

Am Samstagmorgen wurde ich unsanft durch das Klingeln meines Handys geweckt. Ich lächelte, denn ich vermutete, dass Olli anrief. Er hatte sich als treuer Freund erwiesen, der mir zuhörte und verständnisvolle Ratschläge gab, wenn ich sie brauchte. Wir trafen uns regelmäßig. Dabei gab er mir ein Gefühl von Sicherheit, das ich mehr und mehr benötigte. Die Hormone spielten mir immer wieder Streiche und brachten mich dazu, an mir zu zweifeln. Olli ließ so etwas nicht zu. Er verpasste mir dann den symbolischen Tritt in den Hintern, um mich zurück auf die richtige Spur zu katapultieren. Am liebsten war mir dabei, wenn er den Tritt mit Marzipan und Trüffeln versüßte, aber ohne Alkohol.

»Guten Morgen«, murmelte ich schlaftrunken ins Handy.

»Guten Morgen«, raunte eine lange nicht mehr gehörte, aber vertraute Stimme. Schlagartig war ich hellwach. Ben klang zwar ungewohnt heiser, aber ich hätte seine Stimme unter tausend anderen erkannt. Ich bekam keinen Ton heraus, sondern starrte hoch zur Zimmerdecke und lauschte seinen Atemzügen. »Störe ich?«, fragte er schließlich.

Mit einem Satz saß ich senkrecht im Bett.

»Nein, nein«, stotterte ich befangen.

»Wie geht es dir?«

188

Mein Atem ging stoßweise, und ich hoffte, Ben würde es nicht mitbekommen.

»Mir geht es gut«, presste ich hervor. Unser Mädchen schickte mir in diesem Augenblick kräftige Flügelschläge, ja es machte regelrecht auf sich aufmerksam. Spürte es etwa, dass Ben da war? In Wirklichkeit war er natürlich nicht bei uns, aber er suchte zumindest Kontakt zu seinen beiden Frauen. Mein Herz klopfte bis zum Hals, als ich fragte: »Ben, willst du mit unserem Baby sprechen?«

Er lachte leise. »Du glaubst, er versteht mich?«

»Sie«, fiel ich ihm ins Wort. »Ja, ich glaube, sie spürt dich. Warte, ich stelle auf Lautsprecher und lege das Handy auf meinen Bauch. Willst du?«

»Unbedingt.« Ich hörte ihn atmen. Unvermutet sagte er: »Danke, Hanna.«

Rasch betätigte ich die Lautsprechertaste.

»Hier ist sie.«

Und er fing tatsächlich an, mit meinem Bauch zu reden. Verwirrt stellte ich fest, wie warm mir dabei wurde. Ben sprach sanft, leise und zärtlich zu der Kleinen. Wohltuende Wärme strömte durch meine Adern, und ich fühlte mich geborgen wie lange nicht mehr.

»Sie freut sich, dass du mit ihr sprichst«, sagte ich bewegt. »Sie strampelt so kräftig wie noch nie zuvor.«

Ben lachte leise. »Ich glaube, ich merke es fast.«

Dann schwiegen wir befangen. Unser Baby brachte uns einander näher, aber immer noch lag viel Unausgesprochenes zwischen uns.

»Ist es für dich okay? Ich meine, ein Baby zu erwarten? Das war doch nie ein Thema zwischen uns, oder irre ich mich?«

»Nein, du irrst dich nicht. Ich hätte nie geahnt, dass mich ein Kind glücklich machen würde. Aber ... Ben ... Es ist wirklich so.«

Am liebsten hätte ich ihn angefleht, nach Hause zu kommen. Der Wunsch, dass er neben mir liegen und zart die Hand auf meinen Bauch legen möge, war nie stärker als in diesem Augenblick. Ich wollte, dass er mich küsste und mir wie früher einen Tee ans Bett brachte. Ich vermisste sogar die Bartstoppeln, die morgens meine Wangen kratzten. Die Sehnsucht nach ihm zerrte an meiner Seele. Doch ich beherrschte mich und sagte etwas anderes.

»Du scheinst in London gut im Geschäft zu sein. Willst du für immer dortbleiben?« Mein Herz hämmerte in meiner Brust aus Angst vor der Antwort.

»Hanna, sag du mir, was du dir wünschst.« Verflixt, ich brachte die Worte nicht über meine Lippen. Ich öffnete den Mund, bekam aber keine Silbe hervor. »Hanna?«

»Ich bin hier«, piepste ich. Mit dem Handy auf meinem Bauch. »Es stellt sich nicht nur die Frage, was ich möchte«, sagte ich schließlich stockend. »Was ist mit dir?«

Ben zog hörbar die Luft ein. »Ich habe in der Vergangenheit viele Fehler gemacht. Sonderbar, aber erst wenn man einen Menschen verliert, wird einem klar, wie wichtig er war.«

Ich griff nach dem Handy und presste es mir ans Ohr. Hatte ich das richtig verstanden? Er vermisste mich? Derart sanft und gefühlvoll hatte ich ihn schon lange nicht mehr reden hören. Er hatte seinen inneren Anwalt im Gericht gelassen. Hatte unsere Ehe doch noch eine Chance? Ich nahm allen Mut zusammen.

»Warum so spät, Ben? Du hast bisher nie den Eindruck gemacht, dass dir das Ende unserer Ehe zusetzt.«

»Ich dachte, du kennst mich besser«, erwiderte er traurig.

»Ich kenne dich schon lange nicht mehr, du hast dich sehr verändert. Du benimmst dich mir gegenüber unnahbar und ignorant.« Ich kämpfte mit den Tränen. Ein Telefongespräch war wahrhaftig kein guter Weg, um Eheprobleme zu diskutieren. Aber Ben war in England. Weg aus Nordfriesland. Und wie es aussah, lag es an mir, ihn zur Rückkehr zu bewegen. Ich bekam es mit der Angst zu tun.

»Schwirrt dieser Doktor Petersen weiter um dich rum?«, fragte er plötzlich.

Dies war der Moment, als ich wütend wurde. Nicht zuletzt, weil die Erinnerung zurückkam, dass Ben seine Veronika nach England mitgenommen hatte. Könnte es sein, dass die beiden mein Baby zu sich holen wollten?

»Im Gegensatz zu dir nehme ich zumindest niemanden ins Ausland mit!« Ich spuckte die Worte förmlich aus. Das zarte junge Pflänzchen des Vertrauens wurde mitsamt der Wurzel aus dem Boden gerissen.

»Ich verstehe nicht, was du mir damit sagen willst. Klärst du mich bitte auf?«

Ich tigerte barfuß im Schlafzimmer auf und ab. Was dachte er sich dabei? Wenn ihm nicht klar war, dass ich gesehen hatte, mit wem er nach England gereist war, wäre jetzt die ideale Gelegenheit, mir reinen Wein einzuschenken. Doch auch jetzt erwähnte er Veronika mit keiner Silbe. Als ich eisern schwieg, stöhnte er nur genervt.

»Wie auch immer, ich bin nächsten Monat zurück. Ich habe mir eine Wohnung in der Innenstadt gemietet. Nur wenige Schritte von der Kanzlei entfernt. Ich überlasse dir das Haus, damit du mit unserem Kind dort wohnen kannst. Alles Weitere wird sich zeigen.«

Ben hatte also nicht vor, in England zu bleiben. Ich war irgendwie erleichtert, aber auch besorgt, wie wir damit umgehen würden.

»Okay«, sagte ich gedehnt.

»Hanna?«

»Ja?«

»Darf ich wieder anrufen?«

»Ja«, hauchte ich.

Ich war wütend auf ihn, schaffte es aber trotzdem nicht, das Gespräch zu beenden. Ben nahm mir die Entscheidung ab.

»Bis dann, Hanna, und passt auf euch auf.«

Gefrustet warf ich das Handy aufs Bett und begab mich ins Bad.

Nach einer heißen Dusche fühlte ich mich etwas besser. Doch die Grübeleien über meine Ehe ließen mir keine Ruhe. Ben hatte sich zwar gemeldet, und am Anfang war das Telefonat auch vielversprechend gewesen, aber geendet hatte es mehr als deprimierend. Wir waren mit unseren Problemen wieder dort gelandet, wo wir schon mal gewesen waren. Ein Schritt vor und zwei zurück.

Olli erwies sich als Retter in der Not. Unerwartet klingelte er an der Tür. Im Gepäck jede Menge Marzipan in maritimer Ausführung. Ein Anker, ein Herz und ein Kreuz.

»Glaube, Liebe, Hoffnung, das bedeuten die Symbole. Ich hoffe, ich bin nicht zu spät«, witzelte er. Dabei ahnte er nicht, wie sehr er ins Schwarze traf. Es war eindeutig zu spät. Zumindest für Ben und mich.

»Wie immer der Witzbold vom Dienst«, sagte ich freudlos und nahm ihm die Süßigkeiten ab.

Olli sah mich irritiert an. »Hab ich was verpasst? Ist gerade eben die Welt untergegangen oder Schlimmeres?«

Ich zuckte hilflos die Achseln. »Ben hat angerufen.«

»Ach so, und das war falsch?«

»Nein, natürlich nicht, aber es endete nicht gerade schön.«

Olli zog mich in seine Arme. »Das tut mir leid, Süße. Magst du erzählen, was vorgefallen ist?«

Und wie ich mochte. Olli bot sich als Kummerkasten an.

Ich hockte mit angezogenen Knien auf dem Sofa, Olli saß mir zu Füßen auf dem Teppich.

»Mist«, zischte er, als ich fertig mit Erzählen war. »Warum kann bei dir nicht auch mal etwas glattgehen? Aber ich finde trotzdem, dass es ein guter Ansatz war, eure Ehe neu aufleben zu lassen.«

»Ein sehr dürftiger Ansatz, mit ungutem Ausgang. Ich glaube, wir schaffen den Sprung nicht mehr.«

Er schaute mir fest in die Augen.

»Du musst es wollen und vor allem daran glauben.« Dann schob er mir das Herz aus Marzipan in den Mund. »Auf der Zunge zergehen lassen«, erinnerte er mich fürsorglich.

»Schmeckt irgendwie bitter«, murmelte ich mit vollem Mund.

Olli lachte. »Quatsch, du hast noch Galle auf der Zunge.«

Mir wurde speiübel. Ich hielt ihm den Anker hin. »Probiere doch selbst.«

Olli zögerte, weil er sein Mitbringsel nicht aufessen wollte. Ich ermunterte ihn. Olli kaute nicht lange darauf herum, sondern spuckte das Naschwerk gleich aus.

»Pfui Teufel!«, rief er aus. »Ich muss mich bei den Zutaten vergriffen haben.«

Kichernd warf ich mich zur Seite. Aber dann kam mir ein Gedanke, der mich schnell ernüchterte. »Bedeutet das etwa, die gesamte Ware ist verdorben?«

Olli raufte sich die langen Haare. »Das Wochenende kann ich vergessen. Wenn ich dieses Zeug am Montag an den Mann bringe, kann ich die Backstube schießen.«

Entsetzt starrte ich ihn an.

»Sag mir sofort, was ich hier gerade esse.« Doch ich wartete seine Antwort nicht ab, sondern rannte ins Bad, um den Rest in die Toilette zu spucken. Als ich zurückkam, sah Olli mich mit hängenden Schultern an.

»Ich muss in die Backstube. Ausgerechnet für diese Kreation habe ich am Montag Angebote erstellt. Die Leute werden mir die Bude einlaufen. Wochenende ade.«

»Ich kann dir helfen.«

»Du solltest dich nach deiner Arbeitswoche ausruhen«, sagte er zweifelnd.

Ich winkte ab. »Bei dir in der Backstube kann ich mich am besten ablenken. Nach dem Telefonat mit Ben kreisen die Gedanken im Turbogang durch mein Gehirn. Ich helfe dir gern.«

Ein Leuchten erhellte Ollis Gesicht. »Wenn ich ehrlich sein soll, freue ich mich darüber.«

»Na dann, lass uns losgehen.«

Die saubere Backstube lag im Dunkeln, bis Olli die Lichtschalter betätigte und alle LED-Leuchtmittel aufblitzten.

»Weißt du denn, wie das passieren konnte?«, fragte ich besorgt. Eine weitere Ladung bitteres Marzipan zu produzieren war wenig sinnvoll.

»Leider ja – oder vielleicht zum Glück. Ich habe aus Versehen Bitterkonzentrat statt Bittermandeln verwendet. Ich stelle die Zutaten besser weit auseinander.« Er grinste verlegen. »Danke für deine Hilfe.«

»Wo soll ich anfangen?«

»Als Erstes kochst du uns einen Tee.«

Ich zog die Brauen hoch.

»Tee kochen«, erwiderte ich trocken. Da kam mir gleich wieder Bens Sekretärin in den Sinn. Olli nahm mein Gesicht in beide Hände und stupste seine Nase gegen meine.

»Ich weiß, du kannst weitaus mehr, als Tee zu kochen. Aber die grobe Vorarbeit erledige ich.«

Treuherzig sah ich in seine Augen und seufzte theatralisch.

»Du wärst ein ausgezeichneter Ehemann.« Es war mir nur so rausgerutscht, aber auf Olli wirkte die Aussage offenbar alarmierend. Abrupt ließ er von mir ab. Ich kicherte albern. »Nicht dein Thema, ich weiß. Sexobjekt wäre dir lieber, nicht wahr?«

Sofort wurden seine Gesichtszüge weich, und er setzte einen Dackelblick auf.

»Du weißt, dass ich scharf auf dich bin.« Jetzt lachte er unbeschwert. In den vergangenen Monaten war diese Art Scherze zwischen uns Alltag geworden. Keiner war dem anderen böse. Wir hatten die Basis unserer Freundschaft gefunden, daran gab es nichts zu rütteln.

»Ich gehe mal besser in die Küche, bevor du über mich herfällst«, zwitscherte ich keck.

Ich stöberte durch die Teesorten und entschied mich für einen Friesentee. Den mochten wir beide. Gedankenverloren lauschte ich dem lauter werdenden Wasserkocher. Dabei dachte ich unweigerlich wieder an das Telefonat mit Ben. Warum war nur alles so kompliziert? Ich sehnte mich nach seiner Umarmung, seinen warmen Blicken, aber sie gehörten einer vergangenen Zeit an. Wie ich vermutete, freute sich jetzt Veronika Steinhammer darüber.

Ich zuckte heftig zusammen, als der Wasserkocher mit einem Klicken den Kochvorgang beendete. Ich rieb mir die Augen. Dann ließ ich den Teebeutel in die Kanne fallen und goss heißes Wasser hinterher. Frustriert starrte ich auf den Teebeutel, der erst versank und dann wieder an die Oberfläche schwamm. Ich schüttelte fassungslos den Kopf.

»Selbst dafür bin ich zu blöd.«

»Du gehst aber hart mit dir ins Gericht«, riss Ollis Stimme mich aus der Lethargie. Abermals ging ein Zucken durch meinen Körper. Meine Nerven lagen irgendwie blank.

Besorgt sah mein Freund mich an. »Kleines, du bist urlaubsreif, du solltest nicht hier in der Backstube arbeiten, sondern dich ausruhen. Allein schon deinem Baby zuliebe.«

Ich gab mir Mühe, ein Lächeln zustande zu bringen, aber es misslang.

»Mag sein, aber ich möchte nicht zu Hause rumhängen, dabei entstehen doch nur noch mehr trübe Gedanken.«

Mit zwei Bechern bewaffnet, bewegte ich mich in die Backstube. Olli folgte mir mit der Kanne.

»Wo soll ich anfangen?« Inzwischen hatte ich meine Stimme wieder im Griff.

»Beim Teetrinken«, ordnete der Zuckerbäcker aus Leidenschaft an. »Ich muss erst die Masse herstellen, danach kannst du deiner Kreativität freien Lauf lassen.«

Ich kicherte.

»Das könnte teuer für dich werden«, warnte ich.

»Du wirst mich schon nicht ruinieren.« Er rieb sich die Hände, bevor er mit der Herstellung begann.

»Sag mal, wozu benötigst du diesen scheußlichen Bitter... was?«

»Bitterstoff«, half er mir bei der Wortfindung. »Damit ich meinen Heißhunger auf Süßes besser eindämmen kann.«

»Ach, das hilft?«

»Ja, schließlich will ich nicht irgendwann aussehen wie du.« Er wich mir lachend aus, damit ich ihn nicht zwicken konnte. Meine Empörung war aber nur Spaß, denn ich freute mich tatsächlich auf den Zeitpunkt, wenn ich meine Füße nur noch in einem bodentiefen Spiegel sehen würde.

Olli legte die fertige Marzipanmasse auf die Arbeitsplatte. Wie aus diesem Klumpen die kleinen Anker, Herzen und Kreuze werden sollten, war mir ein Rätsel. Olli hatte sichtlich Übung darin, mit flinken Fingern brachte er die Masse in Form. Vorsichtig nahm ich mir ein Stück und rollte es zwischen den Handflächen. Aber ich merkte schnell, dass ich mich einfach zu ungeschickt anstellte, und überließ Olli die Arbeit. Mit etwas Glück würde ich runde Marzipankartoffeln hinbekommen. Allmählich fühlte ich mich überflüssig, denn eine richtige Aufgabe, abgesehen vom Teekochen, blieb für mich nicht übrig.

Olli grinste mich an. »Warte, ich habe gleich etwas für dich. Drüben auf dem Herd findest du Töpfe, daneben liegt die Schokolade. Würdest du die bitte im Wasserbad schmelzen?«

Endlich konnte ich mich nützlich machen. Olli hatte die Blockschokolade bereits geraspelt, so musste ich sie nur auf die Schüsseln verteilen und das Wasser erhitzen. Danach ging ich wieder zu Olli hinüber und staunte nicht schlecht. In Windeseile formte er ansehnliche Figuren aus der Masse. Alles Handarbeit, keine vorgefertigten Förmchen. Kein Wunder, dass er verzweifelt aufgestöhnt hatte, als er erkannt hatte, dass die ganze Produktion wegen einer einzigen falschen Zutat zunichtegemacht worden war. Ich war auf jeden Fall nicht in der Lage, diese Kunstwerke nachzubilden.

Er bat mich, die flüssige Schokolade zu holen. Jetzt war ich an der Reihe. Ich zog die Kunstwerke im wahrsten Sinne des Wortes durch den Kakao. Olli probierte vorsichtshalber noch einmal, um sicherzustellen, dass nun wirklich nichts schiefgegangen war. Seinem verklärten Blick zufolge war alles in bester Ordnung. Ich musste über seinen Gesichtsausdruck lachen, denn er war seinen Süßwaren leidenschaftlich verfallen. Kein Wunder, dass er sich um seine Figur sorgte. Müsste ich mich täglich vor diesen köstlichen Kunstwerken aufhalten, könnte ich der Versuchung auch nicht widerstehen.

21
Ich lass dich nicht gehen

Nachdem wir die Backstube aufgeräumt hatten, fuhr Olli mich nach Hause. Nur widerwillig gestand ich mir ein, dass ich erschöpft war. Ich war doch vor der Schwangerschaft nicht so eine Memme gewesen. Doch es war ein schöner Tag gewesen, abgesehen vom Ende des Telefonats mit Ben. Olli umarmte mich zum Abschied.

»Holen wir morgen nach, was wir heute nicht geschafft haben?«, fragte er, bevor ich aus seinem Wagen stieg. Ich zögerte. Ich hatte große Lust, mit ihm den Tag unbeschwert und leicht zu verbringen. Aber ich entschied mich anders.

»Sorry, aber ich habe Loni versprochen vorbeizuschauen und möchte sie nicht enttäuschen.«

Er drückte mich noch einmal an sich.

»Schade. Dann ein andermal.«

»Es war ein schöner Tag, danke«, erwiderte ich und sprang aus dem Auto, denn ich spürte Tränen hochkommen. Verdammte Hormone. Ich hatte keine Ahnung, warum mir gerade zum Heulen zumute war.

»Hey Hanna, was ist?« Besorgt sah er mich durch das geöffnete Fenster an.

»Ach nichts, die Hormone ...« Ich winkte ihm noch mal zu, dann verschwand ich eilig im Haus.

Die Ruhe im Inneren erfüllte mich weiterhin mit tiefer Traurigkeit. Anstatt mir das langweilige Samstagabendprogramm im Fernsehen reinzuziehen, begab ich mich ins Schlafzimmer und versuchte in einem Buch zu lesen. Es gelang mir nur bedingt. Irgendwann schlief ich mit dem Buch im Arm ein und träumte vom Glück.

Am Sonntagmorgen erwachte ich einigermaßen ausgeschlafen und fuhr nach dem Frühstück zu Loni und Helmut. Ich überlegte, mich am Nachmittag mit Nelly zu verabreden. Wir sahen uns momentan sehr selten, was daran lag, dass wir beide viel Arbeit hatten. Ich wählte über die Freisprechanlage im Auto ihre Nummer.

»Guten Morgen«, murmelte meine Freundin schlaftrunken.

»Hey Süße, entschuldige, verschläfst du den Sonntag?«, rief ich gut gelaunt ins Telefon.

»Warum bist du schon so früh wach?« Vorwurf schwang in ihrer Stimme mit.

Ich lachte. »Es ist elf Uhr, da kann ich nicht mehr im Bett liegen.«

»Seit wann das denn? Bereitest du dich aufs Muttersein vor?«

Ich kicherte. »Kann gut sein. Wollen wir uns heute Nachmittag sehen? Ich vermisse dich.«

Nelly stöhnte auf.

»Tut mir furchtbar leid, aber ich bin bereits verabredet.« Mehr sagte sie nicht dazu. Das konnte nur bedeuten, dass sie sich mit einem Mann treffen würde.

»Raus mit der Sprache, wer ist es?«

»Mensch, warum weißt du immer ganz genau, was ich dir eigentlich verheimlichen will?«

»Wir hatten doch sowieso vereinbart, keine Geheimnisse mehr voreinander zu haben«, erinnerte ich sie.

»Stimmt, aber es muss doch auch Ausnahmen geben«, jammerte meine Freundin.

»Ach so.« Ich war enttäuscht und ließ das auch in meiner Stimme durchklingen.

»Na ja, ich habe ein Date.«

Ich schlug mir übermütig auf die Oberschenkel. »Du? Also doch.«

»Hallo! Was soll das denn nun wieder? Warum nicht ich?« Sie war offenbar auf einmal hellwach.

»Du behauptest doch immer, dass die Männer dir gestohlen bleiben können.«

»Aber wenn der richtige kommt ...«

Ich kreischte auf vor Freude. »Nelly!!! Das ist doch wundervoll, ich wünsche dir viel Spaß! Und spätestens morgen Abend telefonieren wir. Bitte. Ich platze vor Neugier.«

Nelly lachte nervös.

»Mal sehen, ich möchte noch schlafen«, meinte sie, aber ich glaubte ihr kein Wort. Schmunzelnd verabschiedete ich mich von ihr. Ich vermutete, dass sie ziemlich kopflos war, denn sie hatte sich nicht nach ihrem Patenkind erkundigt, das tat sie für gewöhnlich immer.

Ich lenkte den Wagen auf den Hof der Petersens. Molly trottete mir freudig entgegen. Ich begrüßte sie ausgiebig, bevor ich ins Haus ging. Die Hündin legte sich zurück auf ihren Lieblingsplatz unter dem Baum. Zumindest sie hatte den Weg zur Normalität wiedergefunden. Loni traf ich in der Küche auf einem Stuhl hockend an. Sie wirkte erschöpft und ratlos. Angestrengt lächelte sie mich an.

»Hanna, wie schön, du bist schon da.« Umständlich erhob sie sich und schloss mich in die Arme. »Ach Liebes, ich vermisse meinen Sohn so sehr.« Sie schluchzte auf. Ich hielt sie fest.

»Ich weiß«, flüsterte ich. »Wie geht es Helmut?« Loni schüttelte nur den Kopf.

Verdammter Mist, fluchte ich innerlich. Die beiden gingen hier zugrunde, und nichts konnte etwas daran ändern. Ich griff nach ihren Schultern, schob sie etwas von mir und sah sie eindringlich an.

»Loni, du musst Helmut in professionelle Pflege geben, sonst gehst du kaputt. Damit ist niemandem geholfen.«

»Nein!«, rief sie laut. »Das kommt nicht –«

Ich schüttelte sie sanft und unterbrach sie.

»Nur vorübergehend, bis du dich ein wenig erholt hast. Du brauchst eine Pause.«

»Er wird keinen Platz bekommen und selbst wenn, würde ich hier nur mit einem schlechten Gewissen rumsitzen. Ich will das nicht.«

»Kurzzeitpflegeplätze gibt es immer. Soll ich mich mal für euch erkundigen?«

Loni starrte ins Leere.

»Nur für kurze Zeit?«, fragte sie schließlich und sah unsicher zu mir hoch.

»Einen Versuch wäre es doch wert, oder?«

»Ich könnte meine Schwester besuchen«, überlegte sie laut.

»Loni, du kannst nicht eine Pflege mit der anderen tauschen. Du brauchst Urlaub.«

Jetzt sah sie mich mit schimmernden Augen an.

»Frieda geht es inzwischen viel besser, die Chemo ist abgeschlossen, sogar ihre Haare wachsen wieder.«

Ich haderte damit, Loni nach Frankfurt reisen zu lassen. Letztlich hatte ich keinen Einfluss auf ihre Entscheidungen. Ich versuchte es trotzdem.

»Wie wäre es, wenn du dir eine Woche Erholung hier zu Hause gönnst und dann zu Frieda fährst? Ich mache mir wirklich Sorgen um dich.«

Lonis verhaltenes Nicken war der Beweis dafür, dass sie mit ihren Kräften am Ende war. Sonst hätte sie nie so schnell eingelenkt. Ich hatte schon öfter versucht, sie von einem Heimplatz für Helmut zu überzeugen. Nie hatte ich es geschafft, sie auch nur dazu zu bewegen, darüber nachzudenken. Ich sah mich um.

»Wo ist Helmut jetzt?«

»Er liegt im Bett, er schläft neuerdings viel. Dann habe ich immer Gelegenheit, an unseren Sohn zu denken und für ihn zu beten.«

Ich nahm ihre Hand. »Er wird sich sicher bald melden.«

»Da kennst du Helge aber schlecht. Wenn er eine Entscheidung getroffen hat, bleibt er dabei. Aber erzähl, wie geht es dir? Mit dem Baby ist alles in Ordnung, wie ich annehme?« Ihre Gesichtszüge wurden weich.

»Ja, ihr geht es gut.«

Loni stutzte.

»Du bist immer noch davon überzeugt, ein Mädchen zu bekommen? Was ist, wenn es dann doch ein Junge wird?«

»Ich weiß es einfach. Aber wenn ich mich täusche, freue ich mich natürlich auch über einen Jungen«, versprach ich der besorgten Loni. Ich hatte Frau Doktor Lassen gebeten mir nichts zu verraten. Denn ich wollte überrascht werden, obwohl mir mein Gefühl sagte, dass ich ein Mädchen bekam.

»Dann ist es ja gut. Ich glaube nämlich …« Ich verzog den Mund, und sie verstummte sofort.

Ich überlegte, ob ich ihr von Bens Anruf erzählen sollte. Loni mit meinen Problemen zu belasten erschien mir nicht fair. Aber dann platzte es doch aus mir heraus: »Ben hat angerufen.«

Loni richtete sich auf. Nun war es an ihr, meine Hand zu ergreifen.

»Und? Konntet ihr reden?«

Ich grinste schief. »Er hat mit meinem Bauch gesprochen, damit unser Mädchen ihn hören konnte.«

Mir war das ein wenig unangenehm, aber Loni lächelte zufrieden.

»Wie süß!«, rief sie aus. »Einen größeren Liebesbeweis kann es doch nicht geben.«

Stirnrunzelnd sah ich meine Freundin an. »Findest du?«

Ich zweifelte daran. Obwohl ich selbst sehr gerührt gewesen war. Aber dann war mir diese Veronika wieder eingefallen.

»Sicher, was sonst?« Loni lächelte versonnen. »Ach, als Helge noch klein war, habe ich jede Minute mit ihm verbracht. Er war so ein Sonnenschein«, sagte sie verträumt. Sofort fing sie sich wieder und verstummte.

Ich gluckste jedoch. »Er ist immer noch ein Sonnenschein und eine Schnitte dazu.«

»Aber du liebst ihn nicht?« Ihr Blick bohrte sich in meinen.

»Ich habe es eine Zeitlang gedacht, nachdem ich ihm am Flughafen durch die Glasscheibe habe weggehen sehen. Ich war sehr traurig. Aber überleg doch mal – wenn er bei jeder Kleinigkeit die Flucht ergreift, ist er bestimmt nicht der Richtige für mich.«

»Ich kann ihn gut verstehen, schließlich haben wir ihn jahrelang angelogen.«

»Nicht angelogen«, korrigierte ich sie. »Verschwiegen habt ihr ihm allerdings einiges. Trotzdem hat er eine liebevolle Kindheit erleben dürfen.«

»Du liebst deinen Ben immer noch, nicht wahr?«, fragte sie. Offenbar wollte sie nicht über Helge diskutieren.

Ich schluckte. »Ich fürchte, ja. Jetzt, da ich ein Kind von ihm erwarte, mehr denn je.«

»Dann sag es ihm endlich! Verdammt noch mal, worauf wartest du? Bis der Zug ganz abgefahren ist?« Sie hakte aber nicht nach, als ich nicht antwortete, sondern begab sich zum Wasserkocher. Tatsächlich hatte Loni bei all der Arbeit mit ihrem Mann noch Zeit, die leckeren Kekse zu backen, die Helge so sehr mochte. Nun stellte sie die bunte Keksdose in die Mitte des Tisches.

»Bedien dich«, meinte sie und verließ die Küche, um nach Helmut zu schauen. Achselzuckend kam sie zurück.

»Ich verstehe das nicht, er schläft schon so lange. Warum wacht er nicht auf?« Ihr Gesicht war weiß wie die Wand. Offenbar sorgte sie sich mehr, als sie zugeben wollte. Wie ein Mehlsack plumpste sie auf ihren Stuhl.

»Ich schaue auch mal nach ihm. Vielleicht bekomme ich ihn ja dazu, die Augen zu öffnen. Oder Liv überzeugt ihn.« Ich legte die rechte Hand auf meinen Bauch. Spontan wusste ich es: Ja, so würde ich die Kleine nennen. Liv – wie das klang! Von Glücksgefühlen überwältigt, stieß ich die Tür zum Schlafzimmer auf.

»Huhu, Helmut, es gibt Kekse in der …« Ich brach erschrocken ab. Helmut lag auf dem Rücken. Aber es sah nicht nach einem Nachmittagsschlaf aus. Ich eilte zu ihm und prüfte seinen Puls. Dann zog ich meine Finger langsam zurück und schluckte. Helmuts Körper war kalt. Für einen Lebenden eindeutig zu kalt.

Langsam setzte ich mich zu ihm auf die Bettkante. Sprach ein Gebet und streichelte seine eingefallenen Wangen. Helmut war nicht wieder aus seinem Mittagsschlaf aufgewacht. Er lächelte sanft. Obwohl ich realistisch gewesen war, was diese tückische Krankheit und ihren Verlauf betraf, weinte ich trotzdem. Um einen wunderbaren Menschen, um Loni, um Helge, der seinen Vater nie wiedersehen würde. Aber ich musste mich zusammenreißen. Loni brauchte jetzt jemanden, der sie stützte und auffing. Die Trauer lag jetzt schon schwer auf diesem Haus, und ich wünschte mir nichts sehnlicher, als dass Loni aus der Dunkelheit ihrer Hoffnungslosigkeit herausfand. Irgendwann.

Ich atmete tief durch, dann ging ich zu ihr. Mit verzerrtem Gesichtsausdruck sah sie mir entgegen. Ein lauter Schluchzer entwich ihrer Kehle. In diesem Augenblick wurde mir klar, dass sie längst wusste, was ich eben festgestellt hatte. Ohne Worte umarmte ich sie und hielt sie lange fest.

»Seit wann weißt du es?«

»Er ist gestern Abend ins Bett und nicht mehr aufgewacht.« Loni weinte leise an meiner Schulter. »Ich wollte ihn nicht gehen lassen«, sagte sie tränenerstickt. »Helge sollte doch Abschied nehmen können.«

»Du sitzt hier seit Stunden, oder?«

Sie nickte. »Aber gestern beim Abendessen war er völlig klar, fast wie früher.«

Ein Ruck ging durch meinen Körper, als mir ein schrecklicher Verdacht kam. Selbst Liv trat stärker gegen meine Bauchdecke. Ich eilte zurück ins Schlafzimmer und sah mich um. Doch ich entdeckte nichts Auffälliges. Langsam zog ich die Decke von Helmuts leblosem Körper. Neben ihm lagen leere Tablettenverpackungen. Ich zog Einmalhandschuhe an und nahm sie an mich. Schlaftabletten! Rasch entsorgte ich die Reste im Mülleimer hinter dem Haus. Dann rief ich einen Notarzt an. Helmut hatte in einem klaren Zustand den Freitod gewählt. Auch wenn es schmerzte – alle wussten, dass bei seiner Krankheit keine Heilung möglich war. Er hatte seine Entscheidung getroffen und war ohne Abschied auf seine letzte Reise gegangen.

22
Nachteulen

Nachdem der Notarzt da gewesen war, ging alles sehr schnell. Das Bestattungsunternehmen holte Helmut ab. Danach unterhielt sich der Bestatter noch lange mit Loni. Wir besprachen die Trauerfeier und erinnerten uns gemeinsam an Helmut. Im Wechsel lachten und weinten wir über einen geliebten Menschen, der nun für immer von uns gegangen war. Später versprach ich Loni, die Suche nach Helge aufzunehmen. Ich würde Marina so lange löchern, bis sie mir verriet, wie ich ihn erreichen konnte. Denn ich war mir sicher, dass sie Kontakt zu ihm hatte.

Es war Mitternacht, als Loni mich nach Hause schickte. »Du solltest dich ausruhen. Morgen steht dir ein anstrengender Arbeitstag bevor.«

»Ich werde Marina bitten, vormittags die Sprechstunde allein zu halten. Meinst du, dass du schlafen kannst?« Besorgt sah ich Loni an.

Sie winkte ab. »Ich werde eine Schlaftablette nehmen und im Gästezimmer übernachten.«

Sanft nahm ich das Gesicht meiner Freundin in beide Hände. Eindringlich blickte ich sie an. »Du hast keine mehr.« Loni wollte zurückweichen, doch ich hielt sie fest. »Hast du mich verstanden?«

Sie schloss für einen kurzen Moment die Lider. Tränen quollen unter ihren Wimpern hervor. Dann sah sie mich fest an. »Dann muss es ohne gehen.«

Ich nahm ihr das Versprechen ab, sich bei mir zu melden, falls sie Hilfe benötigte.

Darauf fuhr ich nach Hause. Die Bilder von Helmuts Leichnam waren kaum auszulöschen. Trotzdem begab ich mich sofort ins Bett und griff nach dem Handy. Nelly würde es mir nicht übelnehmen, wenn ich zu nachtschlafender Zeit bei ihr anrief. Es war gut möglich, dass sie ihr Date vom Vorabend fortsetzte, aber dieses Risiko ging ich ein. Ich wählte ihre Nummer.

Nach zwei Klingelzeichen meldete sie sich. »Hanna?«

Ich schluchzte laut auf. Es kostete mich meine letzten Kräfte, ihr von den Vorkommnissen des Tages zu berichten. Sie hörte mir zu, ohne mich zu unterbrechen.

»Er hat sich umgebracht?« Sie atmete schwer. »Aber –«

»Er hat es so gewollt«, unterbrach ich meine Freundin. »Es war der letzte Wille eines kranken Mannes, der seiner Frau Leid und Kummer ersparen wollte.«

»Hmm, weiß Helge schon Bescheid?«

»Wie denn? Niemand kennt seinen genauen Aufenthaltsort, und ans Telefon geht er nicht ran. Ich werde Marina morgen ausquetschen, ich vermute stark, dass sie weiß, wo er steckt.«

»Krass«, erwiderte Nelly und schwieg.

Mir fielen die Augen zu vor lauter Müdigkeit, aber ich erzählte ihr noch von Bens Anruf. Wie erwartet war Nelly mindestens genauso entzückt wie Loni.

»Süüüß!«, quiekte sie. »Wann kommt er zurück nach Deutschland?«

»Nächsten Monat, meinte er.« Ich zögerte. »Nelly, ich habe Angst. Was wird nur sein, wenn wir uns weiter streiten? Kann ich unserem Kind das zumuten?«

»Ihr müsst ja nicht streiten«, meinte sie keck. »Lass es doch einfach laufen.«

Ich atmete tief aus. »Ich glaube nicht, dass uns das so leicht gelingen wird.«

»Warte doch erst mal ab. Ihr seid erwachsene Menschen

und werdet Eltern, wenn das nicht Grund genug ist, sich zusammenzuraufen.«

»Diesen Eindruck habe ich nicht.«

»Bei mir hat er sich nicht mehr gemeldet.«

Ich stöhnte auf. »Darauf kommt es nun auch nicht mehr an.«

»Nicht? Ich dachte, du willst nicht, dass ich mit Ben in Kontakt stehe.«

»Kann ich es verhindern? Außerdem verbiete ich dir nicht den Kontakt mit ihm, ich erwarte nur, dass du ihm nichts erzählst, was mich betrifft.«

Offenbar bemerkte Nelly, dass ich mich ärgerte und mich in etwas hineinsteigerte, was womöglich gar nicht existierte.

»Hanna, ich habe daraus gelernt. Bitte vertrau mir.«

»Das mache ich. Wann sehen wir uns?«

»Ich denke, das muss bis zum Wochenende warten.«

Ich dachte an die bevorstehende Trauerfeier. Ich musste für Loni da sein. Sie hatte außer ihrer Schwester sonst niemanden mehr.

Nelly gähnte herzhaft. »Meinst du, dass wir uns nun eine Mütze voll Schlaf holen sollten?«

»Unbedingt. Danke fürs Zuhören.«

»Gute Nacht.«

»Nacht, Nelly.«

»Hanna?«

Ich hob das Handy wieder ans Ohr. »Ja?«

»Mein Date ...«

»Du willst mir verraten, wer es ist?«

Nelly zögerte, aber dann schwärmte sie los, wie ich es nie zuvor von ihr gehört hatte. Sie hatte ihn im Internet kennengelernt. Meine Freundin? Die stets geschworen hatte, sich nie im Leben auf sowas einzulassen? Ich war gespannt auf einen ausführlichen Bericht. Ich erfuhr, dass er sagenhaft gut roch, Muskeln hatte wie ein Bodyguard und Augen wie ein tiefer See in der Morgensonne. Ich kicherte.

»Nelly, das ist ja unglaublich. Ich wünsche dir von Herzen alles Glück dieser Erde.« Ich bekam feuchte Augen, was aber für mich momentan nichts Außergewöhnliches war.

»Danke, aber ich will nichts überstürzen.«

Ich spielte die Überraschte. »Wie jetzt, du warst noch nicht mit ihm im Bett?«

Schließlich kannte ich Nelly nur zu gut.

»Hanna«, empörte sie sich, »wo denkst du hin? Doch, war ich.« Sie zögerte wieder. »Ehrlich gesagt, das muss er noch üben«, platzte es aus ihr heraus.

Ich prustete los. »Wie jetzt? Mister Traummann ist eine Niete im Bett?«

»Schlimmer.« Nelly schwieg. Dann seufzte sie. »Er ist granatenhaft, und ich wünschte, er wäre nur noch bei mir. Aber leider ist er ... verheiratet.«

»Nelly!« Ich war entsetzt, nicht weil ich einen Keuschheitsgürtel trug, sondern weil sie schon einmal unglücklich mit einem vergebenen Mann gewesen war.

»Ich weiß«, sagte sie gequält. »Aber dieses Mal ist es anders.«

»Erklär mir bitte, warum.«

»Kann ich nicht, ich weiß es einfach.«

Ich blies die Wangen auf und stieß hörbar Luft aus. Nelly war kurz davor, in Tränen auszubrechen.

»Willst du vorbeikommen?«, fragte ich gedehnt.

»Ja und nein, ich liege schon im Bett. Aber wenn wir uns bald sehen könnten, wäre es schön.« Sie schluckte hörbar.

»Wir finden eine Lösung«, versprach ich.

Nach Beendigung des Gesprächs war ich hellwach. Trotzdem versuchte ich mich in die Decke einzuwickeln und die Augen zu schließen.

Irgendwann schlief ich ein, um am Morgen wie gerädert vom Wecker aus einem unruhigen Schlaf gerissen zu werden. Sieben Uhr. Ob Marina schon wach war? Ich griff zum Telefon, verwarf die Idee aber, sie anzurufen und nach Helge zu fragen. Ich musste sie persönlich und unter vier Augen sprechen. Nur so rechnete ich mir Chancen aus, sie davon zu überzeugen, mir Helges Wohnort zu verraten. Für gewöhnlich war sie früh in der Praxis anzutreffen. Ich beeilte mich mit der Morgentoilette, schlüpfte in Jeans und T-Shirt und trank einen Tee. Dabei behielt ich den Parkplatz der Praxis im Auge, damit ich sofort sah, wenn Marina vorfuhr.

Allmählich wurde ich nervös. Sollte sie ausgerechnet heute zu spät kommen? Ich öffnete die Terrassentür und lauschte, ob ein Motorengeräusch die Morgenstille durchbrach. Nichts. Ich stellte meinen Becher ab und lief hinüber zur Praxis. Katrin war wie immer überpünktlich. Erstaunt guckte sie mich an.

»Chefin, du siehst müde aus, ist alles in Ordnung?« Sie betrachtete mich prüfend von oben bis unten. »Du willst nicht arbeiten?«

»Das muss ich mit Marina besprechen«, sagte ich knapp und schob mich an ihr vorbei ins Innere der Praxis. »Helges Vater ist gestern gestorben.«

Katrin wirkte geschockt.

»Aber dann muss Helge doch informiert werden!«, rief sie aufgebracht.

»Ich weiß«, meinte ich trocken, »gibst du mir seine Adresse?«

»Verflucht noch mal, ich finde, er handelt unverantwortlich!«

»Wer handelt unverantwortlich?«, fragte Marina von der Tür her. Sie hatte offenbar beim Reinkommen Katrins letzten Satz gehört.

Ich hakte sie unter und zog sie mit mir ins Büro. Dort fackelte ich nicht lange, sondern kam gleich zur Sache.

»Marina, es ist ernst, ich muss zu Helge Kontakt aufnehmen.«

Sie zupfte an ihrer Kleidung. »Ich weiß doch auch nicht, wo er ist«, sagte sie unsicher. »Ist etwas passiert?«

Ich packte sie an den Schultern und schüttelte sie leicht. »Marina! Es ist wichtig, bitte!«

Ich erzählte ihr, was passiert war, und sie wurde traurig.

»Versuchst du bitte ihn zu überreden, nach Hause zu kommen?«, flehte ich. Marina wandte sich ab und starrte aus dem Fenster.

»Ich werde es nicht schaffen«, flüsterte sie.

»Wenn es jemand schafft, dann du.«

Marina wirbelte herum. Mit feuchten Augen und verzerrtem Gesicht stürmte sie auf mich zu.

»Ich kann ihm doch nicht sagen, dass sein Vater während seiner Abwesenheit gestorben ist!«, schrie sie.

»Das ist ein Risiko, das Helge hätte einkalkulieren müssen. Da muss er nun durch!«, schleuderte ich mit gleicher Hitzköpfigkeit zurück. Also hatte ich richtig gelegen mit der Vermutung, dass Marina und Helge in Kontakt standen. Ich atmete tief durch und versuchte ruhiger zu klingen. »Soll ich es ihm sagen?«

Sie hob abwehrend die Hände.

»Nein, nein, schon gut, ich versuche mein Möglichstes, aber versprechen kann ich nichts.«

Na also. Ich sank erschöpft auf den Bürostuhl und bat Marina, die Vormittagsschicht allein zu übernehmen. Sie sah mich mitfühlend an.

»Das mache ich gern, und heute Nachmittag übernehme ich die Außentermine.«

Ich widersprach nicht, sondern nickte dankbar. »Abgemacht.«

Sie nahm mich in die Arme. »Wir bekommen das hin.«

Marina war mir vom ersten Moment an sympathisch gewesen, und inzwischen hatten wir ein gutes, freundschaftliches Verhältnis. Das beruhigte mich in all dem Chaos. Sobald das Baby da war, würde sie die Praxisleitung übernehmen. Zumindest darum musste ich mir keine Sorgen machen.

23
Die Trauerfeier

Zusammengesunken saß Loni auf der Kirchenbank. Verstohlen blickte ich durch die stille Kirche. Hinter uns hatten sich nur wenige Menschen versammelt. Britta und Birger waren gekommen. Auch ihre Augen glänzten, obwohl sie Helmut kaum gekannt hatten. Lonis Schluchzen hallte im Kirchenschiff wider. Leise ertönte das Gemurmel der Gottesdienstbesucher. Von Helge keine Spur. Loni hatte darauf bestanden, dass der Platz neben ihr frei blieb. In der Hoffnung, dass ihr Sohn doch noch an der Trauerfeier teilnahm. Ich starrte zur Urne. Sie war mit Helmuts Lieblingsblumen geschmückt. Das kleine *Kirchlein am Meer* war der Ort, an dem Loni und Helmut sich das Jawort gegeben hatten. Nun hieß es Abschied nehmen.

»Es ist unvorstellbar«, flüsterte sie. »So viele Jahre ist es her, dass wir hier geheiratet haben. So ein Moment des Abschieds kommt viel zu schnell. Mir ist, als wäre es erst gestern gewesen.« Ich hielt ihre Hand und drückte sie nun fester. »Helge kommt nicht, oder?«

»Ich fürchte, nein«, gab ich traurig zu.

Die tröstenden Worte des Pastors erreichten Loni kaum. Mit gesenktem Kopf und zuckenden Schultern verharrte sie, bis die Glocken zum Ende des Gottesdienstes ertönen.

»Wenn Frieda doch nur hier wäre«, sagte sie laut und verzweifelt.

Plötzlich drängte sich eine Frau an ihre Seite. »Ich bin hier, Liebes.«

Die Schwestern fielen einander in die Arme. Dadurch geriet der Auszug der Gottesdienstbesucher ins Stocken, aber niemand beschwerte sich.

»Entschuldige, aber mein Zug hatte Verspätung, darum habe ich hinten gesessen«, erklärte Frieda. Beide hielten sich fest umklammert. Loni und Frieda ähnelten einander so sehr, dass man meinen könnte, sie wären Zwillinge. Nur dass Friedas Haare nach der Chemo raspelkurz waren. Sie war schlanker, aber auch das konnte eine Folge ihrer überstandenen Krankheit sein.

Sanft schob ich die Schwestern zum Ausgang. Ich hielt mich etwas zurück, ließ meine Freundin Loni aber nicht aus den Augen. Für den Fall, dass sie meine Hilfe benötigte, wollte ich in ihrer Nähe bleiben.

Passend zu diesem traurigen Anlass lag die Sonne versteckt hinter grauen Wolken. Eine leichte Brise von der Nordsee her, gemischt mit dem Duft des nahegelegenen Waldes, gab der Szene etwas Leichtes, beinahe Erfrischendes. Der Pastor sprach mit warmer Stimme den letzten Segen für Helmut. Loni ging, gestützt von ihrer Schwester, zum Urnengrab, um eine weiße Rose hineingleiten zu lassen.

In diesem Augenblick entdeckte ich jemanden, dessen Anwesenheit ich bisher nicht bemerkt hatte. Als unsere Blicke sich trafen, drehte Helge sich um und verließ die Trauergemeinde. Ich haderte mit mir, ob ich ihm folgen sollte. Liv strampelte ungeduldig, als wollte sie mir etwas mitteilen.

»Na gut, Kleines, du hast mich überzeugt«, flüsterte ich. Dann eilte ich ihm hinterher. Wie ich vermutet hatte, überquerte er die Straße zum Strand. Offenbar suchte er Trost am Meer.

Ich rannte los, wurde jedoch gleich wieder langsamer. Liv drückte eine Faust gegen meine Bauchwand und erinnerte mich so daran, besser auf mich aufzupassen. Helge, dieser verfluchte Idiot. Warum war er nur so stur? Verzweifelt bemerkte ich, dass ich ihn aus den Augen verloren hatte. Langsam ging ich weiter und suchte mit dem Blick den Strand ab. Er konnte sich doch nicht in Luft aufgelöst haben.

Erleichtert entdeckte ich ihn schließlich auf einer Bank in der Nähe des Wassers. Das Gesicht in beide Hände gestützt hockte er bewegungslos da. Wenn ich auch wütend wegen seines Verhaltens gegenüber seinen Eltern war, spürte ich Mitleid mit ihm. Ich blieb stehen und sah ihn einen Moment lang an. Dann gab ich mir einen Ruck. Leise bewegte ich mich zur Bank und nahm mit geradem Rücken auf der Kante Platz. Helge bemerkte mich noch immer nicht. Sanft legte ich meine rechte Hand auf seine zuckende Schulter. Teilnahmslos wandte er das Gesicht in meine Richtung.

»Hanna.« Mehr sagte er nicht, sondern starrte er aufs Meer hinaus. Doch übergangslos fragte er: »Hat mein Vater gelitten?«

Ich hätte ihm die letzten Monate in ihrer ganzen Tragik schildern können. Wie unerträglich Lonis Schmerzen wegen des Verlustes ihres Sohnes waren. Wie seine Eltern, wenn Helmut helle Momente hatte, gemeinsam um Helge geweint hatten. Dass Loni es immer weiter tun würde. Doch ich entschied mich dagegen.

»Nein«, antwortete ich schlicht.

»Wie ist er ...?«

»Er hat Schlaftabletten genommen.«

Helge warf den Kopf in den Nacken und stöhnte laut auf. »Warum hat er nicht auf mich gewartet?«

Jetzt war ich gleichzeitig erstaunt und verärgert. Woher hätte Helmut denn wissen sollen, ob Helge je zurückkehren würde?

»Bleibst du denn nun hier?«

Helge verneinte, indem er heftig den Kopf schüttelte.

»Na also, warum dann diese Frage?« Meine Stimme zitterte, voller aufgestauter Gefühle.

Er sagte nichts dazu. Stattdessen wandte er seine Aufmerksamkeit meinem Bauch zu. Automatisch legte ich schützend die Hände darauf.

»Steht dir gut«, meinte er leise. »Bist du wieder mit deinem Mann zusammen?«

»Nein.« Ich ersparte ihm die Einzelheiten.

»Wäre aus uns etwas geworden, wenn ich geblieben wäre?«

»Was soll das jetzt?« Mein Ärger wuchs.

»Ich meine nur, hättest du deinem Kind auch verschwiegen, wer sein richtiger Vater ist?«

»Natürlich nicht«, protestierte ich.

»Siehst du, aber für Ilona und Helmut hast du Verständnis.«

Ich richtete mich auf. »Ben lebt, und er weiß von seinem Kind, das sind zwei verschiedene Paar Schuhe.«

»Mag sein. Ich habe keine Ahnung, wer meine Mutter ist. Stundenlang habe ich vor dem PC gesessen und nach ihr gesucht.«

»Helge! Deine leibliche Mutter lebt nicht mehr, sie ist bei deiner Geburt gestorben.«

»Woher weißt ausgerechnet *du* davon?«

»Loni hat mir erzählt, was damals passiert ist. Du musst mir glauben, sie liebt dich über alles. Helmut hatte etwas dagegen, dir die Wahrheit zu erzählen.« Ich holte tief Luft, denn ich hatte das Gefühl, zu ersticken. »Wie hast du überhaupt herausgefunden, dass …«

»Mein Vater hat mich gebeten, seine Angelegenheiten zu ordnen. Dabei bin ich auf Papiere gestoßen, die mir schier den Boden unter den Füßen weggezogen haben.« Er spuckte die Worte förmlich aus. Unendliche Bitterkeit lag in seiner

Stimme. »Von einer verstorbenen Mutter habe ich nichts gesehen. Lediglich die Adoptionspapiere. Das reichte mir dann.« Tränen schimmerten in seinen Augen. Er wischte sie verärgert weg. »Wie kommst du mit Marina zurecht?«

»Gut, aber darüber reden wir gerade nicht.«

Ich ermutigte Helge, zu seiner Mutter zu gehen. Nach anfänglicher Weigerung ließ er schließlich zu, dass ich mich bei ihm einhakte und ihn zu den Trauergästen führte, die Inzwischen zur Kaffeetafel auf dem Hof der Petersens gegangen waren.

Alle Augen waren auf Helge gerichtet. Aber er schien sich nicht daran zu stören. Molly erkannte ihn sofort wieder und begrüßte ihn freudig jaulend. Mit einem Meter Abstand blieb er vor Loni stehen. Sie sah ihn flehend an, kam aber nicht näher. Offenbar spürte sie, dass er nicht in den Arm genommen werden wollte.

»Mein Junge«, hauchte sie. Ihre Lippen zitterten, ich konnte ihren traurigen Gesichtsausdruck kaum ertragen. Sah Helge denn nicht, wie seine Mutter litt?

»Ich kann nicht bleiben, mach dir bitte keine Hoffnungen.«

»Nein, aber schön, dass du gekommen bist, mein Junge.«

»Finde ich auch«, erwiderte er.

Loni führte ihn zum Kaffeetisch. Es war ihr Wunsch gewesen, die Trauerfeier in ihrem Haus auszurichten. Britta und Birger waren gerade im Begriff, zu gehen. Als die beiden Helge entdeckten, wurden ihre Augen eisig. Sie hatten wenig Verständnis für seine Flucht. Trotzdem rafften sie sich auf, auf Loni zuzugehen.

»Alles Gute für Sie, Frau Petersen.« Britta reichte Loni die Hand, ohne auf Helge zu achten. Dann verließen die Landwirte das Haus.

Helge sah ihnen nachdenklich hinterher. »Die mögen mich nicht besonders, oder?«

Loni zuckte zusammen. »Ach, die beiden kennen dich doch kaum, warum sollten sie dich nicht mögen, mein Junge! Komm und trink einen Kaffee mit mir. Zufällig gibt es deinen Lieblingskuchen. Ich habe ihn heute in der Früh gebacken.«

Widerwillig folgte Helge seiner Mutter zur Kaffeetafel. Er musste neugierige Blicke über sich ergehen lassen, aber falls er sich unwohl fühlte, war es ihm nicht anzumerken. Die Stunden zogen sich hin wie Kaugummi. Nicht nur ich war erleichtert, dass die letzten Gäste sich allmählich verabschiedeten.

Alle Gäste waren inzwischen gegangen, jetzt waren nur noch Helge, Frieda und ich hier. Meine Gedanken wanderten zur Praxis. Ein Blick zur Uhr verriet mir, dass Marina schon Feierabend haben musste. Sie hatte versprochen, danach vorbeizuschauen. Und sie hielt ihr Wort. Sie sah müde aus, als ich sie von der Eingangstür abholte. Aber sobald sie Helge sah, eilte sie an mir vorbei auf ihn zu und warf sich in seine Arme. Sie wollte gar nicht mehr von ihrem Freund ablassen. Sie klammerte sich an ihn, als ob er einen Flugzeugabsturz überlebt hätte. Ich fand die Szene peinlich, vor allem weil Loni das Ganze beobachtete und ihren Sohn liebend gern selbst an sich gedrückt hätte. Ich räusperte mich laut, aber die beiden ließen sich nicht stören. Bei so viel Innigkeit stellte ich mir die Frage, ob Marina nicht vielleicht doch fähig war, Helge von einem Rückflug nach Spanien aufzuhalten.

Frieda räumte währenddessen den Tisch ab und verfrachtete das Geschirr in die Spülmaschine. Sie bewegte sich energisch und sicher, offenbar hatte sie die Krebstherapie gut überstanden. Optisch glichen die Schwestern einander sehr, aber Frieda war ruhiger und sanfter. Ein Fels in der Brandung für Loni in der schweren Zeit des Abschieds von ihrem Mann. Loni selbst hatte sich ins Wohnzimmer in Helmuts Sessel verzogen und beobachtete von dort aus ihren Sohn.

»Wie lange bleibst du?«, fragte Marina Helge.

»Ich fliege übermorgen zurück. Ich konnte meine Wohnung bisher nicht verkaufen, deswegen treffe ich mich morgen mit einem Makler.« Ein Treffen mit einem Makler also. So viel zu meiner Hoffnung, dass er bleiben würde. Er sah von Marina zu mir. »Könntet ihr vielleicht ...«

»Nein!«, riefen wir beide unisono. Darum sollte er sich mal allein kümmern! Ob er die Zeit auch nutzen wollte, um mit seiner Mutter zu reden? Ich hoffte es inständig, für sie beide. Plötzlich packte mich die Wut. Ich schob mich zwischen Marina und Helge und funkelte ihn an.

»Genug Kuschelzeit, du gehst jetzt zu deiner Mutter und nimmst sie auch mal in den Arm!«, fuhr ich ihn an. Mir war bewusst, dass ich ihn damit auch aus dem Haus vertreiben könnte, aber ich hielt die angespannte Situation einfach nicht mehr aus. Tränen brannten in meinen Augen. Abrupt wandte ich mich ab.

Marina stellte sich hinter mich und berührte meinen Arm. »Du gehst bitte erst einmal nach Hause und beruhigst dich. Denke an dein Baby.«

Liv boxte wie zur Bestätigung gegen meinen Bauch. Mein Blick wanderte zu Helge. Er stand mit geballten Fäusten da und kämpfte mit seinen Gefühlen.

24
Babygeflüster

Loni lächelte, als ich mich von ihr verabschiedete. Ob sie mich bloß beruhigen wollte oder aufrichtig erleichtert war, den schweren Tag gemeistert zu haben, konnte ich nicht sagen. Ich versprach, morgen wieder vorbeizuschauen. Helge und Marina diskutierten in der Küche, den genauen Wortlaut konnte ich nicht verstehen, doch es schien dabei hitzig zuzugehen. Ich beschloss, die beiden alleinzulassen, und fuhr mit trüben Gedanken nach Hause.

Nach diesem angespannten Tag freute ich mich, als Ben mich unterwegs anrief.

»Darf ich mit meiner Tochter sprechen?«

Ich schmunzelte, dass er so selbstverständlich von seiner Tochter sprach, dabei wusste ich nicht einmal mit Sicherheit, dass es ein Mädchen war.

»Ist es möglich, dass du in einer halben Stunde noch mal anrufst? Ich bin gerade unterwegs.«

»Wenn es dir nichts ausmacht, gern. Bis gleich«, sagte er sanft.

Ohne es zu merken, grinste ich vor mich hin, bis ich zu Hause angekommen war. Ben war der Vater, auch wenn er mit seiner Veronika in England war. Mit wem, wenn nicht mit ihm, konnte ich mich auf das Baby freuen? Nur wir, die Eltern, würden Liv bedingungslos lieben. Die Aussicht auf ein unbeschwertes Telefonat mit Ben schmeichelte meiner Seele. Nachdem wir Helmut zu Grabe getragen hatten, war etwas Aufmunterung genau das, was ich brauchte.

Ich stellte den Wagen ab und lief ins Haus. Mit einem Tee

wartete ich auf den Anruf von Ben. Als es klingelte, zuckte ich zusammen. Ich war aufgeregt. Würde unser Gespräch wieder eskalieren? Ich hoffte nicht.

»Hallo«, hauchte ich ins Handy.

»Hey, na, wie geht es dir?« Seine warme Stimme hüllte mich in einen Mantel der Sicherheit.

»Gut, bis auf die Tatsache, dass wir heute die Trauerfeier von Helmut Petersen hatten.«

»Nelly hat mir gestern davon erzählt. Sehr tragisch, das Ganze.«

Ich schluckte. Mittlerweile hatte ich nichts mehr dagegen, dass er Kontakt zu Nelly hielt, trotzdem hatte es für mich einen bitteren Beigeschmack.

»Wie geht es dir?«, fragte ich gepresst.

Ein leises Lachen ertönte. »Kaum zu glauben, aber ich habe Sehnsucht.«

»Nach mir?«, erkundigte ich mich vorwitzig. Ein Stich im Herzen strafte meinen lockeren Tonfall Lügen. Ich presste das Handy ans Ohr und hielt den Atem an.

»Die Antwort darauf kennst du hoffentlich. Aber ich meinte eigentlich nach meiner Heimat, der Nordsee, dem Wind und den Menschen. London ist schon sehr spießig. Das ist zumindest meine Meinung.«

Ich prustete los. Ben fand London spießig? Er war es doch selbst.

»Dann bist du dort doch gut aufgehoben«, konnte ich mir nicht verkneifen.

»So denkst du über mich?« Ben klang enttäuscht.

Prompt plagte mich das schlechte Gewissen.

»Ich habe es nicht so gemeint, entschuldige«, erwiderte ich schnell. Zur Wiedergutmachung schlug ich vor, ihm das aktuellste Ultraschallfoto von Liv zu schicken. Ben lachte freudig. Ich schickte es ihm, bevor er mit meinem Bauch sprach, dann hatte er sie vor Augen.

»Ich schalte jetzt auf Lautsprecher, dann kannst du ihr etwas vorsingen.« Ich legte mich auf mein Bett.

»Ich kann doch nicht singen.«

»Ich weiß, aber Liv weiß es noch nicht, und ich glaube, es stört sie nicht.« Lachend betätigte ich die Lautsprechertaste.

»Du bist gemein, jetzt bin ich verunsichert.«

»Ach was, quatsch einfach drauflos.«

Die liebevollen Worte für unsere Tochter quollen nur so aus Ben heraus. Ich war gerührt über die Sanftheit seiner Stimme. Sie versprühte so viel Zuneigung. Die Töne vibrierten auf meiner Haut, und ich wünschte, dieser Moment würde nie enden.

»Sie antwortet dir!«, rief ich entzückt. Tatsächlich vollführte unsere Tochter Turnübungen, die ich zuvor in dieser Intensität noch nie erlebt hatte. Mit Bens Stimme und meinen schützenden Händen ließen wir unser Baby auf einer Woge der Liebe schweben. Mit geschlossenen Augen genoss ich das Gefühl, eine Familie zu sein. Bis ich mit einem Lächeln auf den Lippen einschlief.

Gegen Mitternacht erwachte ich aus einem Traum, in dem Ben meinen Namen gerufen hatte und ich nur am Rennen gewesen war. Verwirrt schreckte ich hoch. Dabei rutschte mein Handy von meinem Bauch und landete hart auf dem Fußboden.

»Oh nein!«, murrte ich. Rasch krabbelte ich auf dem Parkett hinterher und hoffte, dass das Telefon nicht beschädigt war. Ich hielt es gegen das Licht der Nachttischlampe. Zum Glück war es heil geblieben. Darauf folgte jedoch gleich der nächste Schreck. Was dachte Ben jetzt von mir? Ohne Rücksicht auf die späte Uhrzeit wählte ich per Kurzwahltaste die Nummer meines Mannes. Ben meldete sich sofort. Seine Stimme klang dunkel und warm.

»Hanna, wieder wach?« Er war zumindest nicht sauer.

»Ähm ... entschuldige, ich muss eingeschlafen sein«, gab ich kleinlaut zu. Ein leises Lachen ertönte und jagte mir leichte Schauer über die Haut.

»Ich weiß, ich habe dein Schnarchen gehört«, meinte er amüsiert.

»Ich schnarche nicht, du musst dich verhört haben!«

»Ich habe immer noch sehr gute Ohren, aus der Nummer kommst du jetzt nicht mehr raus.«

Ich musste kichern.

»Ich war anscheinend fix und fertig, ich bin eben erst wach geworden.« Ich kuschelte mich in mein Kissen und drückte das Handy fest ans Ohr.

Ich fühlte Ben fast schon neben mir und war enttäuscht, als er sagte: »Schlaf dich richtig aus. Wenn ich darf, rufe ich morgen wieder an.«

Am liebsten hätte ich ihn angefleht, bei mir zu bleiben. Warum sagte ich es nur nicht?

»Gute Nacht, Ben«, murmelte ich stattdessen.

»Bis morgen, Hanna.« Ben rief in den Hörer, bevor ich auflegte. »Ich hab doch noch eine Frage.« Er zögerte.

»Schieß los«, murmelte ich verträumt.

»Wie kommst du auf den Namen Liv?« Wollte er mir etwa einen anderen vorschlagen? »Ich meine, er ist wunderschön, er gefällt mir. Gibt es einen Zusammenhang mit etwas?«

Ich stieß erleichtert Luft aus. Dann kicherte ich mädchenhaft. »Nein, gibt es nicht, er kam mir einfach vor einiger Zeit so über die Lippen, und ich wusste, so soll sie heißen. Findest du ihn wirklich schön?«

Ben lachte leise. »Der schönste Name, den es für unseren Engel geben kann.«

Ich freute mich sehr über seine Worte.

»Jetzt schlaf gut«, sagte er und legte auf.

Marina hatte vorgeschlagen, die Frühschicht zu übernehmen. Hatte sie geahnt, dass ich verschlafen würde? Ich frühstückte ausgiebig und fuhr zu Loni. Ich war nervös. Hatten Mutter und Sohn miteinander reden können? Das mulmige Gefühl, das ich gestern bei meinem Abschied gehabt hatte, war wieder da. Obwohl Loni mir längst einen Haustürschlüssel anvertraut hatte, klingelte ich, bevor ich das Haus betrat. In der Küche fand ich Frieda. Molly lag unter dem Tisch und preschte hervor, als sie mich bemerkte. Liebevoll kraulte ich die Ohren der Hündin.

»Guten Morgen, Frieda.« Etwas leiser fragte ich: »Wie ist die Lage?«

Frieda zuckte leicht mit den Schultern und wies mit dem Kinn in Richtung Wohnzimmer. Dann stellte sie mir einen Tee auf den Tisch und gab mir ein Zeichen, dass ich mich setzen sollte.

»Ich weiß nicht, die beiden haben die ganze Nacht zusammen verbracht. Ab und zu habe ich Lonis Schluchzen gehört. Aber ich habe nicht die leiseste Ahnung, ob die beiden sich vertragen haben.«

Ich vermutete, dass Helge seiner Mutter verziehen hatte, denn sonst wäre er kaum über Nacht geblieben.

»Hoffen wir mal, dass sich das Blatt gewendet hat«, flüsterte ich. Kaum hatte ich es ausgesprochen, erschien Helge in der Küchentür. Er sah übermüdet aus, Loni ging es sicher nicht besser.

»Moin, Frau Doktor«, raunte er, »wie geht es dir? Du hast gestern ziemlich fertig ausgesehen.«

»Danke für das Kompliment, ich gebe es ungebraucht an dich zurück.« Ich grinste kurz. Besorgt erkundigte ich mich nach Loni.

»Sie will sich hinlegen. Nachdem wir die ganze Nacht geredet haben, muss sie erst mal schlafen.« Er hob den rechten Mundwinkel. Das sollte möglicherweise ein Grinsen darstellen.

Vielleicht hätte ich damit zufrieden sein sollen. Aber ich brannte darauf, mehr zu erfahren. Nach kurzem Zögern fragte ich: »Du bleibst?«

»Nein, ich muss zurück, dort wartet nicht nur Arbeit auf mich.« Helges verklärter Gesichtsausdruck weckte meine Neugier. Hatte er etwa jemanden, der sehnsüchtig auf seine Rückkehr wartete?

»Ach so«, meinte ich lahm.

Meinen fragenden Blick richtig deutend, erzählte er von Lucia. Einer vermutlich temperamentvollen Spanierin. Das Leuchten in seinen Augen sah nach großer Liebe aus. Es schien ein Feuer in ihm zu lodern.

»*Lucia*«, ich sprach den Namen gedehnt aus, »will dich nicht nach Deutschland begleiten?«

»Doch, aber erst im nächsten Frühjahr. Sie studiert Tiermedizin, nach dem Abschluss ist sie für alles offen.«

Ich war wie vom Donner gerührt. Helge hatte sich in ein Kind verliebt? Eine Studentin war zumindest für mich noch ein Kind. Zugegeben, ich war eine Zeitlang ein bisschen in Helge verliebt gewesen, doch von Eifersucht konnte momentan nicht die Rede sein. Ich war einfach nur fassungslos. Helge turtelte also mit einem jungen Hüpfer herum. Für ihn schien dies völlig normal zu sein.

Ohne meine Irritation zu bemerken, bedachte er meinen Bauch mit einem warmen Blick. Sofort hielt ich schützend beide Hände darüber.

»Loni meinte, wenn das Kleine erst da wäre, bräuchtest du sicher Unterstützung in der Praxis, schließlich kann Marina nicht alles allein bewältigen.« Er schmunzelte. Wie ein großer Teddybär, schoss es mir durch meinen schmerzenden Kopf, der seit heute Morgen rebellierte, als ob ein Specht sein Unwesen darin triebe.

Ich sah zu Frieda hinüber, die übereifrig die Herdplatten schrubbte. Gerade warf sie mir einen prüfenden Blick zu. Da hatten wir es: Alle glaubten, dass Lonis Mutterglück von meiner Gutwilligkeit abhing. Ja dachte denn jeder, nur weil ich Mutter wurde, würde mein Arbeitsleben nur noch in der Küche stattfinden? Ich liebte meinen Beruf, die tierischen Patienten mit ihren Besitzern. Ich bekam Schnappatmung bei der Vorstellung, mich sozusagen ausbooten zu lassen. Mutter und Sohn hatten also ihre Versöhnung gefeiert, und ich musste dafür sorgen, dass es dabei blieb? Das hatten die ja super ausgetüftelt. Die Praxis war definitiv nicht groß genug, um damit vier Personen durchzufüttern. Ich wollte sicher nicht diejenige sein, die sich opferte.

»Steht dir übrigens ausgesprochen gut«, rüttelte Helge meine Gedanken auf. Verständnislos starrte ich ihn an. »Ich meine deine Kugel.« Er grinste.

Blöder Kerl, was bildete er sich nur ein? Zuerst verließ er Knall auf Fall seine Familie, und dann wollte er mit seiner Tussi meine Existenz ruinieren. Ja! Ruinieren, nichts anderes war es für mich. Und stellte ich mich gegen diesen Plan, würde Loni unter Umständen ihren Sohn ein weiteres Mal verlieren. An ein fremdes Land und eine temperamentvolle Spanierin.

»Gibt es nicht genügend Bedarf an neuen Praxen in dieser Gegend? Warum willst du bei mir einsteigen?«

Er schmunzelte, als ob ich Dummchen etwas Naives gesagt hätte, er aber gönnerhaft darüber hinwegsähe. »Aber deine Praxis läuft doch so gut.«

Eben, das habe ich mir so aufgebaut, Idiot.

Süffisant lächelnd nickte ich. »Eben! Ich glaube, ich werde hier nicht mehr gebraucht, liebe Grüße an Loni, wenn sie wach wird.«

»Danke, richte ich aus. Bis bald, Lucia freut sich darauf, dich kennenzulernen!«, rief er mir hinterher.

Wo war ich denn hier gelandet? Waren jetzt alle verrückt geworden, oder hatte ich eine Schwangerschaftsklatsche? Verstand ich das richtig? Helge hatte meine Reaktion als Zusage gewertet?

Na warte ab, du Held.

Ich würde mich für Loni freuen, wenn nicht nur ihr Sohn nach Hause käme, sondern gleichzeitig die lang ersehnte Schwiegertochter. Aber nicht auf meine Kosten. Fieberhaft überlegte ich, ob ich mich bei Nelly auskotzen oder besser gleich zu Olli fahren sollte. Nelly hatte bestimmt im Salon zu tun, aber Olli war in der Backstube längst fertig. Doch am Ende verwarf ich beide Möglichkeiten und rief von unterwegs bei Ben an. Er nahm sofort ab.

»Moin, Hanna, das ist aber eine Überraschung. Ist alles in Ordnung bei dir?«

Während ich mich weiterhin auf den Straßenverkehr konzentrierte, erzählte ich ihm, was vorgefallen war. Er hörte mir zu, ohne mich zu unterbrechen.

»Du benötigst meinen Rat als Anwalt?«, fragte er dann.

»Nein, als Mensch.«

»So, so, du hältst mich also für menschlich?« Seine Stimme vibrierte durch die Telefonleitung.

»Ben, lass die Scherze, ich brauche wirklich deinen Rat.«

Da hörte ich im Hintergrund bei ihm eine Frauenstimme, die jetzt kicherte. Mein Herz zog sich schmerzhaft zusammen.

»Entschuldige, ich hatte nicht vor, euch zu stören, schönen Tag noch.« Mit zitternden Fingern beendete ich die Verbindung. Wie hatte ich Veronika nur vergessen können? Ich beschimpfte mich als dusselige Kuh. Dann ärgerte ich mich über die Hormone, die meine Selbsteinschätzung zu blockieren schienen. Wo war die leistungsstarke Hanna Martensen geblieben, die immer genau gewusst hatte, was zu tun war? Ich war so was von weichgespült, dass ich mich nicht mehr wiedererkannte.

Ich verwarf die Suche nach einem Kummerkasten. Zu Hause angekommen, wechselte ich die Kleidung und begab mich in die Praxis. Die Ruhe vor dem nächsten Ansturm genoss ich ausgiebig. Sobald die Patienten gegangen waren, strich ich gedankenverloren durch alle Räume. Diese Momente liebte ich sehr. Sowie Liv groß genug war, würde sie mich hierher begleiten. Ich wünschte mir für mein Kind, dass es mit Tieren aufwuchs und lernte, wie es mit Lebewesen umzugehen hatte. Sie zu respektieren und zu lieben. Und zwar in meiner eigenen Praxis, die ich mir aufgebaut hatte. Das würde ich mir von niemandem wegnehmen lassen.

25
Neue Wege

Der Nachmittag in der Praxis verlief wie gewohnt. Im üblichen Alltagswahnsinn mit zahlreichen tierischen Patienten fand ich zu meiner inneren Mitte zurück. Marina hatte mir erzählt, dass sie später mit Helge verabredet war. Sie sah in der möglichen Zusammenarbeit mit ihm und Lucia wenig Probleme. Und redete auf mich ein, meine Meinung zu ändern. Wenngleich Marina ein absoluter Gewinn für meine Praxis war und wir eine echte Freundschaft entwickelt hatten, konnte ich ihr nicht zustimmen. Sobald ich Feierabend hatte, wollte ich zu Loni rüberfahren, um zu sehen, wie es ihr ging. Ich vermutete, dass die Trauerfeier sowie das Wiedersehen mit Helge sie sehr mitgenommen hatten. Doch ein Anruf von Birger durchkreuzte meine Pläne. Eine von Brittas Ziegen hatte ein entzündetes Auge und benötigte meine Hilfe.

Wegen einer Notoperation zögerte sich das Praxisende hinaus. Der Schäferhund einer Hundesportlerin hatte sich einen offenen Beinbruch zugezogen, weil die Hürde, die er übersprungen hatte, zu hoch gesetzt war. Meine Begeisterung darüber hielt sich in Grenzen, da ich es für Unsinn hielt, einen Hund über riesige Hürden springen zu lassen. Katrin hatte ihren freien Nachmittag, aber Peggy hatte sich zum Glück zu einer fähigen Assistentin entwickelt.

Nach der OP fuhr ich endlich zu Britta und Birger. Zur Belohnung für meine Arbeit bot sich mir ein unverwechselbarer Blick über den Nordstrander Damm. Die Sonne versank glutrot am Horizont und schien jeden Moment

zischend ins Meer abtauchen zu wollen. Ein Glücksgefühl
durchströmte mich, und ich sah der Zukunft optimistischer
entgegen. Dies war meine Heimat, und das würde sie auch
bleiben. Unabhängig davon, wie das mit Ben und mir wei-
terging. Mit beiden Händen umklammerte ich das Lenkrad.
Der Damm lud geradezu ein, Gas zu geben, aber das war
leider nicht erlaubt und sicher vernünftig so. Ich blieb bei
einem angemessenen Tempo.

Birger erwartete mich am Eingang zur Scheune. Ungeduldig trat er von einem Bein auf das andere. Ich schmunzelte.
Typisch, selbst bei einem tränenden Auge war er besorgt
um seine Tiere.

»Britta hat die Patientin von der Herde getrennt, sie ist
hier in einer Box.«

»Moin, Birger, sonst ist bei euch alles in Ordnung?«

Er kratzte sich am Kopf. »Moin, entschuldige, aber –«

»Ich weiß«, unterbrach ich ihn, »lass uns hineingehen.«
Ich schleppte den Koffer durch das Tor. Mit fortschreitender
Schwangerschaft wurde er immer unhandlicher. Birger bemerkte meinen Kampf mit der schweren Ledertasche und
nahm sie mir fürsorglich ab.

Ich keuchte. »Danke.«

Ein vorwurfsvolles Meckern begrüßte mich. Das Zick-
lein war gar nicht damit einverstanden, allein in der Box
eingesperrt zu sein. Birger half mir, es festzuhalten.

»Ui, das ist aber ein Matschauge, kleines Fräulein«,
sprach ich sanft auf das Tier ein und meinte dann zu Birger:
»Gut, dass du sie von den anderen getrennt hast. Möglicherweise hast du damit die anderen Tiere vor einer Ansteckung
bewahrt. Aber bitte behalt sie im Auge, falls doch noch
eine Entzündung bei ihnen auftritt.« Ich reichte Birger die
Tropfen. »Dreimal täglich solltest du sie damit behandeln.
Übermorgen darf sie wieder zu ihren Artgenossen. Aber
sie muss das Medikament weiter bekommen«, warnte ich.

Er nickte. »So wie ich meine Frau kenne, wird sie die nächsten Nächte hier im Stall verbringen.«

Wir lachten. Ja, Britta war eine wahre Glucke, was ihre Tiere betraf. Ich wusch mir im Minibad neben der Scheune die Hände. Birger folgte mir und lehnte gedankenverloren am Türrahmen.

»Du siehst erschöpft aus, Hanna. Gönnst du dir genügend Pausen?« Es rührte mich zwar, dass er sich über meinen Gesundheitszustand Gedanken machte, aber leider hörte ich diese Art von besorgten Nachfragen in letzter Zeit öfter. Daher reagierte ich genervt.

»Alle machen sich Sorgen um meine Gesundheit, aber niemand nimmt mir die Arbeit ab!«, polterte ich los. Dies war natürlich ungerecht, denn ich hatte Unterstützung.

Birgers Gesichtsausdruck sagte deutlich, dass mein Ausbruch unangebracht war. So war es oft bei mir: Irgendwann kam es zum berüchtigten Tropfen, der das Fass zum Überlaufen brachte. Und Birger bekam das jetzt ab. Verzweifelt ließ ich die Schultern sinken.

»Entschuldige«, jammerte ich, »das war nicht so gemeint. Es war alles ein bisschen zu viel in letzter Zeit.«

Birger wandte sich kurz ab, dann schaute er mich wieder an.

»Das kann ich gut verstehen. Vielleicht solltest du dir eine weitere Hilfe für deine Praxis holen. Genieß die Schwangerschaft, so schnell erlebst du dieses Wunder kein zweites Mal.«

Meine Augen weiteten sich vor Erstaunen. Hatte Helge auf der Trauerfeier mit ihm gesprochen? Verschworen sich denn alle gegen mich? Doch Birger nahm mir den Wind aus den Segeln, bevor ich ihn anschrie. »Ich weiß, so ein Bauer hat gut reden, aber glaub mir, ich weiß, wovon ich spreche. Britta hat ihr Baby verloren, und es ist nicht sicher, ob sie erneut schwanger werden kann.«

Ich machte taumelnd einen Schritt zurück. Die arme Britta, sie wäre eine so liebevolle Mutter.

»Das tut mir leid«, sagte ich verwirrt. »Ich hatte keine Ahnung ...«

Er hob beschwichtigend die von der Arbeit rauen Hände.

»Niemand weiß davon außer mir. Außer mit unseren Eltern haben wir mit keiner Menschenseele darüber gesprochen. Britta erholt sich nur langsam, aber sie freut sich sehr für dich.«

Ich schluckte. Auch wenn mich am Anfang die Nachricht über meine Schwangerschaft überrumpelt hatte, war ich doch überaus dankbar für dieses kleine Wunder, das in mir heranwuchs. Ich richtete mich auf.

»Danke für die Kopfwäsche, ich werde mich ab morgen daran halten.«

Birger grinste. »Warum erst morgen?«

»Ich muss gleich noch zu Loni. Ich sorge mich um sie.«

»Aber Helge ist doch zurück, oder täusche ich mich?«

»Ja und nein, unter Umständen hängt seine Entscheidung von mir ab.«

Birger sah mich ungläubig an. »Wie darf ich das denn verstehen?«

Ich klärte ihn auf, was Helge und ich am Vortag besprochen hatten. Ohne dass ich es beabsichtigt hatte, war Birger mein Kummerkasten geworden. Und er hatte sogar eine Lösung parat.

»Wirklich eine super Sache«, meinte er und erntete von mir einen entrüsteten Blick. »Doktor Krüger will im nächsten Frühjahr in den Ruhestand gehen und sucht dringend einen Nachfolger. Ihr könntet euch super ergänzen, sollte Helge mit seiner Neuen den Zuschlag für die Praxisräume erhalten. Er kann sich doch mal bewerben.«

Ich schnappte mir ein Handtuch und trocknete eilig meine Hände ab. Dann stürmte ich auf Birger zu, gab ihm einen dicken Kuss auf die Wange und rief erleichtert: »Danke für den Tipp, ich muss los! Grüße an Britta und vergiss die Augentropfen nicht.«

Mit Schwung warf ich mich in den Autositz. Dabei merkte ich, dass es mit meiner Beweglichkeit nicht zum Besten stand. Außer Atem ließ ich den Motor aufheulen und sauste den Damm entlang Richtung Hattstedt. Ich grübelte über Birgers Worte nach. Er hatte recht, warum sollte ich die Gesundheit meines Babys riskieren? Die Arbeit mit Kleintieren konnte recht gefährlich werden, von den Großtieren ganz zu schweigen. Marina hatte oft angeboten, mehr zu arbeiten, damit ich die Gelegenheit für Auszeiten hatte. Meine linke Hand lag auf meinem Bauch, wo Liv gerade zart anklopfte.

Von einem Glücksgefühl begleitet kam ich in Hattstedt an. Helges Leihwagen parkte auf dem Hof. Ich musste mich erst beruhigen, denn es lag mir fern, gleich mit der Tür ins Haus zu fallen. Doch die Aussicht, eine Lösung für Helge gefunden zu haben, bereitete mir auf unerklärliche Weise Herzklopfen. Denn ich hatte keine Ahnung, ob er sich darauf einlassen würde.

Molly trottete mir wie immer freudig entgegen. Ich nahm mir die Zeit, sie zu kraulen, und redete auf sie ein, bis sie zufrieden auf ihren Platz unter dem Baum verschwand. Es war ein warmer Sommerabend, der eindeutig für Schöneres geeignet war als einen Besuch bei einer trauernden Witwe. Doch ich täuschte mich, zumindest was die Trauer Lonis betraf. Mutter und Sohn saßen zusammen auf der Terrasse und kicherten leise vor sich hin. Welch Eintracht, schoss es mir durch den Kopf. Ich fand die beiden mit Fotoalben auf den Knien vor. Lonis Augen schimmerten feucht. Offenbar lagen Lachen und Weinen nah beieinander.

Doch sobald sie mich entdeckten, wurden sie ernst und sahen mich mitleidig an. Automatisch legte ich meine Hände schützend auf den Bauch. Warum wurde ich dermaßen angestarrt? Helge erhob sich umständlich aus dem Gartenstuhl. Mit ausgebreiteten Armen steuerte er auf mich zu. Ich wich zurück. Was war hier los? Loni nickte mir aufmunternd zu. Ich war doch gekommen, um Loni von ihrer Trauer abzulenken. Jetzt schien es, als ob *ich* Trost empfangen sollte. Helge öffnete den Mund, presste jedoch gleich wieder die Lippen aufeinander.

»Hanna«, raunte er schließlich verlegen. »Es tut mir wahnsinnig leid. Ich habe dich gestern überrumpelt mit meinem Vorschlag, gemeinsam die Praxis zu führen. Das war unüberlegt.« Treuherzig schaute er mich an.

Ich straffte die Schultern. »Allerdings«, erwiderte ich tonlos. Loni bedeutete mir, mich neben sie zu setzen. Doch ich blieb vorerst stehen. Ich fühlte mich stärker in dieser Position. »Ich habe gehofft, dass du noch wach bist, Loni. Ich habe gerade erst Feierabend.«

»Du siehst müde aus, Liebes«, sagte meine Freundin vorsichtig.

»Kann gut sein, es war ein langer Tag. Trotzdem musste ich dich heute noch sehen.«

»Ich kann gut verstehen, wenn du –«

Ich schnitt Helge das Wort ab. »Ich habe heute erfahren, dass Doktor Krüger ab nächstem Frühjahr in den Ruhestand geht. Er sucht einen Nachfolger. Du solltest dich vor deiner Abreise mit ihm treffen.«

»Aber dann muss Helge bis dahin in Spanien bleiben!«, jammerte Loni. Sie weinen zu sehen, war unerträglich. Sie hatte meiner Meinung nach schon zu viele Tränen vergossen. Ich setzte mich neben sie auf den freien Stuhl und drückte ihre Hand.

»Gut möglich, dass ich mir eine Auszeit nehme, dann braucht Marina Unterstützung.«

»Ich wäre nicht nur für meinen Sohn froh, wenn du dir mehr Ruhe gönnen würdest.«

Ich nickte. »Ich weiß, Loni.«

»Der Krüger ist doch ein beliebter und erfahrener Arzt«, überlegte Helge währenddessen laut.

»Der beste in der Kleintierversorgung, nur Großtiere sind nicht seine Leidenschaft.«

»Da würden wir uns wunderbar ergänzen.« Helge strahlte Zuversicht aus.

»Stimmt, und wir würden uns nicht im Weg stehen«, erwiderte ich erleichtert.

Er sah mich nachdenklich an. »Du hattest Bedenken?«

»Wenn ich ehrlich sein soll, ja.«

Helge versicherte seiner Mutter, bei Doktor Krüger vorzusprechen. Am nächsten Tag in der Früh ging sein Rückflug nach Spanien.

»Aber zu deinem Geburtstag in vier Wochen komme ich wieder und bringe Lucia mit, damit ihr euch endlich kennenlernt«, sagte er. Loni war außer sich vor Freude.

26
Freundin?

Angespannt lief ich durchs Haus. Es war Sonntagmorgen und ich seit Sonnenaufgang hellwach. Mein kleines Mädchen strampelte unaufhörlich in meinem Bauch. Ich lächelte beseelt.

»Guten Morgen, Liv. Heute kommt dein Papi zurück. Freust du dich?«

So ein Blödsinn, was rede ich denn da?

Ich bildete mir wahrhaft ein, dass Ben unseretwegen zurückkehrte. Dabei würde Veronika mit ihm nach Hause kommen. Die zärtlichen Telefonate galten ausschließlich Liv, warum machte ich mir immer noch etwas vor? Mein Handy klingelte und ließ mich zusammenfahren. Gott, warum war ich so nervös? Auf dem Display erschien Nellys strahlendes Gesicht. Das Foto hatte ich bei einem Ausflug an die Schlei selbst aufgenommen.

»Hallo, kleine, dicke Mami, wie wäre es mit einem Kaffee am Hafen?« Ich war erleichtert, ein Treffen mit meiner Freundin war die beste Ablenkung.

»Inklusive Frühstück?«, fragte ich um Heiterkeit bemüht.

»Jetzt? Okay, wenn du meinst. Du holst mich ab?«

»Klar, liegt doch auf dem Weg.«

Nelly hatte mir nichts mehr von ihrem verheirateten Geliebten erzählt, also nahm ich mir vor, sie ein wenig auszuquetschen. Sorgen anderer lenkten bekanntermaßen von den eigenen ab. Nicht dass ich ihr Probleme wünschte, aber sie waren nun mal deutlich vorhersehbar bei einem Mann, der nicht frei war. Sofort zog ich mich an und fuhr nach

Husum. Nelly wohnte etwas weiter draußen, es lag nicht wirklich auf dem Weg, aber ich holte sie trotzdem gern ab.

Ich fuhr aus Schobüll hinaus und genoss die Sicht auf das Meer zu meiner Rechten. Jetzt, im Sonnenlicht, schimmerte die Nordsee grünlich. Touristen tummelten sich am Strand, und Kinder buddelten im Schlick. Früher hatte ich das auch zu gern gemacht. Wenn Liv groß genug war, würde ich mit ihr meine Kindheit wiedererwecken und ihr das Watt näherbringen. Unter Umständen hätten wir dann sogar einen Hund, der mit uns über den Strand fegte.

Nelly wartete ungeduldig vor ihrer Wohnung. Sie tanzte von einem Bein auf das andere. Sobald sie mich entdeckte, sprang sie mir entgegen und riss die Wagentür auf.

»Schön, dass es geklappt hat«, meinte sie bestens gelaunt.

Wir entschieden uns für das *Tine Café* am Hafen. Das war der ideale Platz, um auf die Fischerboote zu schauen und Menschen zu beobachten, ohne selbst gesehen zu werden. Das Wasser lief mir im Mund zusammen. Ich hatte ein Lachsbrötchen bestellt, das jetzt vor mir stand und rief: ›Verschling mich!‹ Das musste mir niemand zweimal sagen, herzhaft biss ich hinein.

Mit vollem Mund stellte ich meiner Freundin die Frage, die mir nicht aus dem Kopf ging: »Wie läuft es denn nun mit deinem Date von letzter Woche?«

Ihr Gesicht lief rot an. Oje, ich hatte mir einen ungünstigen Moment ausgesucht.

»Hm, ich habe nicht die leiseste Ahnung, aber ich bin zufrieden.«

Überrascht glotzte ich meine Freundin an. »Wie soll ich das denn verstehen?«

Nelly kicherte ausgelassen.

»So wie ich es sage«, antwortete sie leichthin.

Ich biss ein großes Stück von meinem Brötchen ab. Kauend wartete ich darauf, dass sie mir mehr erzählte.

»Er ist toll«, schwärmte sie. Ihr Frühstück blieb unberührt. Das mit Schinken und Ei belegte Brot glänzte in der Morgensonne. Die Butter schmolz längst und quoll unter der Räucherware hervor.

»Steht dir gut, dieses Rot auf den Wangen«, meinte ich ernsthaft.

Nelly lehnte ihren Oberkörper zurück und verschränkte die Arme hinter dem Kopf. »Ach Hanna, du kannst dir nicht vorstellen, wie schrecklich es ist, so unglaublich verliebt zu sein.«

Sicher kann ich mir das vorstellen.

»Gut möglich«, entgegnete ich seufzend. »Aber findet seine Frau das auch?«

Nelly grinste. »Mir egal, sie ist weit weg in Kanada, hat die Gören mitgenommen und verlangt jeden Monat eine Stange Geld von Carsten.« Ich beugte mich ein wenig vor, aber nur so weit, wie meine Kugel es zuließ. Ich warf ihr einen mahnenden Blick zu.

»Ist es möglich, dass du ihn dabei finanziell unterstützt?« Mein Herz raste bei der Vorstellung, dass er Nelly ausnutzte. Doch ein schallendes Lachen war die Antwort.

»Keine Sorge, so naiv bin ich nicht. Schäm dich, so etwas von mir zu denken. Er ist Besitzer eine Hotelkette und – wie sagt man? – gut situiert.«

»Ich glaube, dann kann ich mich ruhig für dich freuen.« Ich strich mit dem Handrücken über ihre glühende Wange.

»Unbedingt.« Nelly kicherte. Ihr war anzusehen, wie glücklich sie war. »Und wie ist es bei dir? Ben kommt heute, oder?« Ein Themawechsel, der mir nicht sonderlich schmeckte. Nun ließ ich mein Brötchen auf den Teller fallen.

»Liv ist bestimmt froh, wenn er da ist, aber ich …?«

»Du auch, denk doch mal nach. Er ruft regelmäßig an und flirtet mit dir und eurem Kind. Reicht das nicht?«

»Wenn Veronika nicht wäre, hätten wir vielleicht eine neue Basis für unsere Beziehung gefunden, aber so ...«

»Ich bin der Meinung, du irrst dich. Außerdem hattest du auch deine Männer, die dich getröstet hätten, wenn du es zugelassen hättest.«

»Genau ... Olli will meinen Körper und Helge meine Praxis«, konterte ich frustriert.

»Hör mal auf, Helge war anfangs richtig in dich verliebt, das sah selbst ein Blinder. Diesen Olli habe ich zwar nie kennengelernt, aber deinen Erzählungen habe ich entnommen, dass er für dich Kohlen aus dem Feuer holen würde. Ich glaube nicht, dass er nur auf Sex aus ist!«, rief sie laut. »Außerdem hast du gar keinen Körper mehr, der auch nur annähernd sexy ist.«

Nelly legte es offensichtlich darauf an, mit mir zu streiten. Ich war verwirrt. Äußerlich blieb ich gelassen, doch innerlich brodelte es in mir wie in einem Hexenkessel. Meine Stimme zitterte, als ich fragte: »Was willst du eigentlich von mir? Warum greifst du mich an?«

Sie schmunzelte. »Ich will, dass du endlich einsiehst, dass Ben *dich* liebt und niemanden sonst.«

»Dann muss er mir das verdammt noch mal sagen!«, rief ich aus und zuckte zusammen, als ich bemerkte, dass verwunderte Augenpaare von den Nachbartischen auf mich gerichtet waren. Liv fand die Auseinandersetzung offenbar lustig, sie schlug gegen meinen Bauch wie eine Boxerin.

»Beruhige dich, Liebes. Ich wollte dich nicht aufregen, nur ein wenig in die richtige Richtung schubsen.« Nelly holte ihr Handy hervor. »Willst du ein Foto von Carsten sehen?« Versöhnlich reichte sie mir das Smartphone. Ein Mann mittleren Alters lachte mir zu. Er hatte graue Haare und stahlblaue Augen. Die Nase war etwas krumm, aber das störte nicht, im Gegenteil. Ich pfiff durch die Zähne.

»Wow, heißer Typ«, meinte ich anerkennend.

Nelly lachte gelöst. »Findest du? Darf ich ihn dir einmal vorstellen?«

»Klar, ich brenne darauf«, sagte ich ehrlich. Nelly kratzte sich an ihrem dunklen Schopf. Die rot lackierten Fingernägel schimmerten im Sonnenlicht. Sie war eine Schönheit, das wurde mir dickem Monster mal wieder bewusst. Wir stritten uns oft, und es herrschte zeitweilig ein rauer Ton zwischen uns, der meist von ihr ausging und den ich zu kontern wusste. Aber wir brauchten einander wie das Feuer die Luft zum Lodern.

»Sag mal, Hanna«, fing Nelly von Neuem an, »warum glaubst du immer noch, dass Veronika bei Ben in England ist? Ich bin mir ziemlich sicher, dass ich sie vorgestern auf dem Wochenmarkt gesehen habe.«

»Warum fragst *du* ihn nicht, mit dir scheint er ja offen zu reden.«

»Darüber haben wir nie gesprochen.« Sie winkte ab. »Außerdem hat er lange nicht mehr bei mir angerufen.«

»Ich bin so was von aufgeregt«, gestand ich. »Was ist, wenn wir es nicht hinbekommen? Vor allem, was ist, wenn er immer noch nicht sagt, was er will? Noch schlimmer finde ich die Vorstellung, dass er mich gar nicht mehr in sein Leben lässt.«

Nelly sah mich verständnislos an. »Dann ordnet ihr eure Beziehung eben neu und lasst euch nicht von euren Zweifeln gefangen halten. Sollte es für euch dann keine Zukunft mehr geben, habt ihr zumindest mit offenen Karten gespielt und könnt einen gemeinsamen Neuanfang starten oder eure Zukunft ohneeinander planen.«

Sie traf damit den berühmten Nagel auf den Kopf, aber ich hatte eine wahnsinnige Angst davor, dass meine Hoffnungen zerstört werden würden. Doch die Vogel-Strauß-Methode war keine Option. Von vornherein hatte die Trennung von Ben eine auf Zeit bleiben sollen. Ich würde allen

Mut zusammennehmen und mit ihm klare Worte sprechen. Rumgeeiert hatten wir lange genug. Unserem Kind waren wir es schuldig, erwachsen zu handeln.

»Danke für die Gratiskopfwäsche. Ich überlege mir etwas.«

Damit war Nelly offenbar nicht zufrieden. »Du überlegst schon zu lange, handeln musst du.«

»Ja, auch das.«

»So ist es gut.« Sie grinste besänftigt.

Ich schlug vor, nach dem Frühstück auf einen Sprung bei Olli reinzuschauen. Ein verklärter Blick genügte mir als Antwort. Nelly liebte Süßigkeiten. Da waren wir uns absolut ähnlich. »Wenn mich nicht alles täuscht, liegt der Laden doch gleich hier um die Ecke, oder?«

Ich nickte und wies mit dem Zeigefinger in Richtung Krämerstraße. »Nur wenige Schritte, dann sind wir da.«

Unter dem Protest meiner Freundin bezahlte ich die Rechnung. Ich war gespannt, ob Olli und sie sich mögen würden. Nicht jeder vertrug Nellys Sticheleien oder hatte Verständnis dafür. Im Gehen hielt sie mich am Arm zurück.

»Hanna? Dir ist schon klar, dass heute Sonntag ist?«

Ich grinste. »Völlig, aber ich weiß, wo wir trotzdem reinkommen.«

Ich hoffte zumindest, dass Olli noch in der Backstube werkelte. Ich wusste, dass er gerade mit neuen Figuren aus Schokolade experimentierte. Sonntags hatte er die nötige Ruhe dazu.

Nelly ließ mir den Vortritt durch die Hintertür. Ein süßer Duft schlug uns entgegen. Meine Freundin stöhnte hinter mir. Die Kunstwerke aus Zucker und Marzipan hatten sie zumindest in ihren Bann gezogen. In dem Augenblick, als Olli mich entdeckte, eilte er freudig auf mich zu.

»Hallo!«, rief er. »Wie schön, dass du …«, er sah an mir vorbei und entdeckte Nelly, »… ihr vorbeikommt.« Er nahm mich wie immer in die Arme und schnupperte an meiner Halsbeuge. Das machte er häufig, und ich fand es in Ordnung. Ich wandte mich zu meiner Freundin um, die mit hochgezogenen Augenbrauen die vertraute Begrüßung beobachtete.

»Ähm ... wenn ich störe ...«

»Quatsch, du bist willkommen, nicht wahr, Olli?«

»Klar, ich vermute, du bist Nelly?«

Sie nickte stumm. Was hatte ihr denn dermaßen die Sprache verschlagen? Doch nicht etwas Olli? Ich lachte leise in mich hinein. Er reichte Nelly die Hand.

»Du willst also den dicken Körper meiner Freundin?«, fragte sie keck. Nach Luft schnappend lehnte ich mich gegen den Ofen. Nelly war unmöglich. Aber Olli blieb seinem Lächeln treu.

»Nichts anderes«, konterte er und grinste. Dabei behielt er meine Freundin fest im Blick. Nelly lachte zu laut und zu schrill für ihre Verhältnisse. Verwundert starrte ich sie an. Flirtete sie etwa auf eine plumpe Art mit ihm?

Bemüht, mir nichts anmerken zu lassen, meinte ich: »Wir sind auch gleich wieder weg, ich dachte, es wäre eine gute Idee, euch bekannt zu machen.«

»Eine sehr gute«, hauchte Nelly in Ollis Richtung. »Wäre es möglich, auf die gleiche Art begrüßt zu werden wie Hanna?« Sie zeigte mit dem Finger auf ihre Halsbeuge. Ich sah meine Freundin grimmig an.

Olli nahm es gelassen. »Das ist nur guten Freundinnen vorbehalten.«

»Vernünftig. Aber was nicht ist, kann ja noch werden.« Ihr Grinsen wurde breiter. Sie strich mit den Handflächen ihre Taille entlang. »Mein Körper ist noch top in Form und wird es auch bleiben.«

»Nelly!«, zischte ich.

Olli nahm mich mit einem provozierenden Blick zu Nelly

in die Arme. »Für mich gibt es nur *einen* perfekten Körper, nämlich diesen hier.« Er zog mich nah an sich heran und gab mir einen Kuss auf den Hals.

Mir platzte der Kragen. Ich versuchte ihn von mir wegzuschubsen, aber er hielt mich fest.

»Seid ihr jetzt von allen guten Geistern verlassen? Was treibt ihr hier?« Mit funkelnden Augen sah ich von Olli zu Nelly.

»Psst«, raunte er dicht an meinem Ohr, »sie will mich provozieren, und das erlaube ich nicht. Ich hatte mir Freunde etwas anders vorgestellt.«

»Da gebe ich dir ausnahmslos recht«, sagte ich laut. »Nelly, wir gehen, los.« Ich löste mich aus seiner Umarmung und eilte zum Ausgang, gefolgt von einer schmollenden Nelly.

»Alles Gute für dein Treffen mit Ben, ich drücke euch die Daumen!«, rief Olli mir nach. Ich hielt kurz inne und ging dann weiter.

»Boah, was war das –«

»Nelly, halt den Mund.«

Wieder einmal hatte Olli sich als bester Freund erwiesen. Ich war dankbar, dass er Nelly hatte abblitzen lassen. Sie war scharf auf ihn, das war deutlich genug gewesen. Ich fragte mich, wie ernst die Beziehung zu ihrem Carsten sein konnte, wenn sie bei Olli tropfte wie ein Kieslaster. Meine Freundin war für ihre derben Sprüche bekannt, aber heute hatte sie den Bogen überspannt.

Sie tippelte neben mir her. »Warum sind wir denn schon so früh gegangen?«

Ich ignorierte ihre Frage und bewegte mich weiter zum Parkplatz. Doch Nelly stoppte mich, indem sie meinen Arm festhielt, und sah mich fragend an.

»Weil du dich aufgeführt hast wie ein billiges ...« Ich ersparte mir den Rest. Der Vormittag mit meiner Freundin war zwar wie erwartet mit reichlich Ablenkung gespickt, aber so hatte ich mir das nicht vorgestellt.

»Ich hatte mich aber auf die Süßigkeiten gefreut«, schmollte Nelly.

Ich fuhr herum. »Du kriegst gleich eine Ladung Saures von mir persönlich, wenn du nicht augenblicklich die Klappe hältst!«

Sie wich verwundert zurück. »Ist ja gut, reg dich nicht auf.«

Ich lief in die andere Richtung und ließ sie einfach stehen.

»Du weißt hoffentlich, wie du nach Hause kommst?«, rief ich ihr über die Schulter zu.

Entrüstet starrte sie mir nach. »Soll ich etwa zu Fuß nach Hause?«

Sie wohnte am Stadtrand, das waren gute vier Kilometer. Der Marsch würde ihr nicht schaden.

»Es gibt sehr gute Taxiunternehmen in Husum, versuch dort dein Glück. Ich stehe dir nicht zur Verfügung!«, rief ich quer durch die Krämerstraße, dann wandte ich mich ab.

Ich zermarterte mir den Kopf darüber, warum Nelly sich Olli gegenüber dermaßen unmöglich verhalten hatte. Mir war das Ganze unheimlich peinlich. Er hatte zwar gelassen reagiert, aber es war trotzdem ein Unding. Ich rief ihn auf dem Weg zum Wagen an.

»Mach dir keinen Kopf, ich komme damit klar«, empfing er meinen Anruf.

»Ich bin fassungslos und verstehe überhaupt nicht, was in Nelly gefahren ist.«

Er lachte leise in sich hinein. »Mir ist das völlig klar.«

»Nämlich?«, fragte ich atemlos, denn ich war gewohnheitsmäßig zu einem schnellen Schritt übergegangen, so wie es vor meiner Schwangerschaft für mich üblich gewesen war. Aber nun schnappte ich nach Luft. Meine Kondition war irgendwo in den Tiefen meines Körpers verschwunden.

»Sie ist höllisch eifersüchtig.«

Wie angewurzelt blieb ich stehen. Fast wäre ein Mann in mich hineingerannt.

»Glaub ich nicht«, meinte ich.

»Ganz ehrlich, Hanna, wenn du mich fragst, bei solchen Freundinnen brauchst du keine Feinde mehr. Die hat voll 'nen Schuss.«

Ich schluckte die aufkommenden Tränen herunter. »Ich habe sie zurückgelassen, sie kann zusehen, wie sie hier wegkommt ohne Auto.«

»Willst du herkommen?« Ollis warme Stimme war Balsam für meine Seele.

»Lieb von dir, aber ich erwarte Ben am Nachmittag. Ich glaube, es ist besser, wenn ich mich dafür etwas ausruhe.«

»Vernünftiges Mädchen«, raunte er. »Bis bald dann, Süße.«

Ich unterbrach die Verbindung und warf mich in den Autositz.

27
Geliebt

Nelly rief im Minutentakt auf meinem Handy an. Offenbar hatte sie ein schlechtes Gewissen. Das durfte sie gern behalten. Mir ging Ollis Kommentar nicht aus dem Kopf.

Wer solche Freunde hat, braucht keine Feinde mehr.

Hatte ich mich so in Nelly getäuscht? War sie nicht die Person, von der ich dachte, sie wäre meine beste Freundin? Die Erkenntnis schmerzte tief in meiner Seele. Es gab nichts, was ich nicht mit ihr geteilt hatte.

Ich beschloss, nicht mehr daran zu denken, und verzog mich mit einem Tee auf die Terrasse. Ich schob die Rückenlehne der Sonnenliege herunter und schloss die Augen. Dabei lauschte ich dem Vogelgezwitscher im Garten und ließ mich vom Duft der Nordsee verwöhnen, der mit einer leichten Brise vom Strand herwehte. Ich hatte darauf verzichtet, mein Handy mit hinauszunehmen. Nelly blieb hartnäckig und klingelte jede Minute durch. Ich hatte es auf lautlos gestellt und auf den Küchentisch gelegt. Dass Ben mich dann auch nicht erreichen konnte, kam mir nicht in den Sinn.

Ich musste eingeschlafen sein, denn ich träumte vom Rezept für die Liebe. Doch die graue Pampe ließ sich nicht bearbeiten. Zum Schluss war ich umhüllt von zähem Zeug, das einem Hefeteig ähnelte. Ich kämpfte vergeblich darum, es loszuwerden, doch es klebte an meinen Fingern wie Pech. Ich war eben keine gute Bäckerin. Ich fing an zu weinen. Verzweifelt rief ich nach Ben. Mein Körper schüttelte sich, als ob ich plötzlich in einem Zug saß. Jemand flüsterte meinen Namen. Endlich gelang es mir, die Augen zu öffnen. Das Erste, was ich sah, war … Ben. Er lächelte mir warmherzig zu.

»Hey, du hast geträumt«, sagte er leise.

Benommen blinzelte ich gegen das Sonnenlicht an und setzte mich auf. »Ben, ich habe dich gar nicht gehört.«

Er lachte auf. »Wie auch, du hast tief und fest gepennt.«

Stöhnend warf ich mich zurück auf die Liege.

»Ich habe einen furchtbaren Mist geträumt«, sagte ich schlaftrunken.

»Früher hast du mir deine Träume erzählt«, meinte er mit rauer Stimme.

»Und umgekehrt«, erwiderte ich schwach. Jetzt erst sah ich Ben genauer an. Er trug eine verwaschene Jeans, dazu ein weißes T-Shirt. Seine Haut war blass. Offenbar hatte die Londoner Sonne es nicht so gut mit ihm gemeint.

Er bewegte die rechte Hand in Richtung meines Bauchs. Doch dann zog er sie rasch zurück. »Darf ich? Oder lieber per Telefon?«

Ich musste lachen. »Natürlich darfst du.«

Ich nahm die Hand meines Mannes und legte sie auf meinen Bauch. Ben strich sanft über die Kugel. Liv musste noch schlafen, denn sie rührte sich nicht. Doch bei mir rührte sich einiges. Eine Flut von Emotionen überkam mich. Mein Blut strömte wie Lava durch meine Adern.

Als Ben leise zu sprechen begann, entfachte er einen wilden Sturm in mir, der auch Liv auf den Plan rief. Sie boxte gegen meine Bauchdecke, sodass es auch ihr Vater bemerkte, dem inzwischen Tränen über die Wangen liefen. Er streichelte mich mit beiden Händen und küsste meinen Bauch. Mein Atem ging stoßweise. Mit zitternden Fingern schob ich meine Bluse hoch. Ben küsste weiter meine Haut, und Liv begrüßte ihren Papi mit außergewöhnlichen Turnübungen.

»Ich habe euch so vermisst«, hauchte Ben gegen meinen
Bauch. Als mich eine heiße Welle im Schambein traf, krallte
ich mich mit beiden Händen in seinen Haaren fest. Gleichzeitig hielten wir inne und sahen uns an. In Bens Augen las
ich Liebe, Zuneigung und Sehnsucht. Ein Ruck ging durch
unsere Körper, und wir lachten befreit.

Ben reichte mir die Hand. »Komm, lass uns reingehen.«

Er zog mich von der Sonnenliege hoch. Ich ergriff seine
Hand und führte ihn ins Haus.

Keine Fragen nach dem Warum, keine Suche nach Antworten, erst recht keine Vorwürfe. Wir liebten uns mit Haut
und Haaren. Zärtlich, leidenschaftlich, aber auch fordernd.
Ben war bei mir, in mir und neben mir. Nie zuvor hatte
ich ihn so einfühlsam und liebevoll erlebt. Vor lauter Glück
weinte ich. Ben küsste die Tränen fort, dabei flüsterte er
sanfte Worte, die mich wie auf einer Wolke trugen. Auch
seine Augen schimmerten feucht.

»Du siehst wunderschön aus«, raunte er. Dabei leuchteten seine Augen wie Sterne am Sommernachtshimmel. Ich
kuschelte mich an seine Brust, während er mich fest in den
Armen hielt.

Ich räusperte mich. »Manchmal bedarf es keiner Worte.
Es ist wunderschön, so wie es gerade ist ...«

»Aber?«, murmelte er an meinem Ohr.

»Nichts aber«, behauptete ich und kuschelte mich enger
an ihn heran.

Ben strich mir liebevoll eine Haarsträhne aus der Stirn.
»Gefällt mir, deine Frisur.«

»Hach.« Ich lachte verlegen. »Es ist eine Ewigkeit her,
dass Nelly mir die Haare geschnitten hat ...« Ich stutzte. Sein
Gesicht verhärtete sich. Ich stützte mich auf den Ellenbogen
hoch und sah ihn prüfend an. »Was ist?«

»Nelly ...« Er spuckte den Namen förmlich aus. »Bist du
dir sicher, dass sie deine Freundin ist?«

Jetzt setzte ich mich ganz auf. Ich legte den Kopf schief und musterte Ben prüfend.

»Nein, aber ich wusste nicht, dass du ein Problem mit ihr hast.« Aus unerklärlichen Gründen verkrampfte sich mein Inneres. »Diese Frage wurde mir schon ein paarmal gestellt.«

Er lachte bitter auf. »Von deinen Männern, die dich auf Händen tragen?« Ich öffnete empört den Mund, aber Ben machte eine beschwichtigende Geste. »Ich habe ihr kein Wort geglaubt, auch nicht, dass das Baby nicht von mir sein sollte. Immerhin habe ich in der Schule einigermaßen aufgepasst und bin des Rechnens mächtig.«

Ich schnappte nach Luft. »Wer hat das mit dem Baby behauptet?«

»Deine beste Freundin«, zischte Ben. »In den ersten Wochen nach unserer Trennung hat sie mich beinahe täglich angerufen.«

»Sie hat dich ...? Warum?«

»Sie hat mit mir auf Teufel komm raus geflirtet, bis ich da einen Riegel vorgeschoben habe. Ich habe ihr klargemacht, dass es für mich in nächster Zukunft keine Alternativen gebe, wenn ich dich wirklich verloren hätte.«

»Hat sie gesagt, ich wäre für dich verloren?«

Ben nickte.

Ich stand auf und wanderte aufgebracht im Schlafzimmer auf und ab.

»Bist du mit Veronika nach London geflogen?«, fragte ich übergangslos.

Er sah erstaunt zu mir auf. »Mit wem?«

»Deiner Sekretärin, Veronika Steinhammer.« Mein Herz raste in meiner Brust.

Ben setzte sich auf. »Frau Steinhammer? Wie kommst du nur darauf? Hat Nelly dir das eingeredet?«

»Nein, ich habe sie in deinem Auto gesehen, als du zum Flughafen gefahren bist.«

»Baby, du irrst dich, sie hat mich lediglich zum Flughafen gefahren und mein Auto wieder mitgenommen, um es in die Tiefgarage meines Büros zu stellen.«

»Ich habe gedacht …«

Ben stand nun ebenfalls auf und hinderte mich daran, weiter auf und ab zu laufen. Er legte sanft den Arm um mich und küsste meine Nasenspitze.

»Es wird höchste Eisenbahn, dass wir reden. Zwischen uns darf nichts unausgesprochen bleiben.« Er hielt mich an den Schultern fest. »Bitte, versprich mir, dass wir ab sofort alles miteinander bereden werden.«

»Du hattest nie Zeit«, erinnerte ich ihn.

Er legte die Stirn gegen meine und schloss die Augen. »Ich weiß. Es kommt nie wieder vor, ich möchte unsere Liebe nicht ein weiteres Mal aufs Spiel setzen. Ich könnte mir sogar vorstellen, für ein halbes Jahr Elternzeit zu nehmen.« Sprachlosigkeit stand für gewöhnlich nicht auf meiner Agenda. Aber Ben hatte es geschafft. Er grinste. »Hat es dir die Sprache verschlagen? Glaub mir, ich meine es ernst.«

»Aber was ist mit deiner Kanzlei?«

»Die ist bereits eine Weile ohne mich klargekommen. Mein Kollege macht gute Arbeit, gegebenenfalls hole ich einen dritten Partner ins Boot.« Das hörte sich alles sehr einfach an, doch ich bezweifelte, dass Ben den Hausmann mimen konnte, ohne Rücksicht auf die Kanzlei zu nehmen. Ich fand die Idee ansonsten sehr gut, doch das erste halbe Jahr mit unserem Baby gehörte uns.

Ben strahlte. »Sind wir uns so weit einig?«

Ich antwortete mit einem Nicken, die Emotionen verschlugen mir gerade die Sprache. Außerdem kam ich kaum damit klar, was Nelly alles veranstaltet hatte, um … ja was?

Mir zu schaden? Was sollte dann diese Heuchelei bezüglich des Wunsches, Patentante zu werden? Hätte sie unserer kleinen Liv irgendwann genauso übel mitgespielt? Fassungslosigkeit breitete sich in mir aus. Sie war jahrzehntelang meine beste Freundin gewesen. Ich verstand das einfach nicht.

Ben glaubte offenbar, die Zweifel in meinem Gesicht würden ihm gelten. Er zog die Augenbrauen zusammen. »War es falsch, dass wir ...?«

Ich lächelte ihn an. »Es war absolut richtig.«

Wir lachten beide vor Glück.

»Ich habe keine Bleibe gefunden ... Darf ich ...?«

»Du bleibst natürlich hier, ich bestehe darauf.« Ich schlang meine Arme um seinen Hals und küsste ihn innig. »Ich habe allerdings nichts eingekauft, der Kühlschrank ist ziemlich leer«, gab ich zu bedenken.

Ben zog mich näher an sich heran. »Ich brauche nur dich«, murmelte er in meine Halsbeuge und hinterließ einen wohligen Schauer auf meiner Haut. »Aber unsere Kleine muss versorgt werden. Wollen wir nicht auswärts essen?«

Ich schlug einen Spaziergang zum Strand vor, dort gab es am Campingplatz einen kleinen Imbiss. Aber erst später! Wir küssten uns. Dabei vergaßen wir Hunger, Durst und die Zeit.

Bei einem herrlichen Sonnenuntergang wanderten wir Hand in Hand hinunter zum Strand. Der Imbissbetreiber war im Begriff, die Türen zu schließen. Nur Bens Charme war es zu verdanken, dass er für uns zwei Portionen Pommes ins Fett warf, eine dicke Ladung Rot-Weiß über den Tresen schob und vorschlug, am Strand zu essen, damit er in den verdienten Feierabend gehen konnte. Dem war nichts hinzuzufügen. Dankend nahmen wir die Fritten entgegen und verzogen uns ans Wasser. Schon beim Gehen

steckten wir uns gegenseitig die Pommes in den Mund.
Bens Gesicht war voller Ketchup.

Lachend suchten wir uns eine Bank mit Meerblick. Ben
hielt meine Hand fest. Mit der anderen griff er in die Schale,
worin sich unser Abendessen befand. Mit vollem Mund
erzählte ich ihm von Olli, wie ich ihn auf dem Marktplatz
getroffen und auf das Rezept angesprochen hatte, um die
Liebe dauerhaft zu erhalten. Olli sei ein Freund, sagte ich mit
Nachdruck, den ich nie mehr missen wolle. Wir erzählten
uns bis ins kleinste Detail die Ereignisse des vergangenen
halben Jahres. Irgendwann versiegten unsere Worte, und
wir hielten einander einfach nur fest. Das Rauschen des
Meeres allein unterbrach die Stille der späten Stunde. Unser
Glück war zurückgekehrt, die Liebe hatte gesiegt.

28
Zwei Jahre später

Liv stapfte barfuß auf ihren kurzen Beinchen durchs Gras, dabei wippten ihre blonden Locken lustig auf und ab. Mit ihrer Fröhlichkeit steckte sie jeden an. Lachend steuerte sie auf Molly zu, die unter dem schattenspendenden Holunderbusch, ihrem neuen Lieblingsplatz, schlummerte. Liv warf sich auf den Boden neben sie und kuschelte sich an die Hundedame. Die Ärmchen vergrub sie tief in der Mähne des Tieres, und ihr Kopf ruhte auf Mollys Bauch. Die Hündin rückte geduldig etwas zur Seite und leckte liebevoll die Stirn meiner Tochter.

Seitdem Liv auf die Welt gekommen war, waren die beiden unzertrennlich. Molly hatte bei uns eine Pflegestelle gefunden, während ihr Frauchen mit Frieda auf Reisen war. Nur für Ben war Molly ein Problem, aber er hatte gemeint, dass er für Loni die Strapaze auf sich nahm und die schlimmen Allergieschübe mit Tabletten eindämmte, was zum Glück auch ganz gut gelang. Für Molly gab es außerdem Bereiche, die sie nicht betreten durfte. Als ob sie die Situation erkannte, ließ sie ihren Dickkopf ausnahmsweise zu Hause ruhen.

Lonis Schwester hatte die Großstadt hinter sich gelassen und lebte seither mit Loni in einer lustigen Witwenwohngemeinschaft. Und ich hatte einem bezaubernden Mädchen das Leben geschenkt.

Die letzten Wochen der Schwangerschaft waren nicht immer leicht für mich gewesen. Aber mit Ben zusammen waren die Strapazen besser auszuhalten. Er erwies sich als exzellenter Vater und Ehemann. Zwar waren wir uns nun der Vergänglichkeit des Glücks bewusst, schließlich hatten wir es selbst erlebt. Aber wir waren in unserer Beziehung reifer geworden und setzten unser Glück nicht mehr aufs Spiel, indem wir schwiegen. Somit flogen bei uns hin und wieder die Fetzen, doch die Versöhnungen waren dafür umso reizvoller.

Richtig ausflippen konnte ich, wenn er die Kleine in die Kanzlei mitnahm. Dabei vergaß er regelmäßig die Zeit, während Liv im Vorzimmer auf ihn wartete und die reinkommenden Mandanten sowie die Angestellten mit ihrem Lachen verzückte. Andersherum konnte Ben sauer werden, wenn Liv mich zu den Hausbesuchen bei den Landwirten begleitete. Brittas Ziegen hatten es ihr besonders angetan. Ben hatte Sorge, dass Liv etwas passieren würde, wenn sie unbedarft zwischen den Tieren herumkrabbelte. Ich dagegen fand seine Mandanten bedenklicher. Man wusste doch nie, wer da zur Tür hereinkam. Immerhin kam es vor, dass Ben auch fragwürdige Mandanten vertrat. Aber in einem waren wir uns einig: dass unser Sonnenschein das größte Glück der Welt war und unsere Aufgabe darin bestand, es zu erhalten und zu schützen.

Helge hatte die Praxisnachfolge von Doktor Krüger doch nicht angetreten, sondern war in Spanien geblieben. Seine Lucia hatte ihm tränenreich gebeichtet, wie schwer ihr die Trennung von ihrer Familie fallen würde. Lucias erster Besuch im rauen Norden hatte ihr zudem gezeigt, wie ungemütlich das nordfriesische Wetter an manchen Tagen daherkam. Sie meinte, es könne gar nicht genug Pullover geben, damit sie nicht erfriere. Außerdem wurden beide in der Tierauffangstation ihrer Heimat gebraucht.

Loni hatte Helge schweren Herzens ziehen lassen, freute sich aber über die regelmäßigen Besuche ihres Sohnes, der alle drei bis vier Monate mit Lucia vorbeischaute. Die erste

Begegnung mit ihr war für mich aufschlussreich gewesen. Ich hatte sie als Kind bezeichnet, musste meine Meinung jedoch schnell ändern. Die jahrelange Arbeit bei der Tierhilfe hatte bei ihr den Wunsch hervorgebracht, Tiermedizin zu studieren, und sie hatte das Studium mit Entschlossenheit und Ehrgeiz aufgenommen. Sie war eine schöne und liebenswerte Person, die Lonis Herz im Sturm erobert hatte. Oft lachten wir gemeinsam über unsere Unterstellung, Helge bevorzuge junge Mädchen. Später war herausgekommen, dass Loni genauso besorgt gewesen war wie ich, es aber lieber für sich behalten hatte.

Ben und Loni waren sich auf Anhieb sympathisch. Nur deswegen ließ sich Ben trotz Tierhaarallergie darauf ein, dass Molly bei uns blieb, während Loni unterwegs war. Zumal Liv die gemütliche Hündin über alles liebte. Wir trafen Vorsichtsmaßnahmen wie häufiges Händewaschen und Kleidungswechsel. Zugegeben, das war mit unserer stürmischen Tochter nicht immer umsetzbar. Oft kletterte sie zu Ben auf den Schoß, kurz nachdem sie mit Molly gekuschelt hatte. Dann plagten den armen Papi Niesattacken und juckende Augen.

Es war Sonntagnachmittag, und wir erwarteten Ollis Besuch. An dem Tag von Livs Geburt war er ins Krankenhaus geeilt, um uns zu gratulieren. Für Ben und mich hatte er eigens kleine Babyschuhe aus Marzipan kreiert. Ein Paar in Rosa und ein weiteres in Hellblau. Und dann hatte er noch ein großes Herz aus seinem Rucksack hervorgeholt.

»Da ist ein Liebesrezept für euch beide drin. Bitte, dieses Herz müsst ihr unbedingt zusammen verputzen.«

»Was ist da denn drin?«, hatte Ben misstrauisch gefragt.

»Hab einfach Vertrauen«, war Ollis grinsende Antwort gewesen, »es wirkt.«

Noch am selben Abend hatten wir diese Köstlichkeit mit großem Appetit verspeist. Ben behauptete immer noch, nie zuvor etwas Besseres genascht zu haben. Ich meinte, dass danach nie wieder etwas so gut war – nur unsere Liebe, die blieb und nicht stärker sein konnte.

Liv gab Molly einen Kuss auf das Fell, dann stand sie auf und kam auf wackeligen Beinchen auf mich zu. Mein Herz ging jedes Mal auf, wenn sie wie jetzt »Mami!« rief und kurz darauf in meine Arme flog. Ich setzte sie ab, als mein Handy läutete. Doch ich wusste bereits, wer anrief, bevor ich aufs Display sah. Nelly. Sie hatte keinen Platz mehr in unserem Leben bekommen und würde es auch nie. Dennoch klingelte sie jeden Sonntag einmal durch, obwohl sie inzwischen wissen musste, dass ich keinen ihrer Anrufe annehmen würde. Ich nahm mir vor, demnächst ihre Nummer zu blockieren. Verwunderlich, dass ich es nicht längst getan hatte. Ben meinte, weil ich immer noch um unsere Freundschaft trauerte.

Damit hatte er sicher den Punkt getroffen. Tatsächlich, trauerte ich um unsere Freundschaft. In einem Brief hatte sie mir erklärt, wie unsagbar eifersüchtig sie auf mich war, und wenn sie könnte, wäre Ben für sie die Nummer eins. Ich war ziemlich geschockt über diese Ehrlichkeit. Doch was wäre, wenn ich ihr verzeihen würde? Wollte sie bei jeder Gelegenheit den Versuch machen, ihn mir wegzunehmen? Das wollte und konnte ich nicht zulassen. Außerdem war Ben richtig sauer auf Nelly. Ich hatte mich irgendwann entschieden, sie zur Vergangenheit gehören zu lassen.

Doch an Nellys Stelle hatte ich nun andere Freunde, auf die ich mich immer verlassen konnte. Marina war nicht nur die gute Seele meiner Praxis, sondern auch zu einem unersetzbaren Menschen im Privaten geworden. Wir teilten uns nach wie vor die Schichten, aber sie übernahm außerdem nur zu gern die Betreuung von Liv, wenn Ben in der Kanzlei arbeitete. Sie liebte die Kleine über alles.

Liv quengelte und wollte erneut auf den Arm genommen werden. Es war Zeit für ihren Mittagsschlaf. Ben schlenderte auf seine beiden Frauen zu, sein Timing war mal wieder auf den Punkt genau. »Hey, es gibt Mittagessen.«

Sonntags war er für das leibliche Wohl zuständig, und er übernahm die Aufgabe mit großem Pflichtbewusstsein. Mit einem Kind in der Familie waren Fast Food und Co. für uns tabu oder zumindest zu einer Seltenheit geworden. Was uns allen zugutekam. Liebevoll schloss er uns in seine starken Arme, die uns Sicherheit gaben. Ich glaubte inzwischen daran, dass er uns nie loslassen würde. Ob es nun am Schokoherzen lag, das Olli uns aus geheimen Zutaten gemacht hatte, oder daran, dass wir gelernt hatten, wie wichtig wir füreinander waren, war nebensächlich.

»Du riechst zum Anbeißen«, neckte ich meinen Mann, der die Küchendüfte an seiner Kleidung trug. Sein Blick aus unverschämt schönen Augen ließ mich wie Butter in der Sonne dahinschmelzen und die Mittagsruhe unserer Tochter sehnsuchtsvoll herbeiwünschen.

Liv kreischte vor Vergnügen, als Ben sie auf seinen Schultern ins Haus trug. Für einen Moment blieb ich zurück und betrachtete mein Glück aus der Ferne. Dafür brauchte ich keine Einmachgläser. Denn das Glück war einfach da und würde für immer meins bleiben.

»Mami!« Liv rief mich zu Tisch.

»Ich komme!« Lachend lief ich ins Haus, dort, wo es nicht nur nach leckerem Essen duftete. Es war der Duft nach Liebe und Geborgenheit, der mich wie ein warmer Mantel umhüllte.

– Ende –

Über die Autorin

Anni Deckner, geboren 1961 in Winnert bei Husum, lebt mit ihrer Familie in Hanerau-Hademarschen. Ihre Liebe zur *Grauen Stadt am Meer* kann man in ihren Werken spüren. Die kreative Luft des Nord-Ostsee-Kanals inspiriert die Autorin, genau wie damals den berühmten Dichter Theodor Storm, der an diesem Ort seinen Schimmelreiter zu Papier brachte. Ihre Leidenschaft zum Schreiben entwickelte sich schon in früher Jugend. Ihr erstes Buch »Heimathafen Husum« erschien jedoch erst im März 2014, gefolgt von »Knocking Out« in 2015. In ihrer Freizeit geht die Autorin gern mit ihrem Mann auf Reisen. Bevor sie sich 2017 ganz dem Schreiben widmete, hatte sie bei der Kirchengemeinde Hanerau-Hademarschen als Küsterin gearbeitet.